文芸社セレクション

雨の庭

友浦　乙歌

TOMOURA Otoka

文芸社

雨の庭／目　次

雨の庭

序章　痛み

1・とある仕事での失敗から立ち直れませんでした。

着替えるように言われて渡された藤色のワンピースをぼうっと眺めていた。体が動かなかった。リビングになかなか戻らないのを心配してだろう、扉の外から北寺《きたでら》の足音が近づいてくる。律歌《りっか》は寝室の中央に立ち尽くしたまま、その足音を聞いていた。

コンコン、と小さくノックされる。

「おーい、りっか、大丈夫？」

扉越しの呼びかけに、律歌は小さく口を開き返答しようとして、また閉じた。律歌が答えないでいると、

「ええと、着替えは終わった？　何か……困ってる？」

ぎこちなく困惑気味の、こわごわとした、優しい声が再び。

沈黙。

薄い板で一枚隔てただけで、そのドアには鍵もない。着替えているはずの異性からは、返答がない。そんな状況。沈黙の中に、北寺の吐息が細く聞こえた。それはため息ではなかった。惚けているわけでもない。こちらの様子を窺うために、じっと小さく息を潜めて

いる。入るべきなのか、待つべきなのか……おそらく逡巡しながら、でも絶対に間違えないように、考えを巡らしている息遣い。今の律歌には、口を動かすこともできなかった。そのまま立ち尽くす以外になかった。

「こ」

北寺が何かを言おうとし、

「ここには、怖いものは、何もないよ」

出てきたのはどこまでも優しい言葉だ。

——罵ってくれて、いいのに。

じゃなきゃ、むしろ辛い。

自分は、誰からも責められて当然のことをしたのだ。本当はここにこうして、のうのうと休んでいる場合ではないのだ。いち早くやらなければならないことばかりのはずなのだ。それなのに、それなのに、体が動かない。こんなの、責められてしかるべきだ。着替えることとさえできない？　幼稚園児でも言わないようなこと、何を言っているの。私は一体どれだけ甘えているの。何分も、もしかしたら何時間も待たせたままで——優しく親切な恩人さえ、困らせ、落胆させることしかできないの。何も、何もできない、できないなんて……そんなの、いや。そんなのは、許されない。でも……。心の中が激しさを増すほどに、体は硬直していく。視界が曇る。理由もわからず涙があふれてきて、絶望と失望と悲しみに包まれていることを知る。

──私なんて、いなくなった方が、いいのかもしれない。

「大丈夫だよ」

また、温かな声が聞こえる。

「ここは、誰からも責められることはないから。一つたりともないから。おれのことも負担なら、無視していい。俺が勝手にやってるだけだから。ここは、それでいい場所なんだ。着替えたくなかったら、着替えなくても、いい。明日、気が向いたらにしてもいいし、ずっと着替えなくてもいい。そういうことで、誰も傷つかない。ここは、何も押し付けられない場所なんだよ。おれはりっかの力になりたくて来た。でもりっかがそれを叶える必要はない。大丈夫、疲れてきたら、おれもどこかで休憩して、また来たくなったら来るだけだから。自分のことだけを考えて、自分のできることだけをやれば、それでいい。りっかが、今、ここに存在してくれているだけで、十分ありがたく思えているんだからね、おれは」

甘い言葉だと、聞き流しているつもりだった。けれども温泉のようなそのぬくもりが、扉の隙間から流れ込んできて、凍えるような乾いた空間を満たしていく。その液体の中にじっとしていると、抱えていた氷が、少しずつ溶かされていくような気がした。

律歌は一言だけ「じゃあ……もう少し、待って」そう言うと、首元のボタンに手をかけた。一つ、二つ、ボタンが外れていく。

扉の向こうからは幾分安堵したような気配があった。

「うん、わかった。着替えが終わったら、おいで」

小さくなっていく足音。その軽やかさに律歌はほっとした。寝間着を脱ぎ捨て、持っていた服に袖を通すことができた。ドアを開けて寝室の外、ひんやりとした廊下に出る。手つかずで髪はぼさぼさだし、泣きぬれて顔もくしゃくしゃなのはわかっていた。着替えるという最低限のことしかしていない。最低であることに変わりはない。容姿や愛嬌で甘く扱われたいという気持ちはないが、これでは人に何かプラスな感情を与えることなんてできないだろう。

北寺のいるリビングのドアから漏れた光が、まぶしく見えた。足が止まる。裸足に床が冷たい。怖い。やっぱり、寝床に戻ろうか。

そのときドアが勝手に開いて、出てきた北寺と鉢合わせた。長身の彼を律歌が見上げる――と、彼は涙目になっていた。

「りっか！　……よかった……」

こわごわと、脆いものに触れるように、律歌がもし嫌がったらすぐにでも止められるようなスピードで、彼は律歌の肩に手を触れさせた。ぽん、とそれだけで、彼は「さ、中へお入り」と、リビングへ入るのを促した。

薄緑色の絨毯の上を進み、窓からの暖かい陽に照らされる。

「うわあよく似合ってるね。サイズもいい感じ。かわいいよ。すごいすごい。かわいいなあ」

北寺はそう言ってぱちぱちと手まで叩いてくれる。我が子が初めて二本足で立ったのを見た親のようなはしゃぎっぷりで。律歌はそれをぼんやりと見つめていた。

それから、もうひと月あまりが経過した。あの時のことは、もうあんまり覚えていない。そう、今では――

第一章　楽園

1・本当にお代はいらないんですか？

律歌は待ちきれなくて目を覚ました。旅立ちの日のように思考が冴えていた。息もつかぬまま顔を洗って歯を磨き、クローゼットを開ける。真新しい洋服が並んでいて、最初に目についたブラウスに袖を通し、キュロットを合わせた。鏡も見ずに、感覚だけでこめかみに花のピンを挿し入れながら、早足で階段を駆け下りて玄関へ。まだ薄寒い外へ、大きな音を響かせドアを開け、一思いに出てしまう。どこまでも野原が続き、タンポポの花が傘のように閉じたまま朝日を待っている。静寂そのもので、空気が澄んでいて、アルプスの山間のように牧歌的で、やっぱりまだ見慣れない。袖の中を通った風が、脇からわき腹をすうっと冷やした。

隣の家には三十秒ほどでついた。鍵はむろん開いている。律歌は靴を脱ぎ散らかし、薄暗い廊下を電気もつけないまま一直線に突き進む。そして寝室の扉までくると開け放ち、

「北寺さんっ！　も・う・朝〜〜〜〜っ！」

そのまま、無防備なベッドにダイブした。

「ぐえ」

律歌の全身の下でもぞもぞと動く物体。

「りっか……今、何時……」

「五時っ」

律歌の返答を聞いた瞬間、その物体は急速に収縮を始めミノムシのように布団を巻き付けて小さく丸くなった。

「……は、や、すぎィィィ……っ。おやすみ」

「やだーっ！」

律歌は力任せに布団をひっぺがそうとして、北寺の力が意外と強くて失敗。

「もうっ、五時に出発って言ったでしょ！　行こう北寺さん！　出かけよう！」

「んん……そんなこと……言ってない……まじで言ってないよ……」

すやすやと寝息が立ち始めてしまう。

「いいのーっ。ほら、朝ごはん食べるよっ。北寺さん！」

律歌は北寺の顔を覗き込み、彼の首元までまっすぐ流れている長い髪をちょいとかきわ

ける。金色の髪が美しい彼の寝顔は、見方によっては人形のように無垢にも見えたし、都心の暗いビルで働きづめの疲れたホストのようにも見えた。それにしても起きる気配がない。

律歌はあきらめてベッドを下り、階段を下っていく。そろそろ朝ごはんが届くはずだ。

と、下っている途中でチャイムの音がした。

「こんにちはー。アマト運輸です」

「あっ、はーい！　おはようございまーす」

時間通りだ。玄関に行きドアを開けると、見慣れた段ボールが積み上げられていた。白い作業着を着たお姉さんがその横に立っている。彼女の被っている帽子にはトレードマークのシロネコのイラストが。

「食品が二点、雑貨が五点、衣料品が二点、家電が一点と、家具が一点と、あとは自転車が二台ですね。お荷物の置き場はこちらでいいですか？」

「はい！」

「じゃ、ここにお受け取りのサインを」

「はいはい」

受け取りのサイン欄には家主の名前を代理で書くべきか、自分の名前を書くべきかいつも悩むのだが、どちらでもよさそうなので深く考えずに末松と自分の名を記入している。そんなことよりも。

amazou

「あの、本当にお代はいらないんですか？」

律歌は挨拶代わりの質問をぶつける。お姉さんはきょとんとした顔になり、

「もちろんです。送料も商品代金も無料となっておりますので」

こちらもお決まりの返事がかえってきた。

「それってどういうことなんでしょう？」

「さあ……？　ごめんなさい、ちょっと、私には」

困惑する配達員……聞いたって仕方がないのはわかっていたが、毎日確かめずにはいられなかった。

「おっと、すみません失礼しますね。後がつかえてまして」

「あっ、ごめんなさい」

後ろには大きなトラックが停まっている。今日一日でどれだけのものを配るのだろう。

「お仕事、大変ですね」

「まあ、そうですね」

お姉さんはシロネコアマトと書かれた帽子を目深にかぶりなおし、

「本当にここは、天国ですね」

そう言うと、忙しなく行ってしまった。

「天国、か……」

一番上の段ボールを手に取る。いつものようにお弁当だ。毎度贅沢に松花堂弁当にして

いる。重厚感のある正方形の箱が十字に仕切られていて、その各空間に陶器の小さなお皿があって、その上に季節の料理が品よく盛り付けられている。炊き立てほかほかご飯付き。

(まあ、だって、代金は必要ないって言うし……)

どうして……なのかはわからない。無料？　どうして？　ここは、どういう仕組みで成り立っているのだろうか。こんな早朝にだって配達してくれる。

そもそもここは、いったいどこなのだろう。

牧場のようなこの景色を、アマト運輸のトラックが、どこかへと走り去る。ブロロロロと排気ガスを吐き出す音が、明け方の青く静謐な空気を、なんだか懐かしく震わせていた。

律歌はテーブルに、その豪華なお弁当を二つ並べ、熱いお茶を淹れた。北寺はまだ起きてこない。

(さて、どうしようかしら)

一日に行動できる量は限られる。時間を無駄にはしたくなかった。北寺をあんな風に起こしてはいるが、でも、強要してはいけないという自制心は持っているつもりだ。ここは、誰にも強制されないところだよ――という彼の言葉に救われた過去だけは、律歌も忘れてはいなかった。

窓の外、辺りはまだまだ薄暗く、台所の蛍光灯はそれに対して少し強くて、律歌の影を濃くする——強くあろうという決意とともに「いただきます」と小さく口に出して手を合わせ、一人、箸を取った。

（今日の、予定を立てなくちゃ）

たとえ自分一人でも、できることをやっていこう。

物音がした。心が弾んで、手が止まる。律歌は階段の方をじっと見つめた。寝ぼけたような足音を鳴らしながら、「……おはよう」と、北寺が下りてきた。瞼が半分開いていない目、ほうぼうにはねっかえる寝ぐせ。私とまた一日を始めることを選んでくれて、それでこうしてむにゃむにゃと下りてきてくれた。律歌は一口目を口に運び入れて言った。

「おっそーい！　もー！」

2・ここを気に入らないわけ、ないんじゃない？

「眠い……今日のごはんなにー……？」

「ん、何って、難しいわね。いろいろよ。ほうれん草のおひたしでしょ、小鉢はーあっイクラね！　エビとイクラとアボカド和え、高野豆腐と、焼き魚と、赤かぶのお漬物、それからおみそ汁とー、あと白米～っ。あちちっ、あふ、炊き立てに間に合ったわね！」

「ふあ～あ。ああ、まだ暗いな……農家の朝ってこんな感じなのかな……」

「農家ねえ……」

そんなのがいたらの話だが。

律歌は炊き立て白米を咀嚼しながら、これはいったい誰が作ったのだろうかと思いをはせた。

そしてここはどこなの？　と。

席に着いて「いただきます」と箸を取る北寺。彼も少し前、仕事を早退した帰りに、昼下がりの街をふらふらと歩いていたところ、ここに自然とたどり着いたという。

この辺りに住むほかの住人も同じようなものだ。

〝迷い込んできた〟

全員口をそろえてそう言う。最近でも、迷い込んでくる人が時々現れる。ふと思い出して律歌は聞いた。

「ねえ、こないだのあの新しい人、どうなったかな？」

「ん〜……？　ああ、野口さん？　なんかね、青山さんのお隣に住むことにしたみたいだよ」

北寺がアボカドで緑色になった歯をのぞかせて答える。

三日前にも新しく迷い込んできた人がいたらしく、ここから徒歩二十分ほど離れたところに住む青山さんがいろいろ世話を焼いてやったという。

「ふーん……。ここ、気に入るといいけどね。あの人、泣いてたから」

ここにやって来た人の反応は様々だが、流れはだいたい決まっている。道に迷っていることに気が付いて、スマートフォンのマップアプリで位置を確認しようとするが接続されず、電話もネットも通じなくなったところで本格的に焦り始め、コンビニや交番を探し回る。でも、行けども行けども、それらしい店や施設はどこにもなく、そのうちに日が暮れてきて、途方に暮れて、恐る恐る知らない民家に立ち入って、事情を話して泊めてもらおうとする。またはどこかで野宿を始める。大抵は一日経たずして、ここに住む誰かが気付いて声をかける。ああ、新しい人がやってきたんだ、手引きしてあげようか、と。土地がだだっ広いだけの狭い世界だ、ここに住む者は皆顔見知り。この場所を知った上で来た者はかつて誰もいない。初めてここにたどり着いた人に対して、笑顔で優しく迎え入れてやるのだ。「ここには、怖いものは、何もないですよ」と。

「気に入るさ」北寺は律歌に言った。「ここを気に入らないわけ、ないんじゃない」

「どうしてそんなことが言えるの？」律歌は少し反発心を覚えて言った。

「だって、まあ、ね？」

新しい人には、今日からここに住むように優しく諭す。もちろん、迷い込んできた人にだってこれまで生きてきて手に入れた居場所や、住み慣れた暮らしがあるのだから、初めはなかなか受け入れられない。パニックになる相手には強制せず、その代わり、唯一通じるウェブサイトを教えてやる。

「天蔵《アマゾウ》の通販サービスを知っちゃったら、さ。ここにずっといたいと思うのも無理はないだろう？」

それが通販サイト「天蔵《アマゾウ》」。

必要なものはそこで入手できるぞ、と。

それこそが、ここに既に定住している者の、切り札だ。

――だって、全て無料。送料無料なんて話ではない。商品代金自体が無料なのだ。

食料も、生活用品も、家電も、新型ゲーム機も全部だ。通販で買える、ありとあらゆるものが。それこそ、家まで。この家もそうやって北寺が購入を代行してくれた。価格は土地代含めて０円だ。

まったく、信じられない話だ。これが成立する仕組みがわからない。

みんな日本語を話しているからここは日本なのだろうが、日本はお金で経済が回っていなきゃおかしい。資本主義というのはつまりそういうことだったはずだ。いやむしろ「みんなで分け合いましょう」の共産主義であっても、誰も生産を行っていなければ、たとえばこの弁当だって存在しないはずなのに。律歌は思う。生産者は誰なのであろうか？と。何も考えずに衣食住を満たされることを、何も疑問を持たずに当たり前に受け取るには、やはり抵抗があった。

――私はどこから来たの？

律歌がここに来たときだけは、少し事情が違ったらしい。精神が憔悴しきって放心状態だったそうだ。北寺が世話を焼いてくれなかったらどうなっていたのかわからない。でも今ではその記憶はすっかり抜け落ちていた。……自分のことは、ここに来た日を含め、ここではないどこかに住んでいた過去も、よく覚えていないのだ。中学や高校で習ったことや、言葉や、歯を磨くなど当たり前にやってきたことは覚えているが、誰かと住んでいたのか、一人で暮らしていたのかはわからない。大学を卒業して就職して働いていたことまでは断片的に覚えているが、具体的になんの勉強をしていたのかとか、どんな仕事をしていたのかとか、そういう、今に近い過去はまるで思い出すことができない。ここにどうやってたどり着いたかを知る者はいないが、記憶が大きく抜け落ちている者はどうやら律歌だけのようだった。

3・ここはどこなのか、それを知りたいわ。

「で、今日はどうするの？　りっか」

　鮭の大きな骨を取り除きながら、北寺が律歌の方を見る。

「うん」

　律歌は箸を置いた。

「とにかく、行けるところまで行ってみたいの。ここはどこなのか、それを知りたいわ。だからまっすぐ行きたい。行って戻ってくるだけでも何か変わる気がする。できれば、ことは違う面から場所を確かめたい。まあ、どっちに行ったらいいのかさえわからないけど……でもとにかく歩きださなきゃ何も始まらないでしょう」

「ふむ」

もぐもぐと咀嚼しながら、北寺は宙を見上げて何事かを考えている。「じゃあ北に向かおう」

「北ね！」

律歌は北寺を見つめた。

「いいけど、どうして？」

「そりゃあ、おれが北寺だからねっ！」

小首を傾げてウインクを寄越される。

「なーんだ。ま、別にいいけど」律歌はため息をついて、食事を再開。口の中でイクラをぷちっと潰す。

「うそうそ。ちゃんと理由はあるよ」

北寺はそう言うと、両手で一度丸い輪っかを作って、頂点を示す。

「ここが地球なら、北には北極点があって、そこを目指していると思えばまっすぐ歩くためのゆるぎない目印になるし、それにもうすぐ朝日が昇るでしょう。一日かけて歩くなら、一日中、景色が見やすい方がいい。日を背後にし続ければ、方角もわかりやすいしね」

「ふーん！」

律歌は思わず立ち上がった。「じゃあ北ね！」

あと少し食事が残っていた。律歌は行儀悪く立ったまま残りを口に放り込み、「ごちそうさま！」と下膳する。

「北ってどうやったらわかるの？　方位磁針とかある？」

「あるよ。買ってある」

食事を終えた北寺が身支度を調えていく。奥の和室からリュックサックを持ってくると、そこには紐で括りつけられた方位磁針がぶらさがっていた。磁石の針が丸い透明ケースの中で揺れている。

「さっすがー！　ていうか、いつの間にそんなの買っていたの？」

さらに北寺の格好をよく見ると、スポーツウェアに着替えていた。薄手で軽そうで、原色の黄緑色が眩しい。

「まあ、丸一日かけて走るんだから、それなりに準備はしたさ。むしろりっか、その格好で大丈夫？」

「うぅ……まずかった……？」

律歌はというと、ブラウスにキュロット。クローゼットを開けて十秒で決めた普段着だ。

「やれやれ、ドライブじゃないんだからね〜、りっか〜？」

天蔵《アマゾウ》には基本的には何でも売っているが、例外もあった。車がその一つだ。バイクもない。移動手段を探し尽くしたものの、徒歩以上のものは自転車が精いっぱいだった。

「はああ……車……があれば便利なのに」

人というのはどれほど人力で移動できるのだろう。想像もつかない。

「でもま、その代わり自転車って言ってもマウンテンバイクの最高級品を買ったから！　ママチャリとは違うよ！」

「……ふーん……？」

北寺は準備体操までして、どこか清々しく楽しそうだ。

「サスペンションがあれば、多少荒れた道に出てもなんとかなるかなって。って、あー、りっか乗れるかな。ちょっと練習する？」

もうすっかり眠気も覚めたらしく、北寺は玄関に置かれていた巨大な段ボール箱に手をかける。側面にある点線部を引っ張って開けると、中には自転車があった。

「練習しないと乗れないようなものなの？　自転車でしょ？」

なんだかタイヤが太いみたいだけど。

「まあーりっかは初心者だから、ビンディングペダルにはしてないけどさ」

「何……？　よくわからないわ。あっ、なにこれ、スタンドがないじゃない。これじゃ倒れちゃうわ。せっかくタダならもっと便利なのにすればよかったのに」

「いやいや、わざと付けてないんだよ重くなるから」

「なんでもいいけど、こんなのでどこまで行けるのかしら」

昨日遅くまで天蔵サイトを開いて北寺がいろいろ自転車関連のものを発注してくれてい

たけど、バネやらペダルやらカスタマイズまでしてくれていたらしい。

「ちなみに普通に買おうと思ったらこれ、二百万するよ」

「はあ!?　だってこれ、ただの自転車でしょ!?」

「最高級なんだってば！　有名なブランドなんだよ」

有名な自転車のブランド……そんな定価で商売が成立するとは驚きだ。タダでなければ触れる機会もなかっただろう。それだけのお金があったら、同じ移動手段ならば自分は素直に車を買う。軽自動車でいいから。

しかし、ここには車だけは売っていないのだ。

「さあて、……と」

玄関から外へ、一歩出る。燃えるような朝日が、辺りを黄金色に染め上げていた。慣れない自転車にこわごわまたがって、少し足でペダルを踏んでみる。おお、これはなかなか軽やかに車輪が回る。だが何百万円だろうと自転車は自転車で、漕がないと進まないけれど。

「さあ行くわよ！」

その金色の中に、律歌は一気に車輪を転がした。北寺が後から続く。二人は連なって、無限にも感じる野原を走り始めた。

第二章　まずは行けるところまで

１・二百万円の高級マウンテンバイクに乗って。

輝きだした朝日、青い影を濃くする雲と山を背に、涼しい風と共に走り抜ける。田舎道はところどころ舗装がされていなかった。それでもこの高級マウンテンバイクは抵抗を最小限にとどめてくれ、まるで自分の肉体の延長のようにスムーズに車輪を動かすことができた。

冷たい空気を、鳥の鳴く声が震わせる。遠く、何かの鳥の群れが横に広がるように連なって飛んでいた。

あの鳥とともに移動している。

彼らは空を、私達は地を。

「ふうー！」

律歌の声にちらと振り返った北寺が、口端をにっと上げる。そうして二人連なって草原を走り続ける。風が体の中を通って抜けていった。

どれくらい走っただろう。

「りっかー！」

自分の呼吸と呼吸の間、かすかに声が聞こえた。額を伝う汗が前髪を張り付ける。北寺が米粒のように、はるか前方の遠くに見えた。

もう……足に力が入らない。

北寺は片足をついて、こちらを振り返りながら待っている。徐々に差が開いていき、ついにはここまで離されてしまった。

（なんなの……あの……遠さ……）

嫌気がぶあっと襲ってくる。

北寺においていかれたことにいじけたような気分——だが遅いことを気遣われてゆっくりゆっくり並走されても、それはそれで癪な気分になるかもしれない。ついていけない自分に腹立たしいような気持ちもあるし、じゃああとどれくらい走らないと追いつけないのかというため息もあふれてくる。

ああ……つまりは疲れたのだ。

日差しの下、律歌はついに足をついた。そして自転車が倒れるのも気に留めず、自分もその地に横たわった。

「りーっかーっ」

また声が聞こえるが、

「きー……北寺さんが……来いー……」

八つ当たりまじりにそんなことをぼやきながら地面にごろんと寝そべる。後頭部、髪の間に砂利を感じるのもいっそ気分がいい。

ふうーっと息を吐きながら天を見上げた。

空は高さの概念すらないほど高く、真っ青に澄み切って明るかった。森に覆われた山が周囲を囲っていた。雁がまた飛んでいる。

大きな風が腹を撫でていった。汗が冷えていく。

追いつくだとか、あとどれくらい走るだとかいった自分の負けず嫌いな感情がばかばかしくなってきた。走りたいときに走って、寝っ転がりたいときに寝っ転がって。それでいいじゃない。

自転車をキロキロと引きながらこっちに向かって歩いてくる足音がした。

「りっか、もう、どうしたの。大丈夫?」

北寺が視界に入り、日を遮る。推し量りかねているように戸惑うその顔に、律歌はからっと笑ってみせた。空に向かって言う。「こうしたくなっただけ」

北寺は、自転車を倒さぬよう器用に体で支えながら律歌の横に腰を下ろす。そしてそのままリュックからペットボトルを取り出し、スポーツドリンクをごくごく飲み始めた。北寺の存在を感じながら、律歌はつぶやいた。

「ここにずっといたっていいんだよね――」

北寺は「うん」とペットボトルを差し出してくれる。律歌は半身を起こし、受け取って飲んだ。しょっぱくて甘かった。キャップを閉めて、返す。

ずっとここにいたっていい。

律歌は立ち上がった。

「いこっか」

「うん」

北寺も立ち上がると、投げ出されたようにして倒れている律歌の自転車を、空いている方の手で起こす。それぞれサドルにまたがって、地面を蹴る。

ずいぶん高く日が昇ったような気がした。だが、まだまだ午前中だ。通常ならようやく一日の活動を開始するくらいの時間帯。朝の部活動が終わって始業のベルが鳴り始めるころの感覚に似ていた。

景色を見ながら流すように走っていく。辺りは何も植えられていない田んぼだらけ。本当にここはどこなのだろう。

そういえば学生の頃、何の部活動に入っていたのだったか——思い出そうとしても、もやがかかったようにぼんやりとして、まとまらない。少なくとも何かやっていたような気がする。大学、そして就職にまで繋がっていくような、何かを——……。

（思い出せないなあ……）

そこそこのところでやめておく。思い出そうとするたび、封じられた記憶に触れるたび、なんだか今にも天地がひっくり返りそうな、不安定な気分になった。心臓がどくどくと脈打つのを感じる。不安がこみあげてきて、息が切れる。まずい、と律歌は景色を眺め、気持ちを落ち着かせた。大丈夫。ずっとここにいたっていいんだ。ここで生きていたっていいんだ。だから、忘れてしまえ。

やはり、自分には記憶が部分的に欠けているのだなと思い知る。本来なら大きなハンデのはずだ。みな等しく新しい場所で新しい生活を始めるこの状況だからこそ、そのことに特段不便を感じずにいられるけれど、本来は病院で治療すべき記憶障害なのだろう。元いた場所に戻ったら、どれくらい苦労するのだろうか。少なくともこうして日の下、のどかな田舎道を北寺と二人で、ひたすら自転車を漕いではいられないだろう。

これから、どこに行こうというのだ。わからないまま、律歌は前だけを向いてペダルを踏み続けた。

2・元主婦三人組の井戸端会議

一軒家を通り過ぎるとき、その前でたむろしていた女性三人組に呼び止められた。

「おはよう律歌ちゃん」「あら、北寺さんと自転車でお出かけ？」「仲良しね、いいわねぇ〜」

三十から四十代の彼女達は、新しい話し相手を見つけたように口々に話しかけてくる。井戸端会議の真っ最中だったようだ。ここに来る前はみんな主婦だったらしく、うち二人は子供がいたらしい。

「おはようございます！　今日はちょっと遠くまで行ってみます」

「へえ、冒険ね。楽しみね☆」

冷やかすようにウインクを投げられ、あははと笑われた。律歌は大学も出て仕事もしていたが、彼女達からしてみればまだまだ若い子供のようなものなのだろう。ご近所付き合いなんて演じ合うようなものだ、それならそれでわかりやすいし構わない。

「帰り道、見つけてきますよ！」

律歌はそう言って胸を張った。

「おー！　頑張ってー」

「え～っ、私はー、帰りたくないかな」

二児の母らしい彼女は即答でそう返してきた。

「あ・た・し・も～。あっはっは」隣の主婦もそう追随し、三人とも頷いた。

「そうなんですか？」律歌は尋ねる。

「だって、怖いじゃな～い。帰宅したら私、がっかりしちゃうかもしれないし」

「そうねー。ありうる～！　ここってすっごく楽チンなのよ～」

「そうそ。今から帰ったとして、何か家族の役に立てるかしら？」

「ボタン一つで注文する以外、家事できなーい！　むりー！」

「きゃあ、やだ～っ、考えるのこわーい、もうずっとここにいましょ～っ」

「そうしましょそうしましょ〜、あははは」

心から笑っているわけではないだろう。でも、おしゃべりの中で冗談にして笑い飛ばすしかない。その空虚さが伝わってきて、律歌はどうしていいのかわからなくなった。

「お三方、ちょっといいですか」

ちょうどいいタイミングで北寺が割って入ってくる。

「はーい」

「地図を作ってみたんです。簡単なものですが」

北寺は立ち止まるたびに手帳にいろいろと書きつけていた。律歌の家と北寺の家が下のスペースに描かれ、そこから道がずっとのびている。そして家が点々と三つ描き足され、それぞれの住民の苗字が振られていた。この奥様方それぞれの家だ。

「ええーすごいわねえ」

「これ、完成したらほしいわ」

一斉に覗き込まれる。

「完成したらコピーしてお配りしましょうか」

「まあ、助かる！」

「それで、皆さんの知っている限りの位置関係を教えてもらえませんか？」

「いいわよー！　ええっとね、どれどれ〜。あ、鈴木さんの家、まだ描いてないね」

「どこですか？」

「そうね、このへん！」

「ここに家が三つあって、こっちに野口さんが入ったのよ。こっちは空き家」

「ここに畑があって、自家製野菜をよくおすそ分けしてくれるのよね」

「天蔵《アマゾウ》でちゃんとしたものは買えるけど、なんか、手作り野菜ってのもいいのよね～」

「そうそ～。温かみがあるわよね～」

話が何度か脱線しながら、みるみる地図が埋まっていく。

「よし」と北寺が万年筆のキャップを閉めたのを合図に、律歌は自転車のサドルにまたがる。地面を蹴る。北寺も三人に礼を言って手帳をリュックにしまい、後からついてくる。

「行ってらっしゃ～い」

「気を付けてね～」

「転ばないように～」

後ろからの呼びかけに手を振って先へ。

3・該当する商品がありません。

律歌達は見晴らしのいい丘に上がって遅めの昼食を取った。丘には大きな木々が五、六本固まって生えていて、その間にハンモックがかかっていた。誰かが吊るしたのだろう。律歌は勝手に乗ってゆらゆら揺れながらしばし昼寝を楽しんだ。一面に広がる黄色い菜の花畑を見ながら二人は自然とそこからは無言のまま、疲れてきた体に鞭打ってひたすら北へまっすぐにただただ走り続けた。このままどこまでいけるのだろうという好奇心だけが、それぞれのペダルを動かしていた。

その足が止まったのは、

「この先、山だね」

川を越え、木々が多くなり、遠くに見えていた山が近くなってきて、ついにそのふもとに到達したときだった。

「どうする、りっか。登る?」

久々にしゃべるような感覚で律歌も口を開く。「時間は?」疲労感はあったが、まだ走れる。だが帰り道の分の体力も考えなくてはいけない。いざとなってもタクシーを呼ぶことはできないのだ。

「りっかがまだ大丈夫なら、もう少しだけなら進んでもいい。でも、山を完全に登ることは無理かもね」

「途中で引き返すことになる?」

「そうだね、たぶん」

律歌はなんとなく出鼻をくじかれたような気分で自転車を降り、疲労した筋肉を伸ばすようにして山のふもとをぶらついた。途中で時間切れになるとわかって山を登るのは精神的にしんどいものがある。

「ここまで……かな」

　地図は昨日より埋まりはしたが、依然としてここがどこなのかわからないままだ。

「車って本当に、天蔵《アマゾウ》に売ってないの？」

「売ってないよ。見てみる？」

　スマートフォンを起動し、天蔵《アマゾウ》のサイトに接続する。検索欄に「自動車」と入力してぽちっ。

　おもちゃのミニカーとか模型、ラジコンだとか、車に関する書籍は山ほど出てくるが、乗り物としての自動車はどんなにスクロールしても見つからない。

「ないね」

　北寺も最後のページの方から検索しているらしい。

　律歌はふと、いつもなら気にしないような下部のリンクに目が行く。

「あ、これ、問い合わせができるみたいよ。メール……電話も！」

「電話!?」

　以前電話が使えるか律歌と北寺で試したところ、消防や警察の緊急通報も繋がらなかった。互いの電話番号にかけてみても、鳴らなかった。でも、天蔵《アマゾウ》にはネットが唯一通じるのだ。電話だって通じるかもしれない。

　律歌は０１２０から始まる天蔵《アマゾウ》の電話番号をコピーして貼り付けて、通話マークを押した。呼び出し音が続いた後のこと。

「はい。天蔵《アマゾウ》カスタマーサービス、添田《そえだ》です」

繋がった!! 録音音声というわけでもない。きちっとした若い男の声が聞こえた。謎のベールに包まれている天蔵関係者との直接通話に、緊張が走る。

「ここはどこなの？」

車のことなどすっかり忘れて、律歌は切羽詰まってそう問いかけた。一呼吸置いて、カスタマーサービスの添田は応えた。「どこと言われましても。いかがいたしました？」

「えっと、えっと……！ あなた達は誰なの!?」

しかし、感触はシロネコアマトの配達員と同じようなものだった。

やっぱり話が通じない。同じ日本語を話しているけど、別の世界の人みたいだ。初めてシロネコアマトが荷物を運んできた時に、律歌がさんざん繰り返した問答とまるで変わらない。

「そういうことじゃなくって……っ」

「こちらは天蔵カスタマーサービスでございます」

ここは、違う世界なのだろうか？ そんなことまで考えてしまいそうになる。

いったい、このサービスはどんな形で成り立っているのだろう。誰を相手にしているのだろう。律歌達のようなここに迷い込んだ住民が本当に本来の客なのか？

一番求めている回答は得られなかったが、ここで切るにはまだ早い。電話するきっかけになった用件がある。

「車はどうして売っていないの？」

「申し訳ございません。現在取り扱っておりません」

「どうしてって聞いているのよ」

「どこかへお出かけでしょうか？　お買い物のご用命でしたら、天蔵《アマゾウ》にどうぞ」

「買い物に行きたいわけじゃないの。山に登りたいのよ」

「はあ、山ですか。ハイキングでしたらアウトドア用品のページに——」

「ちがうのちがうの！　私達、ここがどこなのか知りたくて、それで遠くまで行こうとしているのよ！」

「どこなのか知りたい、ですか」

「そう！　今、変な場所にいるの。伝票の住所欄には番号しか書かれていないし。ここ、どこだかわかる？　何県何市？」

「すみません、ちょっと……質問の意図がわかりかねます」

やっかいな顧客に捕まってしまったと思われていそうだ。

「まあいいわ。なんでもいいから乗り物、売ってくれないかしら」

「そういったものは、現在取り扱っておりません。申し訳ありません」

「これから扱う予定は？」

「入荷の目途は立っておりません。申し訳ありません」

「車、きっとすごく売れると思うわよ！」

「そうでしょうか」

あの手この手で問いかける律歌に対し淡々と、事務的な返事。

「そうよ！　参考にしてよね！」

「ありがとうございます。ただ……失礼ながら、お客様は天蔵の通販で生活に必要なものはまかなえていらっしゃるのですよね」

「そうだけど？」

「でしたら、これからも引き続き、天蔵《アマゾウ》サービスをお役立ていただけたらと思います」

「え、ええ、まあ」

「車なんてなくても、生活できますでしょう？」

「生活は、できるけど……」

「それは何よりです」

律歌は言い返す言葉を探した。

「他に何かご質問はございますか？」

「えっと――」

「それでは私、天蔵《アマゾウ》カスタマーサービスセンター、添田が承りました。失礼します」

ガチャ。

「あっ」

切られた。

ツーツーツーと電子音が続く。

「あーもう！　なんなのよ、あのカスタマーサービスはっ。車なんてなくても生活できるだろですって！　無駄なことはするなと言わんばかりに！」

文句を言わず、天蔵サービスをただ享受していろと言われているようにも取れる。

「むっかつくわ！　よし、もう一度かけてみようかしら!!」

「ちょっと待ってりっか」

北寺は少し考えて言った。

「天蔵《アマゾウ》に頼むのはあきらめよう」

「どうしてよ」

「なんか、引っかかるんだ」

空が急に暗くなってきた。なんだか雲行きが怪しい。太陽が引っ込んで、厚い雨雲が空を覆っている。

「車なんてなくても、生活できるでしょう、って……裏を返せば、生活に必要なものは、天蔵《アマゾウ》が支給している、ってことになるよね」

「……？」

遠くで雷の音が聞こえたような気がした。

「言われて、よく考えるとさ、おれ達は一応、生活に必要なものをいただいている立場なんだよ」

そう言って北寺は、薄暗い天を見上げた。

「わからないけど、彼らには逆らわない方がいいんじゃないかな」

「う」

それは想像するのもぞっとする話だった。

天蔵《アマゾウ》から何も売ってもらえなくなったら、どうする？

そうしたらそれこそ、こんな場所でどうやって生きていくんだ？

律歌は肌寒さを感じリュックサックからカーディガンを取り出して羽織った。

「天蔵《アマゾウ》に目をつけられるようなことは……避けた方が無難だ」

カスタマーサービスの担当者は物腰低い丁寧な接客だったが、こちらは客であるどころか、よく考えたら対等でさえない。高圧的な言葉こそ言われていないものの、冷静に考えたら一方的に助けられ生かされているのはこちらの方。

「触らぬ神に祟りなし」

北寺は畏怖したように素早くそう言うと、首をすくめた。

律歌は闇に溶け込み始めた山一帯を睨みつける。

強風にあおられて森がざわめいた。まるで山が啼いているようだった。風は木々の黒い狭間に向かって吹いていた。山は大きく呼吸をしながら、律歌達を呑み込もうと待っているようだった。北寺はそんな息吹から律歌を守るようにその前に立ちふさがり、「嫌な天気だね。降ってきそうだ。やっぱり戻ろう、りっか」と、言って律歌をもと来た方へ向かせる。長身の北寺の肩越しに、律歌は再度、高くそびえたつ山を睨みつけた。ごおっと風が吹いて、律歌のカーディガンをばたつかせる。北寺が「寒い、寒い」と言って、律歌を抱えるように背を丸める。そうして律歌の薄手のカーディガンを背中から手を回して押さえながら、ボタンを一つ一つ、上から順番に留めていった。律歌は風に逆らうように瞬きもせず沈黙したまま立っていた。

第三章　卵の中

1・ほんの少しだけ、冷たい眼差し。

北寺の家に着いた時には夜の七時を回っていた。

「ついたっ、つ、ついたー……」

幸いにも雨に降られることはなかったが、田舎道は真っ暗で、自転車にはライトもなく（一百万円のくせに不便だ）、闇から逃げるようにして走り続けた律歌は、玄関のドアを閉めた瞬間ごろりと廊下に倒れこんだ。

「り〜っか〜、じゃ〜ま〜」

ぴょんと迷惑そうにまたいで律歌を越えていく北寺。彼に対してリアクションを取る体力も律歌には残っていなかった。

ここを出たのが朝の六時半ごろだから、八時間以上走っていたことになる。途中、井戸端会議に参加したり、お昼ご飯を食べたり、昼寝しすぎたりしたものの、今日一日の大半は自転車の上にいた。

「北寺さん、私ここで寝るから」

一歩も動きたくない。廊下のフローリングにぴたりと頬をくっつけながらそう思った。既に上半身裸になっている北寺は、洗面所からひょいと顔を出して呆れ果てたようにため息をついて、シャワーを浴びに行ってしまう。彼も彼なりに疲れているのだろうか。自転車も手荷物もすべて投げ出した状態のまま、律歌はその水音を聞くともなしに聞いていた。

ものの数分で出てきたほかほかの北寺に律歌は「お風呂借りるねー」と言って入れ替わる。シャンプーもコンディショナーもトリートメントも自分好みのブランドを置かせてもらっている。そして置いてある部屋着に着替えてそのままベッドイン。

「じゃ、おやすみ」

寝室、やや硬質なマットレスに身を沈め、羽根布団にくるまりこんだ。そして北寺の方をちらりと見やると、

「ちょちょちょちょっと待って待ってりっか！」

観念したように彼が駆けつけてくるのはいつものことだ。

「りっかー？　はーい、ここ、おれのおうちだからねー、起きようかー」

「いいじゃん、ベッドでかいんだから！」

「そーゆー問題じゃないよー」

……いつもの、ことだ。

「でももう疲れて動けなーい」

キングサイズのベッドの脇に膝をついて、北寺は寝そべる律歌に視線を合わせる。じっと目を見つめて。

彼のそのいつもの困り顔を見ていると、律歌は胸がしめつけられたような気分になる。

「……はいはい、わかりましたよ。帰るわよっ」

むくりと半身を起こした。

「送るよ」

北寺は申し訳なさそうに手を差し出してくる。律歌はその手を取ると、腰を上げるふりをして思い切りそのままベッドに引きずり込んだ。

「わわわわわわわわわわ」

律歌の思っていたよりずっと容易く北寺は布団の中に滑り込んできた。律歌のスペースに、少しだけひんやり冷たい肌が入り込む。湯上がりの体温が布団の中でさらに熱くなった。パジャマと薄手のパーカー越しに、二人混ざり合うように体温が移動し合う。心地いい。満たされる。安心する。

「私もあなたも疲れてるの……。仕方ないからここで寝かせなさいよ……？」

眼前間近で囁いてみせる。

「やれやれ、仕方ない、な……」

かかる息がこそばゆい。

「うん」

北寺の長い前髪。金色の隙間からのぞく深いグリーンの瞳。その瞳に映る自分。

ここにいるのは自分一人じゃなくて二人なのだ、二人で生きているのだと、全身で感じられる。

眼差しは、ほてり頰の律歌を愛しさで包み込むように慈愛に満ちて優しげで、どこか、大人びていて、

「おれが……ソファで寝るしかないか」

ほんの少しだけ、冷たい。

「……っ！」

律歌は両腕を突っ張ると、布団を蹴って起き上がった。

「嫌い、嫌いっ。北寺さんなんて！」

「ごめんねりっか」

傷ついたような顔をして、ずるい。

「謝らないでよ！　北寺さんなんて大嫌いだもん」

「うん、うん、ごめんね……」

手を握られた。優しく包み込むように――。その手を振りほどく。

「触らないで、もう！」

「……うん」

自分から拒んでおいてそんな泣きそうな顔をされても、困る。

傷ついているのはこっちだ。

北寺さんは、私と同じようには、私を求めてはくれないのだ。

律歌は立ち上がると玄関まですたすた歩き、着替えも荷物も置いたまま、

「じゃ、またね」

「うっ、うん……！　りっか、また明日ね……っ！」

振り返ると、階段と廊下を走って追いかけてきた北寺が、縋るようにもう一度念を押した。「あの、お願いだから……、ねえ、明日も、来てね……？」

その顔があまりにも必死の形相なので、つい、

「ふん。もう来てあげなーい」

意地悪を言いたくなる。

「やだっ、やだよ！」

「じゃあ一緒に住も？」

「それは……ダメ」

「むう」

「だめだよ〜、ふしだらふしだら。ね？」

ごまかすように北寺は律歌の肩を摑みくるりと外を向かせる。

これ以上突っ込んで聞いたら、この関係が壊れてしまうのだろうか。

〝そこまで好きじゃない〟のかな。それとも——その瞳に映るのは私でも、心に映っているのは別の誰かなの？

今日は、もう帰ろう。

「わかってる。そんなの当ったり前でしょ！　明日は朝四時集合だからねっ！」

そして扉を閉める。

それでも北寺さんはここに来ていいって、言ってくれる。少なくとも嫌われているわけじゃない。

暗く寒い道がのびている。部屋着のまま一人きりで走って、もやもやした心を霧散させていく。

私は一人なの？

私は一人じゃない。

明日も一人じゃない。だから——これを受け入れよう。

2・今朝やっと実がなって、収穫してきたプチトマト。

律歌を起こしたのは、みそ汁の匂いだった。天蔵《アマゾウ》に注文は、していないはずだった。自宅についたら寝室のドアも開けっ放しのまま、ベッドに倒れこむようにして寝たことは覚えている。

「もう、りっか、何時だと思ってるのさー？」

階段の下から、北寺の声だ。足音とともに、だんだん近づいてくる。

「ごはん冷めちゃうよ〜？」

律歌が目を開くと、そのドアから、緑のチェック柄のエプロン姿の北寺が入ってきた。

「もう十一時だよ。さ、起きた、起きた」

柔和な笑みが、温かい。彼の手で束ねられていくカーテン、差し込む光が強くまばゆかった。すごくよく寝た気がする。

「……ん。おはよ」

夢でも見ている気分で半身を起こす。にっこりと微笑みをたたえた北寺が、そこに待っていてくれた。

「おはよう」

こんな風に起こされるというのは、とてもいいものだと思う。一緒に住むことは、断られていても。

「すぐ……行くから待ってて」

「わかった。あと」

北寺は肩につくかというほど長めの金髪を自分の手でつまんで、真上にあげた。

「りっかすごい寝ぐせ」

「んあ」

たしかに前髪が視界に見えない。

「あとで綺麗にやったげるね」

ふふふと笑いながら階段を下りていく北寺。どうやら律歌の髪の毛は今よっぽどひどいことになっているらしい。

うむ。早く支度をして髪をやってもらおう。楽しみが増えた。

さて、サクッと顔を洗って着替えよう——と、ベッドから下りようとしたら、全身がとてつもなく重いことに気が付いた。股と腰が重い。磁石にでもなったみたいに動かない。あとふくらはぎが痛い。筋肉痛だ。昨日あれだけ走ったから……。北寺の平気な顔に騙されたと思いながら、苦労してなんとか這い出る。今日は一歩も外に出まいと、ゆるいトレーナーに深緑色のスカートを合わせた。

階段を下りてダイニングへ入ると、テーブルに北寺の作った料理が並べられていた。プチトマトとモッツァレラチーズが紅白交互に並んだサラダに、焦げ目もなくつるんとした黄色いオムレツ、アスパラガスのベーコン巻き、白ご飯とお味噌汁。

「ごめんね、どれも簡単なもので」

言いながらエプロンを外して席に着く北寺。白いシャツ、茶色のハーフパンツ、彼も軽装だ。

「ええーううん！　いただきます。ってかこのサラダだけイタ飯屋みたいね」

律歌も席について、自分の箸を手に取る。

「カプレーゼ」

「カプレーゼっていうの？　ん。おいしい」

トマトの甘い酸味と、ぐにぐにとした触感で無味のチーズ、それにオリーブオイルとバジルが合う。白米と味噌汁、オムレツといった庶民的なラインナップの中に突如現れたイタリア料理だが、どこか馴染んでいると感じるのは、なぜかトマトがプチトマトだからだろう。

「プチトマト、育てていたやつなんだよ。今朝やっと実がなってさ、収穫してきた」

「あらっ！　そうなの！」

なるほど。しかし自家製と言われてもわからないほど、しっかりと赤くまんまるなプチトマトだ。大きさもどれも均一で、よく育っている。天蔵《アマゾウ》から配達されたものではなく、種を土に植えて肥料と水を毎日与えて育て、収穫——たった一粒の種と、その場にあった自然と、そして自らの労力でできているもの。

「今日はどうする？　律歌、だいぶ疲れてるでしょ」

「そうね」

全身の鈍痛は無視できるものではなかった。自分の力だけで、行ける限りまで走った証とでも言おうか。

「今日は――昨日の旅を振り返ってこれからの作戦を練るってのはどう？」

「オッケー」

律歌の返答に、北寺はにっこり笑って、ふと立ち上がる。おや？　まだ食べ始めたばかりなのにどうして席を立つのか、と律歌が不思議に思っていると、彼は櫛を手にして背後に立った。そしてひと梳き、ふた梳き。そういえば前髪がはねたままだったことを律歌は思い出し、ちょっと恥ずかしくなる。北寺は仕上げに花のピンを何本か挿し入れると、

「りっか、元気になってよかった」

そう言って、頭を撫でてきた。愛おしげに。手の温かさを感じながら、律歌は北寺を見上げる。

「少し前では、想像もつかないほどだよ」

「そう？」

彼が指しているのは、きっと肉体のことではないのだろう。

「うん。このトマトを植えたの、覚えてるかな？　りっかも一緒にいたよね」

「んー……そうだった、気もする」

もぐ、とトマトとモッツァレラチーズを噛みしめながら。

「覚えてない？」

「覚えてるけど……ぼんやり過ごしていたから」

脳裏を巡らせる。やはりひと月前の頃のことは、あんまり覚えていなかった。食べることも寝ることもできずに、涙をこぼし、しばらくすると泣くこともできなくなって、それで、何していたのだったか。何もしていなかった。太陽が東から昇り、西に下りていき、同じように月が出て、同じように沈む。それがなんだというのだ、と、そんなようなことを考えていた。あの時北寺が支えてくれていなかったら、自分は今この形ではここにいられはしなかっただろう。自分は本当に少しずつ少しずつ気力を取り戻していった。北寺のおかげで。

あの頃も、こうして北寺が勝手に来て、律歌をつっついて構っては帰っていく。そんな風にして日々が流れていた。

3・月は東に、日は西に。生まれいで、やがて死にゆく。

○

打ちひしがれ、ここで何をするでもなくぼんやりと過ごしていた頃を思い出す。

「りっか、遊びに来たよ」

「あ……。こんにちは」

「こんにちは。ごはん、食べた？」

首を縦に振る。

「いいね。おいしかった？」

「まあ、……そうね」

「そっか、よかったね」

「うん……」

つまらない会話をして、ため息が胸の中に充満するのを感じて、ため息をつく。

そんな日々をただむやみに送っていた。

人というのはこんな会話をするために生きているのだろうか。呼吸をする。米を食べる。月は東に、日は西に。生まれいで、やがて死にゆく。

――くだらない。

絶えず痛み続けていたずたずたの心は、少しだけ治って、触れなければ痛くはない。けれども、相変わらず身動きはとれない。

そんな頃の自分に、北寺は根気よく話しかけてくれたのだ。

「ほかに、食べたいものはある？」

「食べたいもの？」

「うん。天蔵《アマゾウ》に売ってないものでもいいから」

おや、この人は、不思議なことを言うな、と当時思った。

天蔵《アマゾウ》にはひと通りなんでもある。でも、細かいことを言い出せば、ないものだってある。ちょうどそれがわかってきたころのことだった。

「フォンダンショコラ」

律歌がその時思いついたのは、甘くて冷たい焼き菓子。電子レンジで仕上げるタイプのチョコパンで似たようなものはあったが、フォンダンショコラというには少々物足りない。

「チョコレートは中からとけて出てくるの」

昔、喫茶店で食べたような出来立てのものが食べてみたいと思った。

「上にはアイスが載ってて」

でもここには売っていない。それならば仕方ない。と、思っていた。北寺は心得た、というようににんまりと微笑んで言ってくれた。

「じゃあ、明日、おれの家に来てくれるかい？」

「北寺さんの家に？」

「うん。作るから。ごちそうする」

「行く」

「よし。材料も注文した」

そう言って、今度は挑むように笑う。律歌はその顔を見ながら、明日、フォンダンショコラ、食べられるのだろうかと考えた。食べられるかもしれないし、食べられないかもしれない。

その日の夜、翌日のことを考えながら、目を閉じた。太陽が昇るのが、少しだけ楽しみになっていた。

翌日、律歌は北寺の家に行ってみた。

「いらっしゃい、りっか」

出迎えてくれた北寺の手には、天蔵《アマゾウ》の段ボールが抱かれていた。律歌が不思議に思い中を覗き込むと、「あ、これね?」と彼は隠すことなく中身を見せてくれた。綿が敷き詰められていて、親指くらいの大きさの、黒いまだら模様の卵が二列に八個並んでいた。

うずらの卵だろうか。

「実は、ペットを飼おうかと思ってさー」

「ペット?」

「そう。でも天蔵《アマゾウ》に生き物は売っていないから、いろいろ考えたあげくね——さ、あがって」

用意されていたスリッパを履いて、廊下を行く。前を歩く北寺が言う。

「うーんでも、なかなかうまくいかなくてね。捨てるのももったいないし、最近じゃ毎日卵料理だよ」

律歌は、食材として天蔵《アマゾウ》に売っている卵を、温めて孵化させようとしているのだと気が付いた。しかし、そんなことができるのだろうか？　疑問に思ったことを口にしてみる。

「でも、売られているのは、親鳥から離してしまった卵でしょう」

保育園に通っているころ、律歌もやったことがあった。母親からはほほえましいと放っておかれたが、当時は真剣だった。片時も離すまいと、登園時もこっそりポケットに忍ばせて持ち歩いた。つぶさないように、そうっと。しかし、給食時に他の園児にばれてしまい、騒ぎになった。知恵のある男子に「親のにわとりから離してスーパーに並べちゃったんだぞ、温めたってもうヒナになるわけないだろ、そんなことも知らないのか」と笑われたのを発端に、他の園児からも冷笑を浴びせられた。保育園に持ってくるというリスクを冒してまで必死に温め続けたのだ。なんだ、そうか、とがっかりした気分と、悔しく恥ずかしい気持ちがないまぜになって、その頃の律歌はこれ見よがしにコップに卵を割ってかき混ぜ、たまごかけごはんにして自慢げに給食を食べることで無理やりプライドを守ったのだが、やはり先生には「そんなもの保育園に持ってきちゃだめでしょう！」と叱られた。

そんな苦い記憶を思い返して「そんなことしても、無駄じゃないの？」と律歌が言うと、北寺は一つ頷いて、

「うん、まあ基本的にはね。でも、保温するまでは成長が開始しないんだ。だからスー

パーに置いてあっても数日は生存が可能なんだよ」

そう教えてくれた。

「有精卵を温めれば、ヒナが孵るよ。あ、無精卵じゃだめだよ。スーパーで売ってるにわとりの卵は無精卵だね。でも、隣に並んでいるうずらの卵なら、結構な確率で有精卵が混じってるんだ」

話によると、うずらはにわとりと違ってオスとメスの判別が難しく、飼育の際にメスの中にオスが混じってしまうため有精卵がうっかり生まれてしまうらしい。

あんなに馬鹿にしてきた男子園児も、まさかそこまでは知らなかったのだろう。

「もっと早く、知りたかったな」

「え?」

「もっと、二十年くらい前に」

そんなことを教えてくれる友達はもちろん、親も先生も、律歌の傍にはいなかった。

「そう?」

「うん」

よく片付けられているリビングに通され、テーブルの上に段ボール箱をそっと置く。

「よし。りっかも、転卵やってみる? コロコロって。そっとね、そっと」

「転卵……? うん」

「こうやるんだ、見ててね」

北寺は八つの内の一つの卵を人差し指で触れ、半回転させた。下になっていた面が上を向く。うずらの卵はどれも自ら動くことなどなく、じっとそのまま佇んでいる。律歌も指を出し、真似してみようと卵に触れた。硬く暗い模様をした殻——どきっとした。

「あったかい」

生命の温度を感じた。

「うん。鳥の体温に近い状態を作っているんだ」

——ふうん。

「転卵しないとどうなるの？」

「孵化率が落ちる」

卵をじっと見つめながら、ごく当然のようにそう説明をくれる。あまりにも淀みなく、気取った風もなく返すので、

「孵化しやすくなるの？　どうして？」

律歌はそう突っ込んで聞いてみた。北寺は律歌の方をちらと振り返り、

「殻に胎盤がくっついちゃうからだよ。人間の赤ちゃんだってお腹の中で動いているだろう？」

「うん」

そう言ってまた卵に意識が戻る。律歌の手が止まるのを見て、残っていた四つを、順番に一つずつ転卵させていく。

この人は、本当になんでもよく知っている。と改めて思った。ものしりだ。

これが卵の向きをひっくり返す仕事だとしたら、律歌は新人アルバイトで、北寺は跡継ぎを嘱望されている住み込み職人のよう。経験豊富で、頼もしくて――

「私は……これから、どうしたらいいの」

その答えも知っているかもしれない、とまで思った。

「悩んでいるんだね」

「そうよ。答えが、知りたい……」

律歌は力なく椅子に座る。北寺も、真向かいに腰掛ける。

「おれも、できることなら、教えてあげたいよ。でもね、その問いの答えは、りっかにしかわからないんだ。りっかが自分で解く以外に方法がないんだよ」

テーブルに肘をついて、頭をのせ、うずくまる。うずらの卵のように、静かに動くこともなく、北寺に抱かれていたいと思う。

「どれだけ時間がかかってもいいんじゃない？　それまで、おれも付き合うよ」

「北寺さんは、今、楽しい？」

「うん。楽しい」

「私といて、楽しいの？」

「楽しいから、今日もこうして、傍にいる」

「……そう」

そのまま、眠った。

よく眠れた。

4・ただそれだけのことに。

少し前の、まだ心が元気になる前の話の続き。

夢の中でごーりごーりという音が聞こえてふと目を覚ますと、北寺が冷凍庫を開け、ごーりごーりと音を立てて白っぽいものをスプーンで混ぜていた。

「ああ、ごめんね。起こして」

北寺が手を止め、冷凍庫に何かをしまう。

「それ、もしかしてアイスも手作りするの？」

自家製のアイスクリームだ。

「うん。だって、天蔵《アマゾウ》のアイスはカチコチに硬いじゃん。なめらかなやつ食べたくない？」

「食べたい」

凍りかけたアイスクリームに空気を含ませるのだという。「寝てていいよ」と北寺が、スプーンを水で流して静かに洗っている。「それ、やめないで」と律歌は言った。なめらかなアイスクリームが食べたかったし、その音を聞いていたかった。とても幸せな、心満たされる音だった。

辛いこと、苦しみを何もかも忘れ、繰り返されていく日々の中に、楽しいことは、いろいろあるんだ。そう思わせてくれたのは北寺だった。だらだらと、とろけるように甘い、甘い日々をくれた。

その日は三時のおやつにお手製のフォンダンショコラを振る舞ってくれたし、夕飯も作ってくれた。食事は注文すれば無料だが、北寺は料理すること自体を楽しむ目的でよく自炊しているという。ザーッと水で野菜を洗う音、トントンとリズミカルに包丁がまな板をたたく音。切れた野菜を鍋にぽちゃんと落とす音。背中越しでもわかる。料理をする彼は本当に楽しげだった。

北寺の背中を、律歌はぼーっと見つめる。

一方で律歌は、そのときはまだ、彼のようには微笑むことができずにいた。

「りっか、りっかも何かしない？」

そんな律歌を、こちらも振り向かずとも見透かしたように、北寺に言われた。

なんだかその時律歌は、責められているような気分になった。

「……じゃ、お皿洗うわよ。北寺さんの分まで」

「そんなことはしなくていいんだよ」

しなくていいか。

「まあ、汚れたら天蔵《アマゾウ》で新しい食器をポチればいいしね」

「うん。まあそうだね」

じゃあどうしたらいいんだろう。北寺さんは私のことが不満なのだろうか。

「でもそれだったら、料理作るのだって無意味なことでしょ」

ふいに口をついて出る。意地悪なことを言ってしまった。違う。北寺さんは何も悪くないのだ。北寺さんが楽しそうにしているのはとてもいいことなのに。私がそれを見て勝手に焦っているだけ。

「おれはそうは思わないからいいんだよ」

北寺はそう答えながら食器を洗っている。こびりついたチョコレートの汚れを湯で溶かして浮かせて――律歌の分の食器まで丁寧に。おそらく、にこにこしながら。

「そうよね……。北寺さんが作ってくれるの、私も嬉しいし、北寺さんが楽しそうで、それっていいことだと思う」

久しぶりに泣きそうな気分に襲われた。生きているのに死んでいるような自分への、やるせなさ、失望。北寺はそれを案じていたように、「うん、うん。だからね」と頷きながら、洗い立てのグラスに氷を入れて、隣に来て差し出してくる。

「りっかは、りっかのしたいようにすればいいってことだよ」

「私は、私の……？」

その中にストレートティーが注がれた。ダージリンの上品な香り。一口飲むと、水出しのまろみが口に広がり、のどを通り抜けた。

おいしいな。

本当にいったい、自分は何が不満なのだろう。何が足りないのだろう。

ようやくあの痛み、あの絶望からは脱することができたのに。ここには、怖いものは何もないのに。そのおかげで、ここまで動けるようになったのだ。まるで、卵の中にいるみたいに守られて。

「りっか、ちょっと電気消してみて。ついでに雨戸も閉めてくれる？」

「うん？」

律歌はソファから立ち上がり、言われるがままに電気を消し、雨戸をガラガラと閉めた。

訪れる暗闇。

北寺は濡れた手を拭くと、テーブルの上に置いてあったスマートフォンを手に取りLEDライトをつけた。その白い光に、手作りの段ボール孵卵器から取り出したうずらの卵を一つかざす。

小さくて硬い黒ぶち柄のうずらの卵は思ったよりよく透け、光を通した。

「赤いだろう？」

北寺の言う通り、それは赤い色をしていた。

「血管が見えてるのわかる？」

「わかる」

この細い線のことだろうか。

「それが生きてる証拠さ」

脈打っている。

「うん」

いつくしむように卵を抱く北寺に、母性を感じた。

「もうすぐ生まれてくるんだ」

「そうなんだ」

「うん」

月は東に、日は西に。生まれいで、やがて死にゆく。

ただそれだけのことに、この時、律歌は心打たれていた。それが何だというのだ、とは、とても思えなかった。

私の、母はどんな人だったのだろうか。

ふとそんなことを考えた。記憶がないわけではない。母親のことは覚えていた。でも、いつも家にいなかった。父もほとんどいなかった。二人とも必死に働かなくてはならなかった。そして、二人とも死んだ。過労死だった。

生きていても会えなくて、甘えられなくてずっと寂しかったけど、死はまったく別の次元の悲しみだった。決定的な寂しさ。絶対的な孤独。死んだのだ。律歌の心は、光が何もないまったくの暗闇に閉ざされた。

だが深い暗闇の中でこそ、誰も気付かぬような光に気付けることもある。

それじゃあ私が、孤独じゃない世界に変えてあげる。そうすれば世界中の誰もが寂しくなくなるんだ、と――。ようやく見つけた光。あの日から、私は燃えるように毎日を過ごした。希望を抱いていた。世界中に家族団欒をもたらし、その笑顔でやっと私は救われるんだ、と。

そうやって、生きていたことがあった。

「行かなきゃ……」

それが、私だ。

「ん？　どうしたの」

律歌は顔を上げた。

ＯＮとＯＦＦの間を、波にたゆたうように生きていくなんて、それじゃ辿り着けない。

そんな自分は嫌だ。

「北寺さん、ごめん私、行かなきゃ。私も孵化、見たかったな」

「りっか……」

「でも私は、私が生きると、いうことは」

胸がいっぱいで、走り出しそうな、

「もっと、もっともっと広く、そうじゃなきゃ、私は――」

はやる気持ちが込み上げる。秘宝を求めて、冒険に出かけるときのような、期待と希望と元気と勇気が、力となって立ち上がらせてくる。

「そっか。りっかは、そうなんだね」

「うん」

こんな風に安心して、丁寧に過ごすのも、とても大切だと思う。脅威が何もなくて、安心できる人が傍にいてくれるということ。すごく夢だった。だからこそ、離れがたかった。だってそれを勝ち得るために、自分は戦ってきたのだ。

——でも私は、卵の中でずっと生きていたかったわけじゃ、ない。

「さて、りっかは、どうしたいの?」

電気をつけて、北寺は優しく問いかける。

「私は……」

どこか遠くへ、一日が始まる明け方前から、あらん限りの力で行けるところまで行きたいと、その時思いついた。

それを告げると北寺は、「おれもついていっていいかな?」と、言ってくれた。

「来てくれるの?」

「うん、りっかが一人じゃ心配だよ。おれも力になれる気がするから。いいかな?」

「もちろん!　あ、でも——」その手元には卵がある。「……これ以上迷惑をかけるわけにいかないわ」

「いいよ。転卵は、まあなんとかするさ」

自動でひっくり返す装置か何かを作ろうかな、と、これまた愉快そうに北寺は言う。

「手伝ってくれても、私にはなにもない……。何もお返しができないわ」

「わかってる。それでも構わない。そうしたい一番の理由はね、今よりずーっと楽しそうだと思ったからだよ」

「楽しそう？」

「だって、それってすごい冒険じゃん。わくわくする」

「あ……あ、あはっ、やっぱり!?　北寺さんもそう思うわよね！」

「思う、思う！」

○

こうして律歌の冒険は幕を開けたのだった。

思い返すと、時間がかかったなと小さくため息が漏れる。だいぶ時間を使ってしまったと後悔する気もなくはない。それでも立ち直ったのだ。自分は。それは無駄な時間ではなかったように思う。そして今朝、北の果てを目指して出で立った。今はそれを喜ばなくては。律歌は自分を鼓舞する。

自転車で走れる限り走った道のりと、見つけた地形を描き留めた、手描きの地図を広げて気持ちを切り替える。

「さて、作戦会議、始めましょ！」

第四章　あの山の向こう

1・新しい発見とは。

リビングの大窓からの日差しが明るく、室内は穏やかに陰っていた。ダイニングテーブル越しに膝を突き合わせて、律歌と北寺は昨日走った道を指でなぞって確かめ合う。

「外に出るとどこを向いたって遠くに山が見えているし、山に囲まれた地形なのかなって思ってはいたけど、やっぱりそうだったわね」

「そうだね。北の山のふもとまではここから自転車で走って半日かかる距離だった」

主婦たち三人組の家を越え、しばらく行ったところに菜の花畑があって、もっともっといくと山にぶつかった。

「東とか南までも行ってみる？」

「景色を見る限りじゃ、山があるだけのような気がするわね」

「それはおれも思うけど」

律歌はふうとため息をつく。

「あてもなく行ってはみたものの……収穫は、北方面についてちょっと見知っただけね」

ちらっと北寺の顔を見やると、励ますように微笑まれた。

「いい運動になったけどね。気持ちよかった」

「……徒労って言わないのは北寺さんの優しさかしら」

付き合わせて申し訳なく思えてくる。

「いや、本当にだよ。りっかとサイクリング楽しかった」

「私は楽しくなんかないわ」

「おや、そう？」

そう返されてよっぽどへこんだような顔をする北寺。

「そうよ――体が痛いわ」

「大丈夫？　きつかったかな」

「ちがうっ、……そ、そうだけど、痛いのは構わないの。痛い思いしたのに何も見つからなかったことが……嫌」

あれだけ走ったのだ。もっとすごい何かが見つかると期待していた。でも、現実はこんなもんか。

沈黙して顔を伏せたままの律歌の頭頂部を、北寺が撫でてきた。律歌はその手を振り払って顔を上げる。すると、北寺は困ったように笑って言った。

「何も見つからなかったわけじゃない。――北方面について、ちょっと知っただろう？」

慰めるためじゃなく、純粋な否定として。

「最北までは、こうなってるって」

「最北……」

今、律歌と北寺の知りうる限り——まさしくこの小さな世界の最北端だ。

「……そうね。北の果てまで行ってきたのよね。私達」

律歌が知りたいと思うことを、いつでも詳しく知っている北寺からのその言葉。彼もそうして一つ一つ、知ってきたのだろうか——？

「うん。次はどうする？」

北寺の問いかけに、もう顔を上げる。

「どっち方面に行ってもどうせ山にぶつかるなら、今度は山に一番近い方角から攻めていって、登ってしまうのはどうかしら」

「山登りするつもりで行くってこと？」

「そうなるわね。それで、山の向こう側まで行くのよ」

北寺はふむふむと頷いて、

「ここから山に一番近い方角は——」

「南の方！」

律歌が地図上を指さす。

「どれくらいの高さかはわからないけど、結構大きな山だったわよね」

どの方向を向いてもそれなりの山に囲まれている。

「そうだね。山より向こうに行くには、山の中で野宿する必要はあるだろう」

「ええー、そーか、大変……」

「歩いて越えるんだから、そりゃね」

「うーん、じゃ、キャンプ用品買う？」

「必要になる可能性は高いし、まあ買っておいたほうがいいね。使わなければ捨てればいい」

「タダだし？」

「そう。タダだし」

天蔵はアマトでゴミも回収してくれる。もちろん無料だ。

「マウンテンバイクで山登りかー。一度やってみたかったけど、準備が結構いるだろうなあ」

「ゆっくり準備すればいいじゃない。この筋肉痛もなんとかしたいし」

天井を仰いでキャンプ用品の数を指折り数えている北寺に、律歌は完全おまかせモード。山を登るとなると、体力を回復させねばなるまい。と、思ったものの。

「じゃ、体力つけてね、りっか」

北寺がにっこりと微笑みかけてくる。

「……えー」

山を登るには、トレーニングみたいなことをやらないといけないのだろうか。

「休むのも大事だけどね。でも基礎体力はつけたほうがいいよ」

反論はもちろんない。だが、求められている体力量によっては自信がなかった。ただただ走らされる長距離走みたいなのは嫌いなのだ。

「数日に分けて持てる限りの荷物を持って行って、先に置いておくこともできるからさ。体力作りも兼ねて、しばらくは荷運びなんてのはどう？」

「荷運び？」

「そ。移動手段は徒歩か自転車しかないし、山の近くに店もないからね。でも天蔵でなんでも買えるわけだから、盗んでいく人なんていないだろう？　だから先に置いておくのさ」

荷運びしているうちに、体力もつくというのなら。

「まあ、それなら、頑張る」

「そうと決まれば注文しようか」

2・よし、極地法を使おう。

だが翌日のことだった。

「ものすごい量ね」

大量の段ボールが届いた。天井に届くほど積み上げても玄関を埋め尽くしてしまう。

「これを……運ぶの……？」

梱包する上で余分な空間が含まれているとはいえ、思った以上の量だ。一週間分の水と食料、寝袋、テント、着替えやタオル、雨具、ライト、他にも鍋やガスストーブ、エマージェンシーシートや爆竹といったアイテムまで。素人が、全部自力で持って行って山を数日がかりで歩き進んでいくのは、無謀に近いものがあると直感的にわかった。一週間分の水と食料を持って歩くというのがそもそも重すぎる。営業中の山小屋なんてものはない。仕方がないとはいえ、人だけの力というのはここまで小さいものなのだろうか。途方に暮れる。

すると、

「よし、極地法を使おう」

北寺が助け舟を出してくれた。

「極地法？」

「そ。ベースキャンプを設けてさ、そこを基地にするんだよ」

そう説明されてもよくわからない。

「テントを張ってキャンプ場の基地を前もって作っておいて、山登りはそこから出発するんだよ。で、前進基地をいくつか作って、寝泊まりしながら、安全に登って、安全に下りる。そうすれば、何かあっても戻る距離が短くて済むし、体力も残せるだろう？」

前もって、山の中に安全なキャンプ場を何か所か作って用意しておくということらしい。

「そんなの、誰が作るの？」

「二人で作るの!!　おれとりっかでしょ！　二人しかいないんだから、ほら、早く始めないと完成が遅くなるよ！　山を越える日も遠のくよ！」

全部準備し終えるにはどれくらいかかるのだろうか。だが、ここには時間だけはあった。

それからは山と自宅を行ったり来たり。水と食料のほか、雨具、寝具、細かな医療道具などまで、必要になりそうなものをどんどん持っていき、基地を充実させていく作戦が始まった。

「うー……もう疲れた……」

移動は自転車しかない。最も近い山からとはいえ、手ぶらで探索した時とは違い、重い荷物を持ってひたすら行き来する。律歌は何度も弱音を上げた。

「じゃあ続きはまた明日にする？」

と、それを一切責めない北寺に、

「……しない。早く山の向こう側に行きたい」

「じゃ、がんばろう」

諦めそうになる気持ちを毎日立て直しながら。

二つ目の基地まで用意がそろってきた時のことだった。マウンテンバイクに荷物を積んで山を登っていると、アマトのトラックとすれ違った。

「いつもこの道を通って来てるのかしら？　どこから来るんだろうって思ってたけど」

「初めて見かけたけどね」

配達されるたび根気よくアマトのお姉さんに話しかけてはいたが、お姉さんはみんな心配げに優しい言葉こそくれるものの、常に一定の距離を保って、業務の枠を超えるような一歩などは決して踏み込んでこない。まったく手応えがないので、そこからの情報取得は諦めつつある。この道を通っているのは、新しい発見だった。

それにしてもシロネコマークの大きな荷台が羨ましい。トラックを貸してくれないかと頼んだこともあるが断られた。こちらは自転車の前にかご、後ろに荷台を取り付けて、そこに荷物を山盛りに縛り付けてキリキリ走っている。

噴き出る汗をぬぐいながら、ベースキャンプ第二区に到着したときだった。

「あれっ!?」

そこに広がっている光景に、心臓が飛び出るかと思った。

「基地が……ない」

あんなに用意した調理器具や寝具や医療器具が、すべて忽然と姿を消し去って更地になっていた。

「み……道を……、間違えたかしら？」

首をかしげる律歌に北寺が唸る。

「そんなことないと思う。何度も来てるし」

「じゃあ……どういうことよ……？」

「ううーん……」

「く、熊かしら!?」

だいぶ深い山だ。警戒して爆竹など持ち歩いていたわけだが——動物が荷物をかっさらっていった？

「いや、だとしても、ここまで綺麗に跡形もないのは変だ」

北寺に言われるまでもなく、律歌も薄々感づいていた。

途中で珍しく、アマトのトラックとすれ違ったこと。

「……まさか」

スマートフォンを取り出す。天蔵問い合わせ窓口のページから、発信をタップ。この山の中でも問題なく通じた。

「はい。天蔵カスタマーサービス、添田が承ります」

「ちょっと！　ねえ！」

受話器に向かって、大声で問いかける。

「私の、山の中の荷物、どっかやった？」

添田は、悪びれる様子もなくしれっと答えた。

「処分いたしました。不法投棄はせず、アマトの配達時にお出しください」

「なっ」

やっぱりだ。天蔵によってゴミとみなされ撤去されたのだ。

3・ルール説明やチュートリアルなんてない。

「あれはゴミじゃないの!!　われわれ探検隊の拠点地だったのよ！」

なんということだ。

あまりに無慈悲な罠。もちろんここでの生活は、初めからルール説明やチュートリアルなどのない手探りのものなのだから、一つ一つ身をもって知っていくしかない。それはわかっていた。だが、数日かけて運び込んだ資材が一瞬にして消え去って冷静でいられるほど、律歌はできた人ではなかった。

「左様でございますか」

しれっとした声が受話口から流れてくる。

「左様でございますか、じゃないわよ!!　ひどいじゃない！　山越えをするためにずっと準備していたのよ!?」

「そのようなことをなぜ？」

逆に問いかけられた。

「え？　それは、だから寝泊まりしながら山を進むために、よ！　力尽きて行き倒れて熊に襲われろっていうの!?」

「いえ、山越えをするためになぜ準備が必要なのかということではなく、そもそも山越えがなぜ必要なのかということです」

「はあ?!　私が必要だと思うからに決まってんでしょ!?」

何を言い出すんだこの人は。一介のカスタマーサービスのオペレーターが、物申すことか？　そこは。

「今すぐ元の場所に返して！」

「それはできかねます」

「どうしてよ!?　そっちが間違えて持ってったんでしょ!?」

「間違えてはおりません。処分の判断は覆りません」

「じゃあ、どーして処分したの！　なんの決まりで処分したの!?」

「決まりはありません」

「あ、え？」

何を言われてもしばらく食い下がるつもりで八つ当たり気味に問いかけたのだったが、添田の応対にさっきから意表を突かれ、黙ってしまう。

「決まりじゃないのに、処分したの？」

「はい。野宿といった行為は大変危険です。天蔵は質のいい住居を提供しております。そちらをお使いになってはいかがでしょう」

「……はあ!?」

また予想外の理屈をこねてくる。

「そ……それは毎日ありがたく使わせてもらってるけど！」

「でしたら、これからも安全な建物の中での生活を送られてはいかがですか？」

「そ、そうしなきゃだめってわけじゃないんでしょ!?　嫌よ」

「だめというわけではありませんが、わざわざ危険に身をさらす必要はないかと」

「私が必要だって言ってるんだから必要なのよ！　そんなことあなたに決められること
じゃないでしょう?!　私の自由じゃない！」

どうして問い合わせ窓口にて、生活スタイルや興味対象のことをアドバイスされなく
ちゃならないのだ。

「そうですね」

「そ、そうよね!?」

肯定した!?

話が嚙み合っていない。

あなたに決められることではないのではないか、と自由の侵害を問うと、その通りだと
いうのだ。じゃあ、私が必要で置いておいたものを勝手に持っていくのはやめなさいよ
——と律歌が言い返そうとした矢先。

電話の向こう側から淡々と、その疑問への返答を告げられた。

「こちらのとる行動も、あなたに決められることではありません」

律歌は言葉を無くした。

「それでは、天蔵カスタマーサービス、添田がご案内いたしました。失礼します」

ツーツーと通話終了を知らせる音が響く。立ち尽くす律歌に、北寺が歩み寄る。

「どうした、りっか?」

「……」

心配そうにこちらを見つめる北寺に、なんと説明したらいいのかわからない。

「なによそれ……」

背筋が寒くなるのと、怒りで煮えたぎるのと。

あらゆる感情が胸の内で荒れ狂い、立っているのも精一杯なほど。

律歌は傍に立つ北寺にぎゅうっと抱きついた。

「りっか?」

覗き込むように首を下に傾けて、北寺は嫌がりもせずゆっくりそっと、律歌の額を撫でてくれる。

「……北寺さん……」

「大丈夫? 天蔵に、なにか……言われた?」

律歌は答えられず、黙って北寺の背中でシャツを握りしめた。北寺は急くこともせず、律歌の頭を撫でながら、そのままじっとしていてくれた。

自由の侵害――相手はそれを否定もしなかった。

「わざとかな」

ぼそりと北寺がつぶやいた。

「ここの世界の仕組みってなんなの……天蔵ってなんなのよ……っ」

親切なサービスを提供しているふりをして、その実、ここを力ずくで支配している存在なのか？

4・車を作るよりは簡単でしょう？

「……でも、どうする？　登山のための荷物全部、なくなっちゃったね」

「うん……」

頷きながら、律歌は脱力したように、荷台に積んで持ってきた荷物をその場に置き去りにして、踵を返した。今日は下山するしかない。ゼロからやり直す？　でも、また横槍が入るかもしれない。そうして邪魔するのも天蔵の自由だと、あいつはそう言うのだ。ふつふつと怒りがまた込み上げる。

「もう……！　もう、もうもうもうっ!!　ほんとに、天蔵って、何様のつもりなのよ……っ！　ほんと、すっごい横暴……！　ああっ、むっかつく……！」

ぶつくさ文句を言いながら、マウンテンバイクを走らせ、山を下っていく。

「りっか、うん、もう一度また運べばいいよ……。ね……？」

「そんなの、また片付けられちゃうかもしれない!!」

「そうしたら、別の方法を考えよう。それか、諦めよう」

「……っ！　やだっ！」

壁から逃げて目の前のことを楽しむ空しさを、律歌はここで一度経験して、もう自覚していた。それでも生きていけてしまう自分が怖かった。壁にぶつかるたびに凹んでしまうけれど、それでも掲げた目標を目指して、突破し続けていたい。

「何が一番むかつくって、……私の無力さよっ！　むかつく!!　むかつくーっ!!」

涙が零れ落ちたけれど、下り坂を駆け抜けると空中に散って飛んでいき、風にすぐに乾いた。

「でも、まさか撤去されるとは思わなかったな……。何かあるのかな……」

北寺の声に、律歌はふと冷静になる。

「そう、よね……。今までは十分なほど自由にさせてもらっていたのに、初めての干渉……。家はあるのに乗り物だけ存在しない、ってのも、何か理由があるのかも？　何か、隠している……とか。この、山の向こう側に」

考えながら坂道を下りていく。

どうにかして、山の向こうに行かせないようにしている？　だとしたら、何を隠しているのだろうか。

「怪しいわ」

気になる。きっと、何かに触れたのだ。わけのわからないことだらけのこの村の中の、何かに。

「絶対に行くわよ、北寺さん。この山の向こうに」

「行くって言ってもなあ。極地法もダメとなると……うう〜ん、一日で越えないといけないんだろう？」

一日で越えるには、やっぱり乗り物が必要だ。

「車を作るとか！」

なんて、勢いで言ってみる。すぐさま苦々しい声が返される。

「車作るのは大変だよ〜。エンジンの材料を集めるだけでもいったい何日かかるやら。それから調整して試してまた調整して……。その間にまた撤去とかされないかな……。されそう〜」

困ったような口調だが、それは無理だという内容ではなく、できるけど時間がかかりますよという返事なのはさすが北寺である。しかし、せっかく挑んでもまた撤去されると言われればその方法は諦めざるを得ない。

「作るにしても、一日で、もしくは隠して作らないといけないのか――……」

こっそり準備ができて、そして一日で山を越える方法。

それは……？

生身の人間が行こうとするのが厳しいなら、機械に行ってもらえばいい。

「ラジコンは？」

「ラジコン？」

「ラジコンってたしか売っていたわよね！　それを走らせるのよ」

ラジコンなら手元に置いておけば回収されてしまうこともない。

「ん～……。ラジコンかあ……。あはは、りっか、そりゃまたなかなか厄介なこと言い出すね～。当然、魔改造しないといけないよ」

たしかにおもちゃのラジコンでは山を越えられない。アンテナの届く範囲はせいぜい一〇メートル程だろう。だが、

「けど、車を作るよりは簡単でしょう？」

「比較対象がおかしいよ！」

北寺の悲鳴を無視して律歌はキキッと自転車を停めてスマートフォンから天蔵に繋ぐ。

「え～～、本当にやるの?!」

「やる！」

「そうすると、いろいろ要るよ。だって、遠くまで行かせるんでしょ？　てことは、見えなくなっちゃうから、映像も送れるようにしないとだよ？」

「そっか。どうやるの？」

やれやれというように北寺も自転車を停め、時々手を止めて考えながらギアボックスとモーター、バッテリー三十個、それから……と見せてくる。

「そうだなあ。スマホを経由しようかな～……映像送るには基地局もいるねえ。基地局はトランシーバーから持ってきて電子工作だな」

「分解するってこと？」

「そう。それで、スマホから動画データをリアルタイムに飛ばす」

スマートフォンは現在キャリア通信は使えず圏外になるが、トランシーバーから抜き取って作った基地局で強引に送受信を可能にしてしまうらしい。即席の携帯電話会社を創り出すようなものである。

「へええ!!」

やろうと思えばなんだってできないこともないのだと胸がわくわくした。

「こうなると作業場もほしいな。テーブルや椅子も注文しちゃおう」

ようやくまたエネルギーが湧いてきた。

「じゃあこのラジコン、注文するわよ！」

真っ赤なスポーツカーの後部に小さな旗が立っているやつをポチリ。

「明日作成して明後日決行ね!!　今度こそ、山の向こうまで行ってやりましょ!!」

5・二人手作りの小さな自動車工場にて。

翌日。またどっさりと段ボール箱を受け取った律歌と北寺は、庭に即席の作業場をこしらえると、二人で黙々と開封作業を始めた。それも束の間、えーとこれが世界最強クラスのモーターで、これにキャタピラ付けてパックボットみたいにするか……？　でもやっぱ速度が出ないといけないからこっちか……などとブツブツ言い始める。

「なんかこういうの大学時代を思い出すな」

「北寺さんって、大学で何を学んでいたの？」

「特に何も」

「いや、なに言ってるのもう。ていうか、大学どこなの？」

彼から大学の話を聞くのは初めてだ。北寺と自分はもともと同じ職場で、北寺は派遣された社員として働いていたって言っていたけど。

「実は、りっかと同じです！」

「N大なの!?　聞いてないわ」

律歌が知らなかったのは高校時代以降の記憶が抜けているからだろうか？　でも、北寺は律歌より五つも年上で、N大学まで出ていてこんなに頼りになる人材なのに、どうして派遣なんてやっているのだろう。

「でも俺卒業してないからなー」

北寺は苦々しく笑って打ち明ける。

「そうなの？　どうして？」

「勉強が忙しかったから」

「授業についていけなかったの？」

「じゃなくて、やりたい勉強が多すぎて。あと自由研究」

「え？」

北寺は今ラジコンの送信機から出ている電波を解析しているらしい。天蔵にユニバーサル送信機が売っていれば楽だったが、さすがになかったのでＦＰＧＡを駆使して作ったとかなんとか。律歌はただただ見守るだけだ。

「大学は自学自習が基本っていうじゃん？」

「うん」

「それが性に合いすぎてね。単位を取りこぼして。まあでもいっか、って」

「ごめん、意味がよくわからないわ」

「自分で勉強しているのが一番楽しかったんだよ」

授業をサボって勉強していたら、単位を取りこぼしたそうだ。

「そのまま中退しちゃった。四年分は好きに学んだし、もういいやって」

学歴上は書けないけどね、と。

「で、派遣会社に拾ってもらって、働き始めたわけさ」

不思議な経歴を聞かされ、律歌は戸惑うしかなかった。そんな人聞いたこともない。まず、N大学というのは律歌の地元では有名な国立の難関大学で、律歌がそこに入るのにさんざん苦労したのだ。その辺りからずいぶん記憶があいまいになるが。

「でも、せっかく通ったんだし、大学の卒業くらい……」

そう思わず口走ってしまった。入学するより卒業する方が日本の大学はずっと簡単だと言われる。

「くらい、って思う？　それならむしろ、卒業できなかったくらい大目に見てくれたらいいのに、なんて思う」

「まあ、そうよね……」

言いながら、律歌は自分の胸の中にもやもやした感情が膨らんでいくのを感じた。北寺が卒業できなかったのは成績や、授業料に困ったわけではないということで——受験にもお金にも困ってばかりだった律歌からしてみれば、少々気に入らない。

「でも」

「うん」

「それを言い出したら、どこからどこまでを卒業と同等にしたらいいのか、わからなくなっちゃうんじゃないかしら」

「その通りだね。さすが、エリートのりっかさん」

「……そんなつもりじゃ」

「いや、ごめん、ごめん。実はそんなに気にしてないよ。ほら今だって、おれはこうして、りっかの役に立ててるし」

「うん……」

北寺が誰よりも博識なのは律歌自身よくわかっている。N大学の卒業生でもこんなに物知りな人は見たことがない。

「学歴なんか、役に立たないからいらない——そんなおれみたいな人間には、あの社会はちょっと生き辛すぎたとは思うけど、でも、どうしようもなかったんだよ。若かったとはいえ、今の時代で学歴を放棄することの意味を知らなかったわけじゃないんだから。それでも、おれには無理だったんだよ。普通の人や、ましてやりっかには簡単にできるようなことも、おれにはできないことがあったんだ」

「それは、なんなの？」

「人の中で、人の決めたルールに則って学ぶこと」

6・ひどく純度の高いきれいごと

「試験だとか、授業だとかさ、社会ってのは、どこかむなしくて……そうしている間、生きている意味がわからなくなっちゃうんだ」

言っていることは、律歌もわからないことではない。

「そう思うとき、私にもあるわ」

どちらかというと、律歌もそういうタイプだった。テストのための勉強をするのは嫌いだった。自分にとって目の前に置かれた情報が必要なもの、有益なものだと思って、それを動機として勉強していたいと思っていた。成績のためのテスト勉強や、資格取得のため、就職と進学のための受験勉強なんてのは嫌いだった。好奇心に従い行動した結果として自然と進学先や就職先がついてきてほしい。でも、それはきれいごとで、集団で生きている以上は結果のみを争うことは往々にしてあり、そんな風に遊ぶようにして暮らしていては生きていけないのだと、もうわかっている自分もいる。

「あるよね。でも、重症かどうかの違いだと思う」

律歌の逡巡を察したのか、北寺が説明を付け加える。

「たとえば悲しい気分になったりふさぎ込んだりするって、誰にでもあることだと思うんだけど、うつ病ともなると、生きていけないほどだっていうだろう？　それの、社会性バージョンみたいなものなんだと思う」

言っていることは嘘でも誇張でもないだろう。ただ自分の想像を超えている、と律歌は思った。

「……頑張ったことも、あったんだ。輪の中でね。でも、おれには合わなくて」

弱々しく、うめくように彼は続けた。

「実は中学も高校も通ってはいないんだ」

「えっ？」

「高認っていう大学を受験するための資格だけとって、N大には自力で入学したんだよ。で、中退だから学歴上はおれ中卒……あれ？　中卒って言っていいのか？　小卒？」

　重症というだけの真実味、甘えているだけではない葛藤が律歌にもわかってくる。

「ああやってみんなで同じ範囲を同じペースで、課題提出とかテストの点数のために勉強するのが、おれにはどうにも――無意味に思えて、やる気が出なくてね。それはもう、我慢ならなくなるほどに。潔癖症なのかな、あはは」

　世の中には、そんな人がいるんだ、と驚く。

「はみ出しても、生きていければ、それでいいやって、そう思うことにした。そうしたら生きていられた。テストの点数や、卒業証書なんかのために、生きるのをやめたくなるなんて、そっちのほうが本末転倒だろう？」

　ひどく純度の高いきれいごと。

「死ぬよりは、卒業せずに退学する方がマシだった。それだけの話だよ」

　それはつまり、本物の美しさだ。

「でも……そう。今の時代は、雇用身分社会。そこでおれの身分は一生こき使われる身分に確定した」

　北寺は手慣れてきて、ネジを回す動作に無駄がなくなっていく。口調は軽いがその瞳は暗い。

「りっかと同じ職場になるまでは、集団でバスに乗せられて毎日のように違う場所に連れてかれて、違う仕事を与えられて生きてたね。ドナドナ〜ってさ」

まるで機械のように、淡々と虚ろに回していく。

「何も知らないまま雇われて、行き先も知らずにバスに乗るだろ？」

「うん」

「何も知らないまま作業して、よく知らない人から現金受け取って、何も知らないまま帰る」

「へえ……」

「おれみたいなやつにとっては、よくある光景さ」

「そうなの……？」

「りっかは知らない世界だと思う」

自嘲気味に言う北寺を、もう茶化すことはできなかった。律歌は意味を少し考えて、注意深く聞き返す。

「それは、私の高校卒業してからの記憶が、ないからかしら？」

「あったとしても——だよ。りっかはすごく大きな会社の正社員だったから」

「そうみたいね」

それは落ち着いたころに北寺から聞いた。聞いた時は嬉しかったのを覚えている。自分はどうやらとても難しい試験をクリアしたんだとわかったから――しかし記憶が戻ったとしても、その場所にはもう戻れないのだろう。

「でも、私もこんな場所にいるのよね」

ひどい経歴の北寺――だが、律歌だってここにこうしている。しかも、記憶もなくして。自分はそのことを悲しむべきなのだろうか。記憶がない今は、正直わからない。

「記憶をなくすほどの――なにか、とんでもなくひどいことが、あったのかしらね。私」

「……今は、考えたって仕方ないさ」

「そうね」

ま、もったいないとか、怖いという気持ちもないのが、今は逆にありがたい。すべてはとうに失くしたものであり、何もない状態――これまでの記憶さえない状態でここにこうしているわけなのだ。

「北寺さんの話の続き、聞きたいわ」

促され、北寺は天蔵の段ボール箱からバッテリーを取り出して繋げながら続ける。

「まあ、きついと言えばきつかったな。時間の流れがあまりにも遅くってさ。単純労働で、やってること自体はつまらないし。みんな、早く終わんないかなーって思いながら一日を送るんだよ。まあ仕事だから、逃げ出すわけにもいかないし。いや、逃げ出すことも時々あったけど……。でも、ここでやっていけなかったらもう終わりだって思ってたから、無理やりやってたよ。うん。おれなりのやり方でね。たとえば医療機器に組み込まれる部品の一部を作っているところに派遣されたとするじゃん？　そしたらこの部品は全体の構造のどの位置のものなのだろう？　とか、そもそも全体の構造はどうなっているんだろう？　とか、はたまたそれを使ってどんな医療が行われるのかとか、人体、医学に至るまで、仕組みから何から、疑問を見つけてはその答えを探したり、自分で考えたり、質問してみたり……。原理原則を知るまで、おれって一歩も動けないから、そうやってどうにかこうにか乗り越えて働いていたかな。いやはや、使用者にしてみればなかなか面倒な労働者だっただろうね、おれは。ブラックボックス化されていることも多いしさ。おまえはそんなこと考えなくてもいいんだって何度言われたか忘れたよ。専門家より詳しくなるころに、契約終了でサヨナラ。周囲に迷惑だけかけて、まったく、役に立つ日がないよ。はは。場所が変われば、それをまた繰り返すしさ。似たような分野ならまだ応用がきくからいいんだけど、異分野だと本当に一からやるからね」

話しながらも、北寺はぐるぐるとテープでしっかり留める手を休めたりはしなくて、律歌は手伝わずに横にくっついているだけの自分がなんだか申し訳なくなってくる。でも何をやったらいいのかわからない。

「ふーん……。派遣会社って、そういう事情を考えてくれるものなの？」

「考えてくれない」

「どーして」

「頭数揃えて売り買いされるだけの、超安値の単純労働力だからさ。その代わり、履歴書も何もいらないんだ。おれみたいな経歴でも不問ってわけ。昔は熟練の職人が必要な業種も、今じゃ大抵のものは機械化されているからさ。オペレーター業務って単純労働みたいなもので、人間であれば慣れてない人でも誰でもいいんだよ。人工知能に指示されたとおりに与えられた仕事をこなすだけの存在さ。でも、手っ取り早く人を集めたい時とか、使いたいときだけ使いたい時とか、使われる側だって、手っ取り早く働きたい時にはありがたいんだ。生きていかなきゃいけないからね、こんなおれも」

北寺を役に立たない人のように感じたことなんて律歌にはひと時もなかった。しかし、本人は卑下するわけでもなく、今までずっと雇用者に迷惑をかけながら生きてきた、と話すのだ。

「だから、りっかがここでおれの経験を頼りにしてくれて、嬉しいんだ。なんだかすごく、報われる気分」

「私は尊敬しているわ」

「ありがと」

北寺は嬉しそうに微笑んだ。律歌はその様子をじっと見ていた。

7・魔改造ラジコンに乗って

「何か手伝えることはない？」

北寺から一つも指示が下りてこないので、自分から声をかけてみた。

「うーん。いや、いいよ」

「言って。言ってくれなきゃわからないのよ、私」

「じゃあ、あれとって」

「これ?」

足元に置いた天蔵の段ボール箱を指さされるが、どれのことだ。この箱自体なのか、それともこの中の……どれだ?

「それじゃなくて、あーそっち」

「これ?」

バラバラになったトランシーバーがいくつも入っている。どう使うのかは全くわからない。

「うーん。いいや、自分で取れるから。ありがと」

かえって邪魔になりそうだった。律歌はあきらめた。北寺は人に使われてばかりで、人を使うことに慣れていないような気がする。

「なんていうのかな。工場内で、日がな一日ずっと同じ作業を繰り返すだろ? そうするとさ、開けっ放しの眩しい扉の向こうを、ランドセルを背負った小学生が元気よく通っていくんだよ。朝と、夕方にね。あの子達はこれから、どんな人生を送るのかなーって。なんかさ、鬱になるよねえ。ただ年を取っていく自分。どん詰まりっていうか、掃き溜めっていうか、底辺っていうか、さすがにちょっと精神的にくるものがあったな。ま、自分で選んだ道なんだけど」

立ち上がると、テスト走行を始めた。ラジコンは電波を拾ってキーボード入力の通りに走って、止まる。何度も繰り返すと、今度は映像の送受信をチェックする。

「そんな人生を送りたいと思ったわけではないの？」

「まさか。それしか道がなかったんだよ。気付いた時にはね」

「たしかに、なんだか少しもったいないわね。北寺さんなら、もっと社会の役に立てそうなのに」

「あーいや、今のはなんだか……全部社会のせいにするような、いかにも底辺らしい発言で、自分で言ってて嫌になるね」

鬱屈とした思い、諦めのような顔。

「わかってる。これも結果だからね。収まるところに収まっているだけさ」

北寺智春という一人の人間像が見えてくる。その表面も裏面も――。

「うん、でもね、いい思い出もあるんだ。おれみたいに人生に躓いた人が多かったし、適当に生きて流れ着いた人もいるけどさ、でも、つまり誰でも受け入れてくれる場所だからね。そこがあるから生きていける人がいる。迷惑をかけあいながら、支え合って生きていて。社会にはそういう場所も必要なんだとは思う」

つまはじきにされた人達でも、なんとか生きていくことのできる場所。最後の砦。

「じゃあ、記憶のない私も、次はそこに行くのかもしれないわね」

そういうことになる。

「不安?」

「わかんない」

「そっか」

でも、絶望感はなかった。

「北寺さんがいるなら、まあそこでもいいかなーって」

二人ならば。

「りっかと日雇い派遣生活かあ。あっはは、はは」

「なんで笑うの」

「いや、あまりにも、りっかとあの世界が、かけ離れてて……。りっかのいたところは、エリートコースと呼ばれていた場所だからさ。くく。でも、悪くないね。意外とイメージできなくもないかも」

北寺さんと、それはどんな一日だろう。ネジを一つ取って、これは何の部品? と問いかけたら、すぐに教えてくれたりするのだろうか。現場の取りまとめ役も知らないようなことまで。知らなくても生きていけるような知識までもを。

「りっかとなら、楽しいかもね、なんてね」

同じことを北寺に対して律歌も思った。

「りっか」

「なに？」

「でもねりっかには、本当は、世界を変える力があるんだよ」

「え……？」

「でもその力を、最大限に発揮するには、あらゆるツールが必要かもね。性能のいい計算機や、これまでの人類の歴史から得た経験……とかね」

世界を、変える力。

そんなものが、本当に私にあるのなら、私は――

「……さて、オッケーだね～」

視線の先の北寺は、満足気に笑ってラジコンを律歌の足元まで走らせた。

ずいぶんメカメカしくなったラジコン。山道用のでかすぎるタイヤを履かされ（しかも後輪のみキャタピラである）、バッテリーをこれでもかと積み、頭にはスマートフォンを無理やり括り付けられている。そこにはＵＳＢケーブルで手作りのユニバーサル送信機が接続され、映像を送り返すことができるようになった。元が赤いスポーツカーだったなんて、思い出せないような見た目になっている。

「できた？」

「うん。魔改造ラジコンのできあがりー！　さ、乗るよ～」

手元のパソコンの画面には、もう青空の下のこの作業場の様子が下からのアングルで映っている。そしてキーボードを操作すると、シャーッという大きな音と共にラジコンが走って止まる。それに合わせてパソコンの画面はなめらかに動いた。まるで北寺と小さくなって二人、手作りのこのスーパーカーに乗車しているような。

自由に、窮屈に、遊び、疲れ、悩み、苦しみながら。文句を言いながら、ため息つきながら、不安になりながら、おびえながら、そんな風に、そんな感じが、いつも一緒の二人でなら、案外悪くない。

うん。悪く、ない。

「ねえっ」

「え？」

ラジコンの微妙な動きを確かめながら、北寺がこちらを見上げる。

「前いた世界なんて知らないわ。過去の私も知らない。私はここにこうして生きている。北寺さんと生きていたい」

このラジコンカーに乗って、新しい世界を見にいくのだ。

「じゃあ、一緒に住んでみる――？」

そう言って。

一緒に、住む？

律歌は言われた言葉の意味を考え、何度も咀嚼するように、胸の内で響かせる。

北寺さんと、私が……？

「いいの……？」

するとそこへ、
ピピピピ　ピピピピ
およそ予期しない音にはっとする。それは聞いたことのない音ではなく、聞いたことのありすぎる音だった。着信音だ。

「き、北寺さん、これ……」

北寺もどうしたことかと目を皿のように丸くして固唾をのんでいる。着信……誰かが、電話をかけてきている？

もしかしたら、気候の調子で電波が通る時があるのだろうか？　だとしても、いったい誰から？

「出てみるわよ？」

静かにこくりと頷かれ、律歌ははやる気持ちで受話器マークをタップした。

「もっ、もしもし!?」

だが。

「天蔵カスタマーサービスの添田です」

その相手は唯一電話の通じた天蔵のカスタマーサービス担当だった——まあ、そんな気もしていたが。「えと……なんの用ですか」

「先ほどご注文いただきました【ホウオウ製】殺虫スプレー三〇〇㎖一本が、都合により、お届け時間が変更となりました。ご不便をおかけして、申し訳ありません」

配達の、業務連絡？

「あ……ら、玄関のドアの前に置いといてくれても……いいわよ？」

「かしこまりました。それでは、天蔵カスタマーサービスセンター添田がご案内いたしました」

通話終了。

「はあ……びっくりした」

「電話連絡なんてあるんだね」

「そうみたいね。急ぎの連絡ってことみたい」

ここで暮らし始めて、初めてのことだった。

「それで、なんだったの？」

「ああ、うん。明日の荷物の到着が少し遅れるんだって。勝手に玄関に置いといてもらうことになったからいいのだけど」

「そうなんだね」

「あのカスタマーサービスの添田、何を、わざわざ……」

別にいつ届こうが困らないものだ。律歌は会話の続きに戻ろうとした。せっかく北寺と二人暮らしをする話が進んだと思ったら、腰を折られた。お邪魔虫め、その虫よけスプレーで駆除してやる。

「添田？」

「え？　うん」

カスタマーサービスの添田。直接通話している律歌は何度も名乗られているが――。

「……まさか」

北寺がはっとしたように固まっている。

「どうしたの？」

「いや、なんでもないよ……。さて、いこうか」

「えっ、うん」

緊張味を帯びたような、どこか硬い表情で。

「どうかしたの？　北寺さん」

「ううん、なんでもない」

「もしかして添田さんって人、知ってるの？」

「ん……まあ、知ってるというか、同じ苗字の人がさ、おれの派遣先の上司だったんだ」

ちらりと、律歌の方を見やる。「少し、困ったことを思い出しちゃっただけ」

珍しい苗字のような気もするが、偶然の一致だろうか。

「ふーん。どんな人だったの？」

その問いかけに、北寺は答えるべきか躊躇したような素振りを見せる。

「うーん……なんていうか……」

「?」

「効率主義者で、計算尽くの、強くてタフなエリートサラリーマン。律歌と同い年のね」

「へえ。そんな人がいるのねえ……」

まあ、どうでもいいことだ。それよりも、

「ねえ、さっきの話……一緒に住むって」

その話を進めたい。

「あ、いや……うん」

だが北寺は煮え切らない態度を見せたかと思うと――

「やっぱ、やめよう?」

「え……?」

突然の同居キャンセル。それを聞いて、律歌は固まるしかなかった。

「ごめん、勝手で」

いったい、どんな心境の変化? あまりにも急で……彼の心に何が起きたというのだろう。

「それじゃ、続きはまた明日。帰ろうっか、りっか」

はっきりと打ち切られてしまった。律歌が話を再開させようとしても、強引にはぐらかされるばかり。

(なんなのよ……もう)

そんな簡単に心変わりするなんて、気まぐれにもほどがある。自分の恋心は、こんなに軽く扱われているのだろうか。

8・そんな奇跡が、起きただけのこと。

　翌日。朝から律歌と北寺は自転車を南へと走らせていた。

「ね、機嫌直してよ～りっか～」

「ふん……」

　二人で住む話をやっぱりなかったことにしたいと言う北寺に、何度理由を聞いても教えてくれなかった昨日。

（ほんと、ひどい。人の気持ちを弄んで。北寺さんの……ばか……）

「ごめんね、ごめん。りっか」

「ふーんだっ」

「ごめんごめん……ごめんね」

　北寺の弱り切ったような顔を見ていると、一体どうしてそこまで自分のことを拒むのかわからなくなってくる。自意識過剰だろうか。でも、それにしても、あんなのひどい。

　山のふもとに到着し、自転車で行ける限り山を登る。

「そろそろ疲れたわ……ラジコンに乗り換えましょ」

北寺は頷くと、リュックから魔改造ラジコンを大事に取り出す。それからノートパソコンも。

「これでちょっとは軽くなるな〜。バッテリー一〇個載ってるし」

「そうよね。ありがと」

「いいよいいよ」

地面に置き、接続を試みる。分解したトランシーバーから取り外した基板を流用して電子工作し、強力な基地局を立てていて、それとラジコンが通信できるようにしているらしい。

「繋がった」

手元のパソコンに、ローアングルの映像が表示された。律歌のスニーカーが映っている。

「さて、行きますか」

キーボードを押すと、ラジコンカーがシャーッと音を立てて走り、止まる。

「安全運転で頼むわよ」

「任せて」

何度かカメラの向きを調整すると、再度走り出す。しばらくまっすぐ走らせてみて、調子が出てきたのか徐々に加速していく。

昨日の気まぐれはまだ律歌の心に引っかかっていたものの、これからの冒険を前に胸は高まり、詰まりが水圧に押し流されていくように、流れていった。

　山道だが舗装はされていて、砂利道というほどではなく、走行には問題ないどころか、速すぎて手元が狂ってどこかに激突して壊れないか心配なほどだった。データ通信の処理が追いつかないくらい、景色が飛ぶように後ろへ過ぎていく。

「はっや……！　ちょっと、どんなふうに改造したのよ！」

「あっはは。男心が、つい出てしまった……」

　山は急勾配に差し掛かるが、ラジコンカーは止まらない。ジェットコースターが天に向かって昇っていくように、律歌の鼓動は高鳴っていった。

「画面の左上、小さくガードレールが見えるのわかる？」

「ええ」

　緑の森の中に、白いガードレールがミニチュア模型のように小さく細く見えている。

「そこを登って、そのまた上を登って……七〜八回くらい繰り返したら、頂上に着く」

　あんなところまで登るのか——しかもそれを何度も繰り返すのか。

　しばらく、ただひたすら同じような映像が続く。

「ほら、今さっき言ったところを走っているよ」

「もう……!?　早い……！」

　景色は森ばかりで変化がなかったが、言われてみれば確かに画面下の方に木々が生い茂っている。

「頂上まで、行けるわね……！　こんなに速いんだもの」

不可能なんてまるで感じない。なんだってできそうだ。そしてこの全能感をくれたのは、他でもない北寺だ。排水溝を流れて川へ、その向こうに大海原を感じるように、清々しいほど雄大な気分。なんて素敵だろう。律歌の胸に、北寺への感謝の思いが溢れた。

と、そこへ、

「りっか、ありがとう」

「え？」

声をかけてきたのは北寺だった。

「りっかのおかげで、おれは、こんなところまで来ることができたんだ」

「それは、北寺さんの――」

それは律歌が北寺に対して思っていたこととまるきり同じで。

「おれ一人じゃこんなことにはなっていないよ。だから、ありがとう」

北寺がいて、律歌がいた。

そんな奇跡が、起きただけのことだ。

「さあ、もう下り道だよ。山の向こう側が見えてくるはず」

遠くに点々と家が映される。風景画にでもしたいような、のどかで美しくファンタジックな村の光景。

世界はこんなにも、きらめいている。

「誰かが住んでいるみたいよ！」

どんな人が住んでいるのだろうか。

「敵とみなされて攻撃とかされないかしら」

「……そう思うと、ラジコンカーでよかったかもね……。まあ、文化的な集落だと信じよう」

隣町――もしかしたらここに天蔵の配送センターがあったりして。ここから配達されているとか？　天蔵の謎も解けるかもしれない。自分達のいたところには、迷い込んだ住民ばかりだったけれど、そうではなく生まれながらにここに住んでいる人に会えるかもしれない。タダで生活物資を受け取ってしまっていたが、何か払わされたりしないだろうか。たとえば遊園地でいうフリーパスのようなものを本当は買わないと住んではいけないとか、そういう事情が突きつけられたりしたらどうしよう。余計なことをしないほうがいいかもしれない。……でも、その場合だっていつかは不法に享受していることはバレてしまうだろう。それに、誰かの意図しないことをして甘い汁を吸い続けるというのは、なんだか寝覚めが良くない。まあ、それもこれも自分のただの想像でしかないが。

「なんか映像がカクカクするわ」

電波が悪くなったのだろうか。

「まあ、長距離電波を飛ばすために低い周波数帯にしているから仕方ない」

ほどなくしてふもとまで下りられた。昼下がりの静かな草原を走っていく。

ふと、律歌は奇妙な感覚に襲われた。

「あれ……？　なんか、この道を見たことがある気がするわ」

初めて見る場所なのに、以前にも見たような感覚。とてもリアルなデジャヴのような風景の山道。

「おれもなんかそんな感じする」

どうやら北寺もそうらしい。まあ田舎風景なんて木や草原ばかりでどこも似たようなものだが。

「なんか……」

見覚えのある黄色い菜の花畑がある。山のふもとには菜の花畑があるものなのだろうか？

「前に行った北の果てと、似ているわよね」

「似ているね」

少し走らせると、小高い丘に差し掛かった。丘の上には大木が五～六本生えており、その間には誰かが吊るしたのか、

「ハンモックだわ」

とても見覚えのあるハンモックがあった。

「ねえ、待って。ここって……」

「そんなはず、ないよ……」

「でも……」

もう少し走らせてみると、見覚えのある形の住宅が映る。

「あの家、三人組の主婦達の家にすごく似ているわ。天蔵の販売する家のデザインって、数に限りがあるのかしらね」

「ほんとだ……同じデザインだ。山の向こう側には、同じような家が建てられているのかもね。誰かいるかな？」

誰もいないようだ。そのまま進んでいく。どこも同じようなものらしい。もといた村にいた主婦三人組にとてもよく似たような女性が三人、井戸端会議をしている。いや、似ているというには、あまりにも……。音までは拾えないが、どう見ても普段挨拶を交わす見慣れた面々である。

「どういう……こと？」

律歌の頭はパニックだった。

ラジコンが、北から戻ってきた？　なぜ？

「ちょっと北寺さん、一回行って、みましょう！」

ラジコンを人目に付かない場所へ移動させ、道の端に停車すると、パソコンをリュックに詰め込み、自転車にまたがった。

「もし……もしこれで、ラジコンがあったら……」

「いやそれは、そんなことは、おかしいよ……」

律歌と北寺はそれから無言で、早く早くと急かされるように自転車を走らせる。

もしラジコンがいたとしたら……？　いくら速いスピードが出せたとしても、道を間違えていたとしても、そんなことはありえないはずなのに。じゃあ、ラジコンが無かったら？　井戸端会議の三人組は誰？　あの三人組にあまりにも似ているけれど。山の向こうにはここという二つの世界が広がっているのかもしれない。それも気味が悪い。検証しないといけないことだらけだ。まずは、井戸端会議のあの家まで行ってみるしかない。

休むこともなく走らせ、律歌と北寺は三人組がよく立ち話をしている場所までたどり着いた。三人はそれぞれの家に戻っていた。

自転車を降り、きょろきょろと辺りを探す。

曇り空の下、道の隅に、猫くらいの大きさの塊の影が、あった。

四駆のタイヤとキャタピラ、バッテリーを積み、てっぺんにスマートフォンを括り付けた、ラジコンカーが音もなく鎮座していた。

北寺がそれを拾い上げるのを律歌は黙って見ていた。夢から醒めたような、妙な脱力感と共に。

第五章　あの空の向こう

1・山を抜けたら、こっちに出てる。A＝B、C＝D

律歌の家の壁に自転車を立てかける。アドレナリンが出ているのか疲れをあまり感じなかった。中に上がれば、リビングには作戦会議の資料がそのまま置いてある。

「どういうことかしら」

北寺が濡れ布巾でラジコンのタイヤを拭きながら入ってくる。二人、ソファに座って向かい合う。

「おれが道、間違えたのかな」

「どんな間違え方よ、これ」

「おかしいなあ。間違えた感覚はなかったんだけどな」

「間違えたとしても、変よ」

間違えたとするなら、反対側に行くつもりが、来た道を戻ってきてしまったということになる。

机上に出しっぱなしの手描きの地図。律歌はそれを改めて確認し、違和感にはっきりと気が付いた。

「だって、ラジコンをスタートさせたのはここでしょう、ここから山を登ったのは間違いないわよね」

「うん」

南の果てから出発。

「でも、山を抜けたら、こっちに出てる」

次に指さしたのは、最北端。

「……本当だ」

南に南に進んだつもりが、北から出てしまった。

「でも、まあ現にこうして戻ってきてしまってるから、どんな間違え方したかは謎だけど、やっぱどこかで道を間違えたんだろうなあ」

「まあ、そうね」

悔しそうに、北寺は眉間にしわを寄せている。

「うーん……。わからない。もう一度やりたい」

「そうね」

律歌が首肯すると、北寺はぺこっと頭を下げる。任された仕事を全うできなかったことを、失敗した子犬のように背中を丸めて律歌を窺う。

「ごめんね、間違えたりして」

「謝らないで。私だって何がいけないのか全然わからなかったんだもの。北寺さんが無理なら、誰にだって出来っこなかった。仕方ないわよ」

律歌の励ましに、北寺は気持ちを切り替えるようにして、

「うーん……悔しいなあ」

自作の地図に指を這わせ、その深い知的な瞳で考え込んでいる。「……なぜなんだ？」

山の遥か遠く向こう側まで見晴るかすように――だが、その答えは北寺にもわからない。

「バッテリーはまだ余裕だとは思うけど、念のため新品と交換しておこう」

「ねえ、次は、北から走らせてみるとかは？」

「そうしようか。変な道を曲がっていたかもしれないし、次はその分岐路、ちゃんと気付きたいな」

四時間かけて自転車で行くことになるのはいいが、それにしてもその距離を三十分足らずで越えたのだろうか、このラジコンは。そんなこと、ありえるのか？

それから、二人は野を越え丘を越え数時間かけてまた北の果て、山のふもとの地点にやってきた。ハンモックがゆさゆさと揺れていた。

「こっちから山を越えたら、どうなると思う？」

「常識的に考えれば、隣の村かどこかに着くはずだよね」

律歌は黙って頷く。

なんとなくだが、そうはならない気がしていた。北寺も同じだろう。

ラジコンがシャーッと山中へ走り去っていく。その様子を静かに見守る。目視できなく

なったら、今度はパソコンの画面上から。山道をぐんぐん進んでいく。

「よし、頂上だよ」

「うん」

「下りるよ」

「うん」

徐々に下り道になっていき、同じようなタイミングで視界が開け、村が見え始める。

「あれは隣村……だよね」

「そのはず」

見覚えのある街並みのような気がする。ずっと進んでいくと、そしてどういうわけか、何度も目にした山道であることに気が付いた。

「ここって、ほらやっぱり覚えがあるわ……！　一体どうして……あっ」

道が開けて目に留まったのは、だだっ広いスペース……山越えのためのキャンプ場にはここがうってつけだと、北寺とテントを張って食料を運び込んだ場所だった。

「何度も自転車で走った山道じゃない……！」

「そんな、そんなはずない！」

ありえない。自転車で南に向かって進みながら運び込んでいたのに……。

「おかしい……おかしいわ！」

「りっか、今の時間は？」

北寺がキーボードを操作しながら訪ねてくる。

「十五時十五分よ」

律歌の家から山のふもとの北の果てまで、最短経路で進んでも自転車では五〜六時間かかる。

「二十分しかたっていない……。それなのに、最南端にいるなんて……」

ここから先はもうわかる。三角屋根の律歌の家が見えてきた。北へ北へと進んだはずなのに、なぜか南から帰ってきてしまうのだ。

「よし……来た道を、このまま、戻ってみようか」

北寺はラジコンをバックさせて向きを変える。今度は南に向かって山道を進んでいく。上り道から、頂上を越え下り道へ。森を抜けるとすぐ――

「菜の花畑が……見えるわ」

「走ってきた道だね」

想像通りの――ありえるはずのない結果。

「北のスタート地点に、戻ってきたの……ね」

時間は十五分しかたっていなかった。

そしてしばらく走らせると、自分達の今いる場所までラジコンはスーッと戻ってきたのだ。

律歌の家から、最初のスタート地点である最北端の山のふもとまでは、どう考えても自転車で四時間はかかる。でも、二十分そこそこで行き来できているというのは、道を間違えたというより、これは――

「ワープ？」

「……してるように、見えるよね」

何かの勘違いじゃないだろうか。ワープなんてそんなこと、現実に起きたりするのだろうか？

でも、現実に起きている……といっても、そもそもいったいなにをもって現実といえるのか？　なんて哲学的なことを悩まざるを得ない。ここは自分がもといた世界とあまりにも常識が違いすぎている世界なのだ。家だって食料だって、天蔵がなんでも無料で持ってきてくれるような世界だ。自分の常識を超える現象がいつ目の前で起きたって、不思議じゃない。

それじゃ、いったい何が起きているというんだ？

律歌は北寺の袖をつまむ。

「なんか奇妙ね……」

こんなわけのわからない世界で、信頼できる北寺が自分の傍にいてくれて本当にありがたいと思った。もし一人でこんな不可解な謎に直面したら、自分の気が狂いそうになる。

「ど、どうする、りっか」

「今度は……うん、そうね……」

落ち着けと自分に言い聞かせる。怖いけど、でも、探し求めていたような扉の前に立っているような高揚感も確かにある。

「ちょっと、東に行ってみるのは、どうかしら」

律歌の発案で、ラジコンを背負っていったん平地をまっすぐ行ってから、主婦三人組の辺りまで来たところで左に向かってしばらくラジコンを走らせてみることに。ほどなくして山に出くわした。西の果てでもやはり山に覆われている。律歌と北寺はラジコンが走れそうな道を探し、山を登り始めた。十分ほど行くと、頂上を越えたのか下りはじめ、ひらけた場所に出た。平地をそのまま進んでいくと、遠くに家々が見えてきて、そしてやはりというか、スタート地点の三人組の家々に出くわした。

「うわー……東から戻ってきてるよねこれ」

「西に向かって進んだのに……」

「どうなってるんだ？」

三人組の家地点から西に向かってまっすぐ進むと、また家々に行きあたる。振り返れば、東から来たことになっている。律歌は北寺に言った。

「ワープ……というか、ループしてない？」

「してるかも」

「どういう、ことなの……」

「一度帰ろうか、りっか」

「うん」

日も暮れてきた。二人は胸騒ぎを抱えたまま、帰路につく。北寺の家にお邪魔し、リビングで作戦会議を開くことに。北寺が紙に円を描き、東西南北の位置を記入する。律歌は北を指さした。

「こっちから行くと、こっちに出た。で、こっちから行くと、こっから出たわね」

図にして現象をまとめていく。

「うん。つまり最北端のA地点は、対角線上の最南端のB地点とイコールになっていて、最西端のC地点は、最東端のD地点とイコールになっている」

A＝B、C＝Dと脇に式を書き足す。

「淵がループしてる」

「そうだね」

なんとも不可解な話だ。

「山を越えてみて……あまりにも予想外の発見だわ」

「越えたのか……は……なんだかよくわからないけど」

わかったのは、乗り物を手に入れてもここから外へは出られないのかもしれないという閉塞感だった。

二人で簡単に夕飯を済ませ、順番に風呂に入る。先に上がった律歌が、部屋着で庭に出てほてりを冷ませていると、後から北寺も傍らに並んだ。

「はい、アイス」

律歌は北寺から果汁の棒アイスを受け取ると、星空を眺め、思案にふける。

「すべての北と南、東と西が、輪っかになっているのかしら……」

北寺が頷く。

「そんな気はするね。違うかもしれないけど」

繋がっていない地点はあるだろうか。そこから本当の山の向こう側に行けたりするだろうか。ここだけが地球上から切り離されて、閉じ込められているとしたらどうだろう。もしかしたら、ここはどこか別の惑星なのだろうか。一つの市くらいの大きさの小さな惑星。地球と同じように丸くて、歩いて一周できるような。

天蔵に質問をしてみたいと思うが、有益な情報を得られるとは思えなかった。あまり変なことばかり聞いて疎ましがられても今後やりにくい。気付いたことなど、考えを天蔵に悟られない方がいいことだってあるかもしれない。情報収集はタイミングが重要だ。

「それ食べたら、もう休もうか。また明日にしよう、りっか」

「うん……」

さて、そろそろ帰る時間だ。律歌は暗い気分になりため息を漏らした。超常現象はもうそう簡単に起こらないと信じたい。だが夜道を一人で帰り、一人で暗闇の中寝るというのが、心に重かった。

「北寺さん、今日はここに泊まってってっちゃダメ?」

困らせるとわかっていながら、ついそう頼んでいた。アマトにも今は一人で会いたくない。

「怖いの……」

北寺は仕方ないというように笑って頷くと、

「……いいよ。じゃあ、ベッド使いな」

「ありがとう……ごめんなさい」

さすがに律歌も一緒に寝たいとわがままを言うことはしなかった。ベッドでもソファでもいい。今は恋する乙女の同居への憧れなんかじゃなく、とにかく信頼できる北寺の傍を離れたくない気持ちが何よりも勝っていた。

結局律歌と北寺は、キングサイズベッドの端と端で眠ることになった。しんと静まり返る寝室で、二人ははしゃぐでもなく、大人しく眠りにつく。

「北寺さん起きてる?」

律歌はふと声を上げる。

彼の背中越しに、「なに?」と返事が返ってくる。起こしていたら申し訳ないが、それよりも大事な話だった。

「試してみたいことがあるわ」

「なにを?」

一つ屋根の下に一緒に過ごすって、こんな時間にも打ち合わせができて便利だなと実利的なことを思いつつ、律歌は次のアイデアを伝える。

「空から見てみたいって思ったの」

「空から？」北寺が振り返り、布団が引っ張られる。

「そう。風船でスマホを空に飛ばして、動画モードで録画してみたらどうかしら、って」

陸を走れども、ループばかりで先が見えないなら、空から一望してみたい。

「なるほどね」

北寺も頷いてくれている。律歌は上半身を起こし、枕元に転がっているスマートフォンに手を伸ばす。暗闇の中でスマートフォンの画面が眩しい。

「ゴム風船と紐とテープとヘリウムガスポンプ、ここに注文していい？」

「うん。いいよ、やってみようか」

「うん」

律歌は手慣れた操作で発注を進めるが、ヘリウムガスが売っていない。それを北寺に告げると、眠そうな目を、ん〜と天井に向けて「じゃあ、いいよ……水から水素、取り出そう。電気分解すればいい……」

「それって、中学校の時、理科の授業でやった気がするわ。ボッ！　って爆発させるやつでしょう？」

「そうだね」

「うまくいくかしら？」

「そんなに難しくないよ。そう、中学でやるくらいだし。あと水素の方がヘリウムよりよく飛ぶからちょうどいいね。ま、ちょっと危ないけど、これくらいのことなら大学の実験でもやっていたから……。じゃ、乾電池だけ追加で注文しといてくれる？」

「乾電池ね、注文したわ。じゃ、おやすみ」

「おやすみ」

心強い。明日の調査を楽しみにしながら律歌は目を閉じた。

2・風船を飛ばして上空から撮影してみることに。

翌朝、さっそく天蔵の宅配に起こされ、律歌と北寺は寝惚けまなこをこすりながら準備を進めた。北寺の作ってくれた水素で風船を膨らます。

「お、浮くね～」

スマートフォンケースに空いているストラップ用の穴に紐を括りつけて、風船にスマートフォンをぶら下げようとするが、さすがに一つの風船では落下してしまう。五個では徐々に落下。十個ほど膨らませると、ちょうど釣り合うようにしてスマートフォンがぷらーんと宙に浮かんだ。

「上空に浮かせるには、もっといるわね！」

「オッケー」

水に電気を流して軽く爆ぜさせ、水素を作ってはポンプで風船を膨らませていく。十五個ほどのカラフルな風船の束が出来上がった。

「あんまり多すぎると飛んでいってなかなか戻ってこなくなるかな？　万が一にもスマホが壊れたら怖いよね……天蔵の注文ができなくなるんだろうか」

洗剤や定番お菓子など、使用頻度の高い消耗品や食品についてはワンタッチ注文が可能の〝ダッシュボタン〟もあるが、基本的にはスマートフォンによる発注だ。

「録画できる小型のビデオカメラでやったほうがいいな。不安だから。水没なんてしたら大変だ」

言われてみれば、スマートフォンが故障したら天蔵の発注はどうなるのだろう。

「えー。じゃあそれ今から注文して届くまで待つの〜？」

「うーん。その方が安心じゃない？」

「そうだけど、んー……天蔵の発注用の専用機とかないの？」

ここまで準備したことだし、待ちきれない。

律歌は天蔵の通販サイトを隅々まで調べてみる。すると、よくある質問のコーナーに「スマートフォンが壊れてしまいました。どうしたら注文できますか？」という質問を見つけ、タップして開く。

「あ、なんか、万一スマホが壊れたら発注のための新しい機械を送ってくれるみたい。パソコンからだってアクセスできるみたいだし、救済措置もちゃんとあるのね。じゃあいいか。スマホ飛ばしちゃいましょ」

　注文すれば午後には届くが、待つのも面倒だ。

「一応、名前とメモを書いて貼っておこう。見つけた人に届けてもらえるように」

　そう言って北寺は「このスマートフォンを拾っていただきありがとうございます。可能でしたらこちらの場所まで、伝言等でご連絡ください。取りに伺います。もしくは持ってきてくださると幸いです。ご迷惑をおかけします。末松律歌　北寺智春」と書き、先日作成した地図と共にテープで留めておいた。電話やメールは通じないし郵送もできないため望みは薄いが、まあ何も書かないよりマシだろう。

　風船十五個分の紐を手に、割らぬよう気を付けながら外に出る。ぬるい空気がふわっと頰を撫でる。

「んーんっ。天気いいわね」

　ほどよく風もある。律歌は、風船を握った北寺と少しだけ歩いて、南の山の方へ近づく。

「この辺から飛ばしてみる？」

「いいんじゃない？」

「よーし」

　じゃあ録画をスタートして……と、律歌は画面に出た赤いボタンをタップ。ポッという音と共に録画が始まる。

「手、放すわよ!?」

「うん！」

律歌が紐から手を放すと、十五個の風船にぷらぷらと吊り下げられたスマートフォンは一気に空へと浮上していく。律歌と北寺はそろって空を見上げた。青々とした大空に、赤や黄色や青や緑など色とりどりの風船のまとまりが浮かび上がって、南へ緩やかに流されていく。律歌はそれを小走りに追いかけた。スマートフォンから位置情報を発信し続けるようにしたいところだが、残念ながらその情報はここでは失われている。

「あっち行った！　山の方!!」

「あー……ちょっと速いな。自転車で追いかけようか！」

「ええそうしましょう！」

小さくなっていく風船の束を見失わないように、気を付けて見つめ続けながら、マウンテンバイクにまたがる。風船はまだまだ高く上がっていっているようで、黒い点の集まりのように小さくなっていく。

「風船って、どこまで飛んでいくものなのかしら」

「上空八キロだったかな。八千メートルっていうと、だいたいエベレストくらいの高さまでは行くってことだね」

北寺が並走しながら答える。

「それ以上、上に行くと？」

「割れる」

「どうして？」

「凍るから」

北寺の話では、気圧の低下で風船はどんどん膨らみ、最後は上空で冷やされてゴムが凍りパリンとこなごなに割れるらしい。だがエベレスト――いや富士山の高さまで上がってくれれば十分である。苦戦を強いられたあの山もさすがにそこまで高くはない。山の向こう側が撮影できていることだろう。

「りっか、風船は？」

北寺に聞かれ、律歌は目標を見失っていることに気が付く。「ああっ、どっか行っちゃったわ……うう一ん、見失ったあ……」

でも、最後に見えたのは南と西の間の山の方面だ。それを聞き北寺は、進行方向を見定め、適当なところまで走らせると先に停車した。

「風船がいくつか割れて、それで落ちたんじゃないかな？　ここからは歩いて探そう」

「うん」

辺りを捜索していると、木にほとんど割れた風船の束と紐が引っかかっていたのを律歌が発見した。北寺がよじ登って取ってくれる。さて、その成果はいかほどか。

「どう一？　北寺さん、撮れてる？」

「まだ撮影中になってるね。停止するね」

ピコン、と停止の音。

「さ！　再生してみましょ！」

保存終了を待って、再生ボタンを押す。動画が始まると、そこには撮影開始時の自分たち二人が映っていた。

「あはっ！　なんか、どきどきする」

映像はぶらぶらと揺れていたが、「手、放すわよ!?」という律歌の音声と共に地上を離れていく。

「すごい！　私達がみるみる小さくなっていくわ」

そして田んぼや道、森など大自然が映されていく。ミニチュアのように、家も小さく点在していて。よく見ると、北寺と走った道がちゃんと映っている。自作した地図と、だいたい合っているようだ。

「うまく撮れてるね」

「うん！」

それはなかなか胸躍る映像だった。

「カメラ、まだまだ上がるわね」

「そうだね」

山の方へと流れていく。最後は木に引っかかって終わるわけだが、既に大体の木よりは高い位置に上がっている。おそらくその前に一度、風船が割れるほど上空まで行くのだ。

「なんか航空写真みたいね……！」

どこまで上がるのだろう、という期待が膨らんだ時、問題は起きた。

「あれ？　なんだか急に白くなっちゃった」

「うん……？　失敗かな？」

グレーがかった一面の灰色画面になってしまった。

「えー」

シークバーを移動させても、そこからずっと灰色だ。最後まで移動させると、北寺の顔がどアップで映された。

「あ、おれだ」

「なによこれー」

北寺が木に登って回収したときの映像だ。

「うー――ん……？」

律歌と北寺は顔を見合わせて、首を傾げた。残念だが、有益なものが撮れていない。

「いいとこまで行ったけどね」

「そうだけど……」

「最後のおれの顔はバッチリ撮れてるんだけどな」

「消すわよ」

「はーい」

結構な時間ずっと録画が続いていたため、残り容量があまりない。

「もう一度やってみましょうよ」

「うん」

だが——結果からいうと何度やっても同じだった。途中まではうまくいくのに、ある一定ラインを超えると何も映らなくなるのだ。そしていつの間にか落下している。

「ああもうっ……！　どうなってるのよ!!」

「これは困ったね。でも、変だよな。どうして途中から何も映らなくなる？　しかも、落ちてきて回収するところまでは映っているのに」

風船を飛ばし、それを追いかけて、回収して確認。それを何度も繰り返し、辺り一面が夕日に照らされても、灰色になってしまうという結果は同じ。あるラインを超えると、一面暗い白色になってしまう。

「肝心なところが撮ーれーなーい～～～っ！」

「うーん……。なぜだ……？」

律歌も北寺も、力尽きて地面にへたり込んだ。

「カメラが悪いのかな？　天蔵で買って、もう一度試そうか」

「そんな感じ、しないけどなぁ……」

律歌はため息をつく。

「ねえ私、この目で実際に見て確かめたい……」

「実際に？」

「うん。何か方法ないかしら!?」

「実際にって言ったってなあー……」

「スマホじゃなくて、私が風船で吊られたらどう？」

律歌は妙案だと顔を上げる。

「いやいや、それはやめときなよ」

「どーして」

「風船で人間が空飛ぶとか、ううーん……。そんなんだったら、気球のほうがよっぽど安全じゃない？」

「気球って、あの気球？」

「そう」

メルヘンな絵画によく描かれているような、白い雲の浮かぶ青空にワンポイントのように描き加えられるあの気球？　眼科の検診でも、視線合わせのために用意された画像でよく見る気がする。気球といえばそれくらいしか思いつかない。律歌にとって親近感がなさすぎた。それがまさかこんな形で自分に関わってくるとは。

「じゃあ私、気球に乗るわっ!!」

そんなの面白すぎるじゃないか。

「決まりよ!!　それで上空から、この地形がいったいどうなっているのか見てみるわ」

「ええ～っ、りっかちょっと待って、落ち着こう。気球なんて天蔵に絶対売ってないと思う」

　北寺はスマートフォンを取り出し天蔵のサイトに接続、検索する。そして「ないね」と一言、画面を見せつけてくる。だがそんなことは些細な問題だ。

「そんなの、どうにかなるでしょ？　北寺さん、作ってよ」

「だからおれはドラえもんじゃないよ、りっか」

「進むべき道はすでに決まったのよ。気球で空を探索！　さあ帰って作戦会議するわよ」

　そうと決まれば行動は早い。次の目標に向けとっとと場所を移動する。北寺の家に二人で帰ると、律歌は人が乗れる気球を用意するにはどうしたらいいか考え始めた。北寺がジューサーで作ってくれたトロピカルミックスジュースを飲みながら、ソファにもたれて、「気球、やってみせるわ……！」と意気込む。

　北寺は深々とため息をつき、「だから、ないってば。売ってないよ」

「手作りは？　それならどうなの？」

「…………まじでー？　まじで言ってるのー？」

「まじ」

　うーんと考え込む北寺。

「本気で手作りー？」

「うん！」

「うっわー……こりゃすごい依頼きたな」

途方に暮れたように白目をむいている。しばらくそのまま静止していたかと思うと、

「ちょっと時間くれる？　いいね？」

「いいけど、早く早く！」

なんだかんだ挑戦してくれるらしい。

「私にできることは何でも言って頂戴！」

「いや……なんにも、しないでほしいかな……。できれば、じっとして動かないで、新しい閃きを控えていてくれればそれで……」

「このジュースおいしいわね。もう一杯くれる？」

「りっか、話聞いてた？」

「え？」

「はい、もういいから、おれはちょっと気球について情報集める！　邪魔しないでね！」

「わかったわ！」

律歌自身ドリーマーの自覚はあったが、それにここまで付き合ってくれる人もそうはいないだろう。なんだってできるんじゃないだろうかという気分になる。時間はいくらでもあるのに、いくらあっても足りないとはやるような。

3・気球は売ってない！　でもあきらめる気はありません！

　そうして翌日から翌々日にかけて北寺は持てる知識と天蔵サービスをフル活用し、気球を手作りしてくれた。

「いや〜、やってみると意外とできるもんだね……。ミシン三台壊したけど」

　厚手のレジャーシートを十五メートルほどになるまで繋ぎ合わせていき、さらにそれを複数面組み合わせて、膨らませば球体になるように縫う。無地のものから園児が遠足で使うようなゆるキャラライラストのシートまで、パッチワークキルトのように様々な柄入りのなんだかがちゃがちゃとした球皮となったが、それはご愛敬。

「原始的な乗り物だから、人を乗せて一回浮くくらいならなんとか、うん。行けると思う。でも消耗も早いと思うし、天蔵に止められるかもしれないから、一回限りね。いい？」

「わかった！　ありがとう北寺さん！」

　それから一軒に一台支給されていたプロパンガスのボンベを載せ、緊急用の消火器を積み込む。

　北寺が製作に追われている間、律歌はイメージトレーニングを欠かさなかった。北寺は下から無線機で指示を出す係であり、乗り込むのは律歌一人だけ。

今日は天気がよく気候も穏やかな気球日和の日だった。篭に球皮を畳んでしまったまま広い場所まで運び出して、それから二人で一面に広げていく。まだこのままではぺしゃんこだ。北寺は両手で、球体の底部分にあたる口を大きくひらけるようにして、風を受けて立ってくれている。律歌は扇風機十五台を回して球皮に空気を送り込む。

「北寺さん、そろそろー!?」

球皮が膨れて少し気球らしい見た目になってきたころ、風の圧と轟音に負けぬよう大声で確認する。

「そうだね!! よし、いいかな! はい、火出して!」

北寺が離れてそう合図を出すと同時に、

「やーあ!」

律歌が火炎放射。火によって空気が温められ、気球のバルーン部分が軽くなり、空中に持ち上がり始める。

「よしよしよし!!」

「北寺さん! 篭、浮いちゃわない!?」

「まだ大丈夫。おれも押さえる」

北寺が急いで駆け寄り、体重をかけ篭を押さえる。律歌はすでに篭の中にスタンバイ。

高い位置から見下ろせられればいいだけなので、気球の周囲四方を生えている木にロープで留めておくことにした。こうすれば上下のみの浮遊になる。どこか予期せぬ場所まで運ばれてしまうといったこともない。

　気球はすっかり持ち上がり、空へ向かうようにまっすぐ垂直に立った。見上げるほどの高さだ。

「心臓が口から出そう」

「おれもだよ」

　北寺はそう言うと律歌の手に無線機を握らせる。

「ちょっとずつゆっくり降りてこれば大丈夫。降りるスピードが速いなと思ったら、温めればまた浮かぶからね。多少急に落下しちゃったとしても、クッションいっぱい入れてあるから、なんとかなる。変に焦って引火して火災、とかが一番最悪だからね」

「うん」

「おれは律歌のことを見てるよ」

「うん」

「それじゃ、行っておいで」

　律歌は無線機を首から提げると、バーナーの引き金を再度引く。ほどなくして、篭が地面から離れるのがわかった。エレベーターが上昇するように、静かに浮上する。北寺はまっすぐ、律歌を見ていた。

「行くわ……！」

　律歌はまっすぐ、空を見つめる。

ロープは三キロメートル弱用意してある。上まであがれば山の向こう側は一望できるだろう。律歌は引き金を何度も引く。キャンプ用品の家庭用バーナーを組み合わせて火力を増しているので、両手が忙しい。だが頑張って両手で引いていると気球は温められてぐんぐん上昇し、家の屋根くらいはすぐに越えた。どんどん小さくなっていく風景。その中に、無線機を手にしている北寺の小さな姿があって、自転車で一緒に走った道が伸びていて。律歌はこの胸の高鳴りを伝えたくなってきて、片手を無線機に持ち替える。

「あはっ、こちら律歌！　本日は晴天なり！　CQ、CQ！　オーバー」

北寺に無線の使い方を教えてもらうときに聞いた単語を並べていると、蟻のように小さな彼が、口元に受話器を持っていくのが微かに見えた――「あんまり調子に乗ってると、落ちるよ」叱られた。しかし律歌の高揚感は留まることを知らない。

「さて、こっからが本番よね……。ループする山の向こう側、確かめてやるわ！」

そうしてまだまだ上昇している時だった。気球日和だった空の雲行きが、なんだか怪しくなってきた。強風に煽られ始める。

「りっか大丈夫？　風はどう？　どうぞ！」

「風、すごく強い！　流されるの……っ。でも、まだいけるわ！　オーバー」

無線機からは北寺の声が頻繁に聞こえてくる。

「りっか！　無理しないでもう降りてほしい。気球ならまた作れるから！　どうぞ」

「まだ大丈夫!!」

さらに風が吹いてロープが引っ張られ、高度が上がらない。目の前には山脈の壁。だが、ほぼ同じ高さだ。もうあと少しで山の向こうが見晴るかせる。

「りっかーっ!!　ねえっ、本気で危ない！　降りて！」

悲鳴にも似た北寺の声が響き渡る。

「いやだ！　もう少し、このまま飛ぶわ！」

エレベーターのように静寂だったバスケットの中は、今や暴風に煽られて無線の声も聞き取りづらいほどだ。「降りて！　降りて！」という単語だけ繰り返されて何度も耳に届く。北側のロープがぴんと張って、風に押されるたびに不安定な角度に傾きながらぐらつく。あと少し上の方向に行ってくれれば、南の山の向こう側が見える。風のせいで気球が斜めになりながら浮いているのが、乗っていても感覚でわかる。しかし、あと少しなのだ。見るだけでいい。

「……もうっ、どーして、こんなタイミングでこんな風が吹くのよ！　信じらんない……っ！」

篭の中でぴょんぴょん跳ねようとして、あやうく落ちかけてやめる。背伸びをしても、視界が届かない。パイロットが長身の北寺だったら向こう側も見えているだろうか。風は止まず、それどころかますます強くなるばかりで、篭の傾きは急角度になる。風にあおられているせいで皮膚呼吸もままならない。さらなる突風に、篭の中で体が一瞬浮いた。

「このままじゃ……そうだ！」

首から提げた無線機を吹き飛ばされないようにしっかり掴みながら、律歌は受話口に向かって叫んだ。

「もう、ロープ切って！　オ――――バ――――――！」

がたん、と篭が大きく傾く。その衝撃が四回。その瞬間、風の音が消えた。風圧も一切無くなった。風に乗り無音。景色だけが一気に小さく、視界が広くなる。気球は地上から完全に切り離された。風と一体になり無風。北寺の作った気球は、律歌を一人乗せて、高く高く上がっていく。止めるものはもう何もない。律歌は自由の身になって、空をまっすぐに突っ切って、天高く昇っていく。どこまでも。どこまで行くことになるのか、律歌も、地上にいる北寺にもわからない。風次第だ。清々しい。地上にしがみついて落ちるより、風任せに空を進む方がずっといいな。その瞬間だけは、恐怖心も忘れ、悠大な心地よさに酔うしかなかった。いや恐怖さえ、それを引き立たせるスパイスのように、全部抱きしめて味わっていた。そうして、律歌は山頂を越えた。視界が、この世界が、小さく模型のように丸くまとまって、そして新たに明らかになる、その外側には――

4・私は今、神に相対している。

「え……」

目を疑った。

そこには何もなかった。

皓々たる「無」のグレーの空間。

言葉を無くした。

あまりにも広大なのか、それとも眼前にひどくなめらかな灰色の壁がそそり立っているのか――そうどちらとも判断さえつかないほどに、光もなく影もない。凹凸もない。そもそも質量を感じない「無」の空間があった。

「これは……なに？」

自分が動いているのか止まっているのかも、わからなくなる。

気付いたら自分は三六〇度グレーの背景にすっぽり包まれていた。

「ここ……どこ……？」

その時、

「こんなところまで来てはいけないよ。律歌」

聞き覚えのあるような男の声が聞こえた。

律歌ははっとして周囲を見回す。右、上、下。見つけられなくて視線を元に戻すと、目の前に黒いスーツの黒髪の、眼鏡をかけた男性がまっすぐ立っていた。

「え……」

グレーの空間の中、人が浮いている？　のか？

ここは空の上のはずだ。

いったい何が起きているんだ？　律歌は思わぬ出現に呼吸も忘れて黙り込んだ。細いフレームに支えられたレンズの奥、理知的な瞳が、細められて律歌をとらえている。まっすぐな佇まい、そしてこの不可解な状況から、

「あなたは……、……添田さん？　カスタマーサービスの……」

律歌はそう問いかけた。呼びかけに、無言でじっと見つめ返される。違うだろうか？　怪訝に思われた感じとはまた違う、思い詰めた表情をしている。

「そう……よね？」

律歌には不思議と、添田だという確信があった。理性とは別の感覚で。

「……ええ、そうです。カスタマーサービスの、添田です」

耳に聞きなれた自己紹介文。そこでふと、さっきの自分への呼びかけが敬語ではなかったことに遅れて気が付いて身構えた。

この人は、何かの素の顔を見せてきている。得体のしれない力を持つ相手。絶対的な優位性を持っている相手。込み上がってくる恐怖を無理やり鈍麻させ、律歌は言葉を投げかける。

「やっぱりそうね。あなたは、何者なの？　ここはどこ？　この空間は何？　ねえ、天蔵って、何？」

上に上に上がっていったら、こんなところにたどり着いてしまった。目の前に浮いている、人智を超えた存在。記憶をなくした自分が、幻覚を見ているのでないとするならば、

導き出されるのは……？

「ねえ、もしかして……ここは、天国なの？」

自分の口から出た言葉に律歌は動揺しながらも、諦めのような感情が沸き起こる。そうかもしれない。ここ、というか、住んでいた一帯の場所は――そう、地上には存在しない場所なのではないだろうか。だって不可解な現象が多すぎた。いっそ、天国に来てしまっている方が納得できる。自分は既に、自殺していた、とか。

彼は浮いたまま眼鏡を外して、胸ポケットにしまうと、視線を逸らした。

「ある意味、天国に一番近いかもな」

独り言のようにつぶやく。節度を弁えた仕事人の印象が、同じくらいの年のただの青年に変わる。

「ここは楽園なんだから。アマトもそう言ってただろ」

「……うん」

それは毎朝繰り返した押し問答だ。

じゃあ……

「私は、死んでいるの？」

添田は黙っている。死後の世界なの？　今までのことは、ずっと？

「ここが天国なら、アマトは天使？」

「あ……、うん。そうだな……」

彼は冗談を流すようにぎこちなく笑った。心ここにあらずといったような印象を受ける。

住民に、衣食住を無料で配給する。それってまるで――

「じゃあ天蔵は――神様？」

木陰で雨を凌がせ、木の葉で体を隠させ、林檎を食べさせるのと同じように。

「あ、だから空も飛べるの？」

「ああ、そうかもしれないね」

今度は目をわずかに細め、これは、微笑んでいるように見えるが、気のせいだろうか。神。

だとしたらなんだか見た目はとても人間のような神様だ。さっきまで眼鏡までかけていた。そうして無防備な儚い微笑を浮かべているだけの――緊張感と夢心地の只中にいるような表情。緊張？　神が緊張するのだろうか？　でも目の前に立つ若い男性は、たしかに張り詰めるように震えていた。反応が、ワンテンポ遅い。なんだか律歌の方が落ち着いてくるほどに。

「じゃあ神様、質問させてください」

「なんだい」

彼はやさしげな口調で、注意深く耳を傾ける。おどけて冗談に付き合っているようにも見えるが、まるでそうして会話すること自体に何か意味があるかのような、惚けている瞳で。

「どうしてループしているの？　それにどうして、山の向こう側には何もないの？」

「そこまで辿り着く住人は出ないと想定していたからだよ。正直、侮っていたんだ」

「どういうこと？」

「ここまで来られたご褒美に、教えてあげようか」

彼は一瞬思慮深く視線をグレーの天に彷徨わせてから、語り出す。

「ループしているのは、サービスを順次拡張していく予定だったからだよ。まだβ版だから隣町は作っていなかった。あの山は、そもそも越えるなんてことは誰も考えないくらいの高さにうまく設定したつもりだった。万一深く入り込みすぎたり何らかのはずみで山を越える人が出ても、よっぽどバレないようにループに設定しておいたんだ。まさか、おもちゃのラジコンを改造して越えるとは思わなかった。それでそのあと、気球に乗って越えてくるなんて」

サービスを順次拡張？　あの無機質な電話応対の時とは打って変わって、律歌に聞いてもらいたい言葉が口からあふれ出て止められぬように。ほとんど意味はよくわからなかったが。

「そんなの……やるに決まっているわ」

「いやいやいや！　わざわざ、そんな危険なことする必要なんてないのに……!?」納得がいかない様子だった。「ここで、無くてはならないものはすべて手に入るんだからさ。買い物に行く必要もない。そうだろ？」

　食料も、服も、住処も家具も、娯楽も。働かなくても、生きていくのに必要なものはすべて天蔵から提供される。

「今だって、あそこまで風が吹いたら、気球飛ばすの中断して降りるだろう？　なんでさらに昇ろうとするんだよ、びっくりだよ!!　まったく、死ぬ気かと思ったんだよ」

　信じられない、とこちらを見つめる瞳が訴えていた。

「もう行っちゃえって思ったの」

　律歌は本音で答える。

「その先のことは、考えていなかったのかい？」

「考えていなかった。けど、ここで死ぬなら、その時はもう仕方ないって、思っていたと思う」

　添田は言葉を探すように口をぱくぱくと開け閉めしている。

　平穏無事に暮らしていこうと思えば、いくらでも暮らせただろう。けれど。

「私は、そうはなれなかった」

　律歌は断言した。

「胸が高鳴る、心が叫ぶ。だから今は、生きていることを感じているの」

　添田は言われたことを何度も反芻するように口をもごもごさせている。

　律歌は続けた。

「そうは思わない？　山の向こう、空の向こう、私は見てみたかった！　気球に乗って確認するだなんて、もうわくわくしたわ！」

「でも、だけどさ、一歩間違えたら死んでたかもしれないんだよ」

添田は口をとがらせて言い返してきた。律歌は即答する。

「でも見たかった」

「死ぬよりも、そうしたかったの？」

「死ぬことなんて考えてなかった」

「そんなだから、死にそうになるんだよ！　結果今こうして俺が助けてるんじゃないか」

「一応北寺さんと計画した上でやったわよ。それでも死にそうになるなら、あなたがまた助けてよ」

こちらを見つめ返す彼の呆れたような表情の中に、諦めが滲んでいくのが見えた。

「なんでこのサービスだけで満足しないんだよ。ここ、悪くないと思うんだけどなあ」

いじけたようにどこかやけくそにぼやく神に、律歌は励ますように言った。

「いいところだと思うわ。でも、もっと面白いことがあると思ったし、外に出て私はやりたいことがあるの」

自分には野望だってある。

「ここで叶えられる範囲で叶えたらいい」

「ダメよ！」

律歌はまっすぐ見据えて言った。「それじゃダメ」

頑として譲らないままいると、「どうすればいいって言うんだよ」と、添田はわしわしと頭を掻いた。

「私に力を貸して。本当の意味でみんなが心から生き生きしている世界を作ってみせるわ。ここより遥かに面白いものに溢れた世界よ。でもそれにはあなたの力もきっと必要ね」

律歌は手を差し出した。すると添田は一瞬、目を閉じた。痛ましいものから目を背けるように。律歌はその表情にチクッと不安を覚えたが、その違和感はすぐに消えた。

「ああ……俺は普通に、幸せに暮らしてくれればいいと、思ったんだけどな……」

彼は悔しそうに口をへの字に曲げると、微かにそう絞り出す。

「やっぱ、律歌は、律歌だなあ……」

呆れたような、感心したようなニュアンスだった。こぼしたようにふうっと笑った。差し向ける視線は温かかった。予想外に表情豊かな人だった。律歌は、くるくると変わる彼の喜怒哀楽を、ぽかんとしたまま見つめていた。なんなのだろう。誰なのだろうこの人は。まるで昔からの知り合いかのように、自分のすべてを知っているかのような雰囲気で――、ああそうか。

「神はなんでもご存じなんですね」

律歌がそう声をかけると、彼は差し出しかけた手をひっこめた。言葉を探すように視線を彷徨わせ、しばらく黙り込んでいた。まるでショックを受けたようなその様子に、律歌は言ってはいけないことを言ってしまったのかと口をつぐんだが、神の思考など考えてもわからなかった。彼は最終的に、神妙な顔つきで眼鏡をゆっくりとかけると、頷いた。

「ああ。そうだよ……。さあ、もう戻るんだ、律歌」

律歌の肩を摑んで向きを変えさせる。

「あの……?」

戸惑う律歌に、彼は返事をせず黙って背中を押す。

「……最後に……。頼むから、あんまり無理をしないでくれ。今回は、例外だ。……次は、もう助けない」

彼が最後にそう言い切る時、とても冷徹な目をしていたのを律歌は見てしまった。さっきまでと別人、というわけではない。どちらも彼の姿であり、彼は凍てつくような極寒の地の住人で、そしてそこに無防備に足を踏み入れてしまった自分は吹雪の中ただ凍え死ぬのだ、という自然の摂理を目の当たりにしたようだった。ここはそんな彼が形作った場所。畏怖の感情を持たずにはいられなかった。宗教など大して関心のない律歌であったが、自ずと心に浮かんだのは、まさしく神という言葉であった。

ああやっぱり私は今、神に相対している、と。

「君は、そこで幸せに暮らすんだ。それじゃあね」

同じような年齢で、同じ言葉を話しているのに、そこには人類を種族のレベルから超越

した力がある。見つめ合っていても、厳然と隔てられ、見上げるほどの場所に彼はいる。

「待って！　待ってよ……」

こんな目の前にいるのに、手を伸ばしても、届かない。ふと、それを切なく悲しく感じた。気のせいかもしれない。なぜこんな風に悲しく思うのか、律歌には自分で自分の気持ちがわからない。


添田はひどく焦った。

律歌が記憶を取り戻してしまったと思った。忘れているべき、あの日々を。

第六章　境界線にて

1・薄暗いモニタールームから村を監視する仕事

添田は暗いモニタールームで、律歌と北寺の暮らす村の様子を監視する仕事に戻った。

律歌は添田の指定した座標位置に戻っていた。南の森の中を、血相変えて探し回っている北寺の近くに戻してやったのだ。思惑通りに北寺にすぐに見つけられて、支えられるように律歌は山を下りていく。

やれやれだ。添田はため息をついた。

末松律歌と北寺智春。この施設に入所している患者の中で言えば、この二人はかなりの問題児だ。

自転車でY軸座標めいっぱいまで移動したかと思えば、野宿をして山を越えようとしていたこともあった。その時添田は慌ててアマトに命じてキャンプ用品をすべて回収し、阻止した。見せしめのつもりでやったのに、律歌達は怯まない。今度はおもちゃのラジコンを改造して山を越えてしまった。二人はループに気付いた様子だったが、それからしばらく大人しくしていた。今のうちにループ問題を解決しておこうと奔走していたら、まさか気球を自作して打ち上げてくるとは。添田は「風」の強さを上げ、気球の高度が天井部に到達しないように仕向けた。Z軸方向にはオブジェクトを何も用意しておらず、そこまで到達させるわけにはいかない。ロープの長さから計算すれば、それで簡単に阻止できるはずだった。だが、律歌はロープを切るという命知らずの暴挙に出て――結局また、添田は出し抜かれてしまった。彼女は無の空間に入ってしまった。こうなったらもう自分が直接出向くしかなかった。国からの要請に合わせ正確なデータを取るために、ログイン寸前の記憶を封じて迷い込ませる形を採用しているが、律歌のような者を見ていると、いっそのこと説明から始めた方がよかっただろうかと思うこともある。

久々に相対した律歌は添田のことをすっかり忘れていた。だが彼女は昔と全く変わらず突拍子もないことをやっては人を惹きつけて、それでつい、俺までしゃべりすぎてしまった――。つい、このままずっと彼女と話していられたら、なんて流されそうになった。でも、それは無理だ。律歌の記憶の扉をノックしてしまいそうになる。

モニタールームでぼうっと思い出に浸っていると、失礼します、と事務員の女性が入室してきた。

「添田さん、厚労省の方がお見えです。応接室にお通ししております」

「ああ、ありがとう。すぐ行く」

プロジェクトの担当官が試験資料を取りに来たのだろう。昨日シャワーを浴びておいてよかった。もう何か月自宅に帰っていないのやら。あのグレーの空間に負けず劣らず無味乾燥なこの施設にずっと寝泊まりしている。この施設を作る時、当直のためだとか適当に理由つけて宿泊設備を充実させておいたのが正解だったと心底思う。家のベッドよりは硬いけれども。

さて、お偉方になんと報告するべきか。添田は画面越しに律歌をもう一度だけ見ると、次の瞬間には客人への返答を練るために頭を回転させ始め、モニタールームを出た。

○

「りっか、よかった……！」

律歌は森で彷徨っているところを北寺に発見され、ぎゅうっと抱きしめられた。

「もう二度と会えなくなるのかと思った。ごめんね」

「どうして北寺さんが謝るのよ」

　山の奥、道を外れた草むらの中。偶然というにはできすぎなほどタイミングよく北寺が通りかかり、律歌は二秒と経たず救出された。律歌は北寺のまだ蒼白な顔に触れた。とても冷えていた。

「心配かけたわね」

　北寺の瞳が潤んで、顔が近づく。その瞬間、律歌は先ほどの添田の表情を思い出していた。添田のあのまっすぐな視線を。互いに目が離せない、心通うような感覚。心の中がじわりと温かくなるような。

「……っと、それより、神様に会ってきたの私」

　律歌は北寺から距離を取り、切り替えるように言葉を並べた。

「ここは、天国なの……かな？　なんか、なんかね、よくわからないのだけど、私、気球に乗ったまま風に流されて、気付いたらあたり一面グレー一色の場所にいたの。それでね、男の人が立っていて……。あ、いや、まあそこは遥か上空のはずなんだけど、でも、なんていうのかしら。足元も天井も同じ色で、もう高さとか奥行きとかもないような、変な空間で、そこで、同じ年くらいの男の人に話しかけられて」

「……添田さんだったのかな？」

　どこか躊躇うように、しかしはっきりと、北寺はその名を出した。

「そうよ」

北寺は空いた距離を縮めようとすることもなく、

「あのさ、りっか。おれはここは、天国じゃないと思う」

「そうなの?」

「うん。歩きながら話そうか」

草をかき分け小道に出ると、家に向かって歩きだした。

「あのね、山がループしていただろう」

まだ眠い寝起きのような顔で、虚ろに告げる。

「あれがヒントだった。たぶん、プログラムを省略したんだよ。座標がマックスになったらゼロに戻ってるだけだ」

「どういうこと?」

律歌はその予測に、先ほどの添田の話が重なるのを感じた。

添田も、サービスを順次拡張とか、β版とか、設定とか、天国には似つかわしくない単語を並べていた。

「天国じゃないなら、北寺さんはなんだと思うの?」

律歌の質問に、北寺は意を決したような強い口調で答えた。

「仮想空間だと思う」

「仮想空間?」

律歌は足を止めた。

「そう。添田さんは、その管理人だね。アマトはまあ、ゲームで言えばＮＰＣかな。応対のパターンが見えてきただろう？」

北寺の言う通り、アマトのお姉さんに何度も同じ質問を繰り返していると、奇妙なほど同じ調子の返答が返ってくることがあった。昔、共働きの両親の代わりに家にいた子守りロボットみたいな。

「でも……ここが……仮想世界？　それって……」

仮想世界といえば、デジタルデータで作られた世界――現実とは違う、見せかけの世界のことだということは律歌も知っている。現実の体に装置を取り付けて、視覚、聴覚、触覚などの五感に、人体に起きている電気刺激を模して人工的に作られた別の電子信号を流す。すると、身体感覚に錯覚が生じ、作られた世界を本物の現実世界と思い込むことで、まるで自分が別の世界に存在している状態が成り立つ仕組みだ。

「たぶん、俺や律歌の本体は元の世界に眠ったような状態で置いてあるんだ。ここは誰かが作ったゲームの中ような人工的な世界」

2・ここでゆっくりのんびりしようね

それは新しい技術として少し前から注目されていた。だが、そう言われてもすぐには信じられない。

「でも、違和感なんて何もない……わよ？」

仮想空間で遊べるゲームを律歌もやったことはあったが、それはあくまでＣＧでできた創作物だと認識できるものだった。こんな、本物と見分けがつかないような質のものではなかったはず。

「原子レベルで３Ｄスキャンするなら技術的には可能だよ。本物を元に、そっくりそのまま再現しているだけだから。映画だって、フルＣＧだと変につやつやしていたり、ぬるぬる動いたり、制作側のクオリティに大きく左右されるけど、実写映画ならそういう違和感はあまりないだろう？　撮影だって基本的にはカメラを回すだけだし。それと一緒さ。絵画だって、プロがどんなにうまく描いても絵は絵だけど、写真なら誰が撮っても元の物を大体うまく再現できる。まあ、そんなイメージかな。スキャンしたオブジェクトを並べ直したり、微調整はされているはずだけど」

北寺はそう説明すると、

「おれがＩ通《アイツー》に派遣されて、添田さんに長いこと作らされていたプログラムはこれだったのか～ってね。一介の派遣には秘匿されていることだらけで。まあ、おれは結構調べていたんだけど――ほら、そうしないとおれ、仕事できない人間だから」

たしかに前にそんなことを言っていた。ちなみにＩ通というのは、天下の一条グループＩＣＨＩＪＯ通信株式会社のことだ。

「あ～あ、いつの間にか、その作ったものの中に入れられているとは、まさか思いもよらなかった。灯台下暗しだ」

　北寺は息を吐きながら天を見上げる。かと思えば今度は視線を地に落とし、

「そうしたらいろいろと納得できる。ほら、どれだけ間近で見ても画質が下がったりしないだろう。素材も極めて自然で――ね、これは原子スキャニングで作られているから。原子レベルから情報が再構成されているんだ」

　足元に屈むと草に手を伸ばす。「りっかも、見て」律歌も同じようにしゃがみ、北寺の指さす方を注視する。そこには名もなき雑草が生い茂っていて、北寺はその中から五、六本をむしると、ためつすがめつ、表裏、じっと目を凝らして確認し、それを何度か繰り返す。

「あっ。これ、ほら！」

　四つ葉のクローバーを見つけたかのようなはっとした声が上がる。その手には、そっくり同じ形に生えた野草が二本握られていた。まるで鏡映しのように、生え方も、葉の形も、まったく同じものだった。

「ね。コピーして作ってあるんだ」

「コピー……ってクローンみたいな？」

「まあ、そうだね。間違い探しをしても、この二本から違いは見つけられないだろうね。茎の内部を顕微鏡で覗いたとしても」

「これって、データってことなのよね？　やっぱり信じられないわ。植物の湿り気とか、

指先に感じるわよ？」

「スキャンの精度を原子レベルまで上げているからさ。でも、コピー&ペーストすれば情報量を軽くできるというわけ。この地面だって一か所だけ物質を原子判定して、それを広げていっただけの作りだと思うよ。全部スキャンしていたらすごい容量になっちゃうし、それで十分」

「添田……β版だとかぶつぶつ言ってたわ」

律歌はグレー色の空間で添田に言われたわけのわからない内容を、なんとかひねり出すようにして思い出し、北寺に伝える。

「そうだよね。試験段階だと思う。バグ多いなあって。まあ放置しても今はとりあえず動けばいいやって感じなんだろうね」

「まさかラジコンを魔改造するとは思わなかったって」

そう思うと、自分も例外的な行動をとった人物の一人なのかもしれない。

「うんうん。セキュリティホールを突かれて焦っただろうなあ、あはは。ま、違和感を持たれることだけはないよう、普通の感覚では気付かれないくらいのレベルにまでは時間をかけて修正が施されてる。というか俺も、いろいろなモジュールをね、かなり作らされたし。派遣先の添田さんに」

北寺は暗く遠い目をして首を回した。ここに来る前の労働環境のことを思い出しているのだろうか。添田のことを、以前の派遣先の上司と同じ名前だと言っていた。どうやら、その上司本人なのだろう。派遣先で作らされていた——ということは、この仮想世界の作製に北寺も関わっているということ？　北寺は、いったいどれほどこの世界のことを知っているのだろうか。

「ねえ、いったいどうしてこんな、何の説明もなしに私達を仮想世界の中に入れたままにしているの……？　元いた現実世界ではどうなっているのかしら？　騒ぎになっているのかな……」

何か一大事件に巻き込まれているとか？　ここに来た者達は口を揃えて「いつの間にかここに迷い込んだ」という。これだけの人数が行方不明になっているのだとしたら、現実世界では物凄いニュースになっているはずだ。

「そこまでは想像つかないけど……」

北寺はふーと深呼吸。

「さっ、て。次、どうしようか。おそらく、この中では何したって大丈夫だろう。もう危険なんてないも同然だ。だってここは仮想空間で、添田さんがきっとりっかのことを守ってくれるんだから」

肩の荷を下ろしたように、でもどこか白けたように、北寺はまた天を見上げた。ここは現実世界ではない。いってみれば、夢の中にいるようなもの。だから、死ぬことはない。

「添田さんが守ってくれる？　私を？」

「うん」

しかし、律歌はまったくそうは思えなかった。

「もう次は助けないってはっきり言われたわ」

「助けない……？」

首をひねる北寺に、律歌はきっぱりと頷く。

「うん」

そしてそれが真実だという確信があった。

「なんか、わかるの。あの人は禁忌に触れた人や邪魔者を、本当に消し去るんじゃないかなって。そっちに利があると思ったら、判断が速い」

あの添田という人は、いつもここではないどこか先を見据えている。そして見事に結果を出す。リスクは徹底的に排除しようとする。そんな厳しさと計算高さを眼鏡の裏に感じたのだ。

「まあ、ただの直感。理由はないわ」

「なるほどね……そうかもしれない。あの人は」

北寺は、納得し感心したように、同意する。

「実はりっかも、記憶をなくす前は添田さんと知り合いだったんだよ」

「えっ」

添田と自分が知り合い？

「だからね、そういう直感とか思ったことは、自信持って、教えてくれればいい。何かのヒントになるかもしれない」

律歌は、あの奇妙な空間で、添田に敬語なしで親し気に呼びかけられたことを思い出した。自分の記憶がなくなる前、交流のあった人だったのか。

律歌が記憶をなくす前、北寺と自分は同じ職場で働いていたという。そして謎の通販サービスのオペレーターの添田のことも、北寺は派遣先の上司と同じ名前だと言っていた。律歌と添田が知り合いというのは、それじゃあ職場で繋がっているのだろうか？　職場――つまり大手企業のＩＣＨＩＪＯ通信株式会社、通称Ｉ通《アイツー》で？

ここが仮想空間の中なら、実際の肉体はどこかに安置してあって、栄養補給などといった生命維持まで施されていることになる。そこまで大掛かりなことをするには、何か大きな力が働かなくては無理だ。Ｉ通が企業ぐるみで何かの実験をしている、というのなら納得できる。

「今おれ達が仮想空間だと気付いてしまったことも、添田さんにはバレてるのかな？　どうだろう。どれくらい監視されているのか……念の為、気球も風呂場で作ったんだけど」

「どうなのかしら……」

「実はさ、最悪どうにかなるかなと思ったから、気球もやってみたんだ。ここが仮想空間なら、どうせ死にはしないと思って」

少し困ったように、北寺は打ち明けた。

「じゃなきゃ……ロープを切ったりとか、あんな危険な真似、おれは協力しなかった」

北寺にいくら反対されようと、律歌は一人でもどの道やるつもりであったが、でも、ここが夢の中のようなものなら、誰だって少しくらい無謀なこともしてみたくなるのかもしれない。

律歌は北寺にさらに尋ねるべきか迷っていた。自分の過去をどこまで知っているのか、どうして黙っていたのか、ということを。すぐに問いかけられないのは、そんな風に隠されるような自分の過去への、不安からだ。

(私って、どうしてここにいるんだろう――。何を、忘れているんだろう)

「でも、律歌が空の果てまで飛んでいって、それで……いなくなっちゃって……、もしかしてもうここには二度と戻ってこないのかも、って、そう思ったら、おれ怖くなってさ。さっきまで森の中で一人彷徨いながらね、かなり後悔したんだよ。ここが仮想空間だろうと異世界だろうとどこだろうと、そんなのもうどうでもいい、戻ってきてください、って」

そうして北寺は律歌の傍ににじり寄る。

「りっか、もう、いなくなったり、しないで……頼むから……」

抱きしめられた。抱きしめられるというより、縋りつかれるかのようだった。

「ここでゆっくりのんびりしようね……。ここは、快適だし。ね？　極楽極楽……」

北寺の腕の中は、温かい。ぽかぽかに温かな温泉のようで、居心地がいい。

このまま、「何か」も忘れたまま、ここにいるのだって幸せかもしれない。

北寺の腕の中で、添田の顔を思い出した。惚けたように笑っていた、親し気なその理由を、自分は知らない。あの人は誰なんだろう。ここは何なのだろう。私は何をしたのだろう。どうしてここにいるんだろう。絶対に何か理由がある。

寒い岩場に上がるような思いで、律歌は顔を上げて問いかけた。

「北寺さんは、ずっと、ここにいるつもり……？」

北寺は一瞬口を閉ざし、

「りっかは、嫌？」

静かに、そう聞いてきた。律歌は身じろぎして、腕を解いた。首元から入ってくるのは、ぬるく穏やかな風で、わき腹を通って抜けていく。自分を取り囲むこのすべてが、肉体に与えられる電子情報に過ぎなくて、本物の肉体はどこかでただ寝そべっているだけで、でも穏やかな世界がここに確かにある。

私は嫌なのだろうか。

普通に生きるなら何不自由なく楽にいられる。北寺も傍にいてくれる。現実世界だって所詮は意識が形作っている。だったら仮想世界で生きるのだって同じじゃないか。働く必要のない、欲しいものも手に入る、現実世界よりもずっとよりよく加工された世界。そんな世界に、不満はある？

「家に帰ろう。りっかの好きなものを作ってあげるから。何がいい？　何でも言ってね」

「……うん」

足元の石ころや木の根に何度か躓きながら、山の景色を呆然と眺めながら黙々と歩いた。人はおらず、何もかもから切り離されたようにしんとしていた。八月三十一日を過ぎて夏休みが終わってもまだ、気付かないふりをしてハイキングをしているように、心に重くるしく気がかりな感触だけがあった。暖かなここにこのままずっといられたらその間は幸せかもしれないけど、その先は？　悪寒に襲われたとき、求めるべき光も見失って、そこまでの距離さえわからないままで、私は後悔せずいられるだろうか。

3・精神科医を自称する男は嗤って告げた。

「あ、あれ……？　こんなところに……何かしら？　家がある……？」

ふと視界に、不自然なものが入っていることに気が付いて、律歌は足を止めた。

律歌も北寺も、この村に知らない住人はいないと思っていたが、それは初めて見る建物だった。こんな山奥に建てられた白い立方体のようなデザインの建物――シュールな光景だ。野菜や海藻と共にみそ汁の中に沈んでいるとうふを思わせるような。図形ツールを使って適当に立方体オブジェクトを配置しただけかもしれない。

「誰か、いるのかしら」

「見てみる？」

この世界の真実に気付きかけた今、スルーするという選択はなかった。

「うん」

いったい何の施設なのかもわからないままに、律歌は扉らしき亀裂に触れ、押し開けた。音もなく回転し「あ」律歌は後ろから回ってきた扉に押されるようにして中に入ってしまった。

意外にも中は薄暗く、扉からの光がなくなると、目を凝らさないとほとんど何も見えないほどだった。そしてなんだか消毒液のような、久しく嗅ぐことのなかった臭いがした。

北寺の元に戻ろうと思ったその時、何者かの呻き声が奥から響いた。人の声のようだ。

「誰か、いるの？」

よく見るとベッドが置かれている。姿の見えない知らない相手。あまり気を抜ける状況ではない。狭い世界、顔の知らない住人などいないのだ。しかし相手が新しくここに来たばかりの人で、偶然誰にも会わずにここに住み着いた可能性は十分ある。そうだとしたら相手は律歌以上に不安で恐ろしいことだろう。山の中で迷ったままひもじい思いをしているかもしれない。せめて天蔵への注文の仕方などを教えてあげるべきだ。

「だ、大丈夫よ！　私は敵じゃない。いつからここに住んでるの？　ちょっと、話を聞いてくれますか？」

一度外に出てまた北寺と戻ってこようか？　だが、必要以上に相手を刺激したり怖がらせたくはなかった。

「私は律歌！　末松律歌です！　この山を下りた村に住んでいるんです！　あなたは？」

少しして、衣擦れの音がして、乾いた声が響いた。

「あぁ!? 末松、律歌だと?」

知らない男の人の声だった。待っても、相手はこちらに来ない。薄暗いが、外と同じく内側の壁も真っ白なのが判るくらいには目が慣れてきた。相手はベッドに横になっているようだ。起き上がれないのかもしれない。

「は、……入りますね」

壁伝いに歩きながら、ベッドに近寄っていく。

「あなたは?」

細身の体が横たわっている。年は四十を超えているだろうか。もしかしたら五十? 若く見えると思ったのは一瞬で、よく見れば疲労したように皺が刻まれていた。その男が起き上がれない理由は見てすぐにわかった。拘束衣を着せられているのだ。白い服のいたるところにベルトがついていて、両手を胸の前でクロスするように縛られ、両足は一つにまとめられている。そして四方の金具をベッドに繋がれていた。

「……だ、……て、……チッ」

何かを言っているが、か細くて聞き取れない。律歌は少し傍に寄り、耳をそばだてた。

「……くそみたいな世……こっちがこのざまだよ……」

意外にも乱暴な物言いに対して律歌は驚きを隠しながらも、会話を試みる。

「こ、このざまって?」

「見てわかん……ねえか? 俺まで患者、だっつーことだよ。精神科医の俺までな……。

ふざけやがって……」

精神科医？　この人は、医者なのだろうか。精神科の？　どうしてこんなところに拘束されているのだろう。

「……これ、外せ……」

「や……、その、でも」

何かわけがあって拘束されているとしたら、言われるがまま外すのはさすがに危険だ。まずは北寺を呼んでこようと思い、律歌は少し口を結ぶ。この人は、自分まで患者……と言った。この白亜の建物はもしかして病院なのだろうか？　自分のことを医師だと名乗っているが、本当だろうか？

「あの……患者さんなんですか？　えーと、この村に、病院なんてあったのね」

目の前の男は眉根を寄せ、その鋭い眼光でこちらをぎろっと睨む。だが自力では動けないらしい。沈黙したままやや待つと彼はかろうじて言葉を紡ぐ。

「末松律歌って、アンタも患者なんだな。こんなとこでぬくぬくとなァ」

「私を知ってるの？」

「この業界で、てめーを知らないヤツなんて、いねーよ」

彼は声を上げて言い返した。

「え？」

蔑み嘲るように、精神科医を自称する男は嗤う。

「……ほおー。記憶喪失か。なるほどなるほど。そりゃ、いいご身分だな」

記憶喪失だということまで、どうしてわかるのだろう。この人が精神科医というのは本当なのだろうか。荒っぽい口調に、律歌は少したじろぐ。北寺はまだ来ない。目の前の男は息も絶え絶えに、「思い出させてやらぁー」と吐き捨てると、ぎりっと、革のベルトが細く歪むまで身を乗り出して告げた。

「末松律歌、お前が日本を終わらせた」

「え？」

「よーし診察の時間だ。いいかてめーは――」

そこへ、

「針間《はりま》先生!!　なにやってるんですか!!」

回転扉を勢いよく回して入ってきたのは、丸眼鏡をかけ白衣を着た、また別の若い男性だった。ぱっと電気が点く。目の前に寝ている自称医師（今、針間先生と呼ばれていた）と比較するとずいぶん小柄で巻き毛の可愛い顔立ちだ。

「おい邪魔すんな！　俺は今、診察中だ」

「もう先生は、何もしなくていいんですよ!!　もう、やめてください……」

「俺に意見するたぁ、南も偉くなったな？　ここから、出せ!!」

「せっかく特例でこっちに入れてもらえたんですから……」

大慌てでなだめようとする南と呼ばれたその男の後ろから、北寺が付いてきた。

「りっか、ごめん大丈夫?」

「北寺さん」

見知った顔にほっとする。

「その小さなお医者様に呼び止められて……おまたせ」

指さした先は、口論している白衣の男と、消え入りそうな声色の拘束衣の男の二人。会話から、どうやら二人とも医者のようである。

「その状態で、これ以上仕事をしようなんて思わないでください、先生が死んでしまいます。針間先生だって精神科医なんですからわかっているでしょう!?」

ベッドに縛り付けられた針間が何か言おうとしていた。それを遮るように、

「みなさん、ここは病室です!! すみませんが、面会謝絶でお願いします。ごめんなさい」

ぺこりとお辞儀をする様までまるで子供のような南医師に、しかしはっきりと追い出されてしまった。

あの場所はなんだったのだろう。病室、とか言っていたけど……。北寺の家に向かいながら森を歩いていると、少しだけ冷静さが戻ってきた。

あのベッドに縛り付けられた男が言いかけた、「末松律歌、おまえが日本を終わらせた」という言葉。自分が失った記憶には何か意味があるに違いない。聞いてみないことには始

まらない。いったい自分は過去に何をして、何を思ったのか。記憶を抹消するほどの、何を。

律歌は心を決め、口を開く。

「教えて、私が何者だったのか。北寺さん、本当は知っているんでしょう?」

優しい北寺の顔が、こちらを向く。彼が覆い隠してくれている、おそらく優しくない真実。彼はついに来たかというように一つ呼吸をし、

「りっかも、本当は聞くのが怖かったんじゃないの」

そう言った。

その通りだった。

真っ先に彼に自分の過去を問い詰めることもできたのに、律歌は後回しにし続けていた。ネットも電話も繋がらない、どこか不思議な村に迷い込んだことに乗じて、都合の悪そうな過去に向き合うことをうやむやにした。幸い、今まではそれで困りはしなかった。全部無料で衣食住を配達してくれるサービス付きで暮らせる。そこにはなんの義務もない。

「やめよう」

「で、でも……」

でも、ここが仮想空間で、元は自分が所属していた大企業が何か大きく絡んでいることまでわかってきた。

「ねえ、あの拘束されてる人は、私が日本を終わらせたって言ってたけど……」

そして北寺は事情を知っていそうだ。

「どうなの？」

聞けば、北寺は即答で安心させてくれるだろう。期待と信頼から、律歌は問い詰める。

「北寺さん？」

だが、返事がない。

何を突っ立っているのだろう。私がこんなに不安になっているというのに、早くなんとか言いなさいよ。とっとと安心させなさいよ、と、北寺の気の利かなさを責めるような気持ちで律歌は彼をにらむ。

だが北寺は黙っていた。

安心させてくれる言葉を、一言、くれればいいのに……っ。

律歌は焦りながら、苛立ちまじりに詰め寄った。

そんな律歌の様子に気圧され、彼はようやく口を開く。重い頬肉を持ち上げるような微笑みを浮かべて、言った。

「ね、りっか。もっと別の話ししない？」

強引に、まだ引っ張って。

だがここまで躊躇わせる「何か」が自分の過去の中にあるのだ。さすがに底知れぬものを感じ、ぞくりと背筋が凍る。まさか、自分は本当に何かまずいことをしてしまったのだろうか。いやいや、大げさに言われているだけだ。嫌な想像をして不安になってしまっただけだ。早く確かめてしまう方がいい。律歌が首を横に振ると、「本当に？」と北寺に確かめられたが、律歌は撤回したりはしなかった。

4・声を上げる力さえ奪われた弱者の味方

家で話そう、と言われ黙々と歩き続けた。五分ほどで到着した。北寺が香りのいいお茶を用意してくれた。温かいご飯もこれから作ってくれるという。律歌はテーブルについて、じっと待った。

北寺はエプロンをかけると、キッチンに立った。

「……りっかはね、ＳＩｅｒ《エスアイアー》だったんだよ」

トン、トンと、包丁がまな板をたたく音と共に、北寺は静かにそう言った。律歌はその単語に聞き覚えがあるような気がして、口に出して発音してみた。

「え、えすあい……あー？　なんだっけそれ？」

カタカナ日本語？　それとも英語？　聞いたことあるような、やっぱりないような。なんだっけ？　集中して思い出そうとすると、瞬間、耐えがたい頭痛が起きた。

「い、痛い!!　いたた……」

「大丈夫？」はっとしたように北寺は炊事を中断して律歌の元へ駆け寄り、顔を覗き込む。「この話は、律歌の負荷になるんだろうか？　まずいな」

　だが、

「構わないわ!!　続けてよ……」

「じゃあ、無理だったら言ってね」

　律歌は頭を揺らさぬよう注意しながら頷いた。北寺はキッチンに戻ると、カウンター越しにこちらを窺いながら続きを話す。

「ＳＩｅｒは、システムインテグレータの略語。Ｉ通もシステムインテグレータの会社だよ。最大手のね。ＩＴの業種だけど、一般にはあんまりなじみがないと思う。建設業界でいえば、ゼネコンみたいなもんだね」

「ゼネコン？」

　そう言われてもまだよくわからない。ゼネコンだって名前くらいしか聞いたことのない業種だ。

「んー。わかりやすいから建築の喩えをもう少しするとね、そうだなあ。たとえばさ、レインボーブリッジってあるじゃん？」

「東京にある、白くて大きい橋のこと？」

「そそ。そのレインボーブリッジを作ったのって、誰だと思う？」

「知らないわ。東京都知事の誰かとか？」

「まあ、都知事も関係してるね。でも、知事が作ると言ったって、実際に知事がヘルメットかぶって一人でトンカチで釘打って橋を架けるわけじゃないだろう？」

　謎かけのようなことを返された。

「そりゃそうね。大工さんとか雇って、何日もかけていっぱい工事するんじゃない？　お金も、何億とかけて」

「その通り。でも、知事が橋を架けますと言って、日本中の大工が集結するだけではまだ橋はつくれない。誰が何をするか、いつやるかも決めないといけないし。だから知事は大工一人一人に依頼するんじゃなく、大手のゼネコンに一括で発注するんだよ。〝ここに橋を架けろ〟ってね。そこからは依頼を受けたゼネコンが、その注文を実現するために建築デザイナーにデザインを依頼したり、地主と折衝したり、大工を大量にかき集めてスケジュール管理をしたりして、最初から最後まで責任もってその大仕事を完遂させる。だからどんなに大きな橋でも、建物でも、企画倒れになるなんてことはなく、きちんと実現するんだ。どんな大仕事も実現させる、それが大手ゼネコンの社会的役割だね」

「へえー、そうなの」

「うん。そしてそれはＩＴ業界でも同じなんだよ。建築で言うゼネコンを、ＩＴ業界ではシステムインテグレータ、通称ＳＩｅｒ《エスアイアー》と呼ぶんだ」

　それこそが、律歌が以前していた仕事だと北寺は言う。ＳＩｅｒ最大手、ＩＣＨＩＪＯ通信株式会社にて。北寺はカウンターに置いたお茶を一口、口に含むと、

「律歌はね、労働者を守るために上に立つことを選んだんだ。ＳＩｅｒとして地道に生き

ていたよ」

きっちりと仕様を決めて、適切な負荷《ロード》になるようスケジュール管理をし、質を保って過重労働《デスマーチ》は起こさない。ＳＩｅｒとしての評価は概ね高かったと北寺は律歌に語ってくれた。

労働が人からロボットへと移行しているまさに過渡期で、あらゆるものが電子の力に置き換えられていく——ＩＴ業界はもはやＩＴ帝国と呼ぶにふさわしい時代だったという。ＩＴゼネコンとして頂点に君臨するエリートが、これまで築き上げてきた高度文明の元、人の情を排した人工知能を携えて、ＰＧ《プログラマー》を奴隷のように、いや部品のように消費して、さらなる便利を作っていく——そんな帝国。便利さは、それを享受することもなく過労死していくＰＧのためではない。人一人の価値が暴落した世界。律歌は、声を上げる力さえ奪われた弱い人の側に立てる、良きＳＩｅｒになろうとしていたのだと。

「そうなんだ……。私の両親、二人ともＰＧで、過労死してるもの。私がそう言うのは、納得いくわねね」

先ほどから続く頭の痛みが、少し和らいだ気がする。

「うん。働いていたころね、りっかもそう言ってたよ」

律歌には幼いころ、手に入らなかったものがあった。

時間いっぱいまで学童保育に入れられていて、家に帰って一人でご飯を食べて、見たいテレビも終わって十時を過ぎてもまだ一人だったあの頃。そうした子供はたくさんいたし、学童も楽しかったけれど……寝る間際、眠りにつくまでに、お父さんかお母さん、どちらかが布団に入ってくれたら、幸せな気持ちで夢の中に入っていけた。この仕事を辞めたら生きていけないからって言うから、ずっと我慢していた。自分にも何かできないだろうかって、考えながら。

「もっと、甘えたかったから」

もう叶うことのない願い。

「両親がね、口癖のように『ごめんね律歌。お父さんとお母さんは、お仕事があるから、おうちに帰れないんだよ』って、言うの。家には、飽きもせずおんなじことしかしゃべんないポンコツ子守りロボットしかいなくって。私が、『お父さんとお母さんのお仕事、アンタが代わりにやってきなさいよ』って言うと、『働かざるもの食うべからず』だって、知った風に繰り返すのよ」

「ふうん」

「でも、ロボットが働けばいいのに、って小学生のころから思ってた。わりと真剣に」

律歌は古い記憶と、ここへ来る直前の知らない自分が、ちゃんと繋がったような気がした。

「それで、中学生になると、独学でコンピュータの勉強を始めたわ。どっから手を付けたらいいのかよくわからなくて、プログラミングを学んでみたり、電子回路にチャレンジしたり、ラジオ作ってみたり。手当たり次第ぶつかって、暗中模索って感じ」

人に代わって働くロボットを作るため、とにかく学び続けた。興味がわいたことから片っ端に。知的好奇心のままに触れていくことは楽しくて、時間が経つのを忘れた。

「人間がロボットを作るってね、神様が人を作るのに似ているの。ロマンを感じない？」

バッテリーがごはんで、センサーが目や耳などの感覚器官、フレームが骨格、モーターが筋肉で、マイクロコンピュータが脳みそ。

「そうだね。そう言われてみると、うん、壮大だよね。ロマンだね」

北寺は目を細めた。その温い共感に甘えてしまいそうになる弱い自分の本能を断ち切って律歌は叫ぶ。

「でも本当はロマンなんて感じている場合じゃなかったの！」

「うん？」

立ち上がり、目を丸くする北寺の前に出る。

「お母さんが過労で死んじゃって、ほとんど同じころにお父さんまで精神的におかしくなってきちゃって、ああ、このままじゃだめ、私は何を楽しんで遊んでいたんだろう、ってはっとしたの。娯楽がほしかったわけじゃないのに。ロマンなんて感じている場合じゃない、結果を出さなきゃだめだ、って……。だって私は本気で、ロボットに仕事を肩代わりさせようと思っていたのよ。夢を見ているんじゃなくて、現実にそうしてみせようと思っていたの。お父さんもお母さんも、ついでに日本国民全員の分も、ぜーんぶ。それなのに、自分はいったい何をちんたらやっていたんだろう、そんなんだからお母さんとうとう死んじゃったじゃないの!!」

胸の内にあふれ出る自己嫌悪と絶望感が言葉になって止まらない。

「落ち着いて、りっか」

心配そうな北寺の声に、律歌は呼吸を整えて、椅子に座りなおす。北寺が、なだめるように、

「だって……りっかはその時まだ中学生だったんだよね？」

「そうよ？　でもそんなの関係ないじゃない」

反発するように言うと、北寺は観念して先を促した。律歌は続けた。

「私は必死になって調べたわ。ロボットに仕事を肩代わりしてもらって、お父さんだけでも助かりますようにって。まあ、でも今思えばバカよね。中学生にしたって、そんなことしか考えられないなんてね。もう少しましなやり方いくらでもあったんでしょうけど、でもね、小さいころから手当たり次第にロボット関係の世界にぶつかっていっただけあって、その頃はちょっとした専門家気取りで、勉強家の神童だなんて周りもちやほやしてくれるし、だから、私ならきっとできるって思ってたのよ。私が開発したロボットで、この国の労働者全員を助けることができるって！」

「やれやれ、そんなことを考えてロボット工作やってたんだね。いやはや」

「思想上はね」

「そっか。大物になるわけだ」

皮肉を言ってからかわれているのかと思ったが、律歌が顔を向けると、案外まじまじと考え込んでいる北寺の顔があった。

「結局、そんなことできるわけもなく、お父さんもすぐに死んじゃったけど……高校生の頃からの記憶は、あまりないの」

それから自分は何をしていたのだろう。それから何があって何を思ってどうして、ＳＩｅｒのＩ通に入社したのだろうか。

「それでＳＩｅｒになったとしたら、なかなか現実的な手段を選んだよね」

「そうなの？」

北寺の相槌に、律歌は聞き返す。

「うん。ＳＩｅｒがゼネコンならＰＧは大工だからね。無理なスケジュールで働かされると、わかるとおもうけど……体を壊すんだよ。事故が起こる。死者が出る。下請けで仕事がなくなれば路頭に迷うし立場も弱いから、ＰＧは何も言えず、無理をせざるを得なくて」

「両親も……うん、そんなＰＧだったわ」

そうして働かされすぎた挙句殺されてしまった。ＳＩｅｒは、つまりは親の仇だ。自分は世の中の仕組みを知れば知るほどにその存在を憎んでいたはず。よくもそんな敵の懐に飛び込んだものだなと思う。

北寺は律歌に優しく微笑みかけ、

「だから、りっかは立派なＳＩｅｒになって労働者を守ろうとしたんじゃないかな」

その答えをくれた。

「普通はそうそうなれないと思うよ。最大手のＳＩｅｒなんて、なるにはすごい難しいんだよ。きっとよっぽど頑張ったんだよ」

「そうかな……」

「うん」

そうなのだろうか。

でも、もしＳＩｅｒになったとしたら、ＰＧにそんな過労死を起こさせるような立場に今度は自分がなるということだ。自分自身ではいくら良きＳＩｅｒであろうとしたって、歴史上作られてきた世の中の仕組みや流れは、時に人一人の意志など簡単に捻じ曲げてしまうだろうとも思う。どれほどのストレスだろう。想像もできない。そのことを苦に、記憶を封じてしまったのだろうか。

５・律歌がある功績を打ち立てた話

「だとしたら、ちゃんと思い出したい……でも、怖い……でも……」

「自分の心を保護する防衛本能が働いて、それで記憶を封じ込めたのだとしたら、素人が手を出すことは、本当はよくないと思う」

「……逃げていていいのかな、私」

「逃げるは恥だが役に立つっていうじゃないか。まずは自分の身を守らなきゃ」

あの場所で、針間という男に言われた。「おまえが日本を終わらせた」と。あれは、一体どういう意味だろう。ただの妄言とも思えなかった。

「でも、なんか不思議。私、そんな地道に世界を変えようとするんだなって。なんか、大人になったのね。夢みたいなことばっかり、言ってると思ったけど」

「あはは、よくわかってるじゃん。自分のこと」

からかってくる北寺を律歌は軽く睨んでみるが、彼は困ったように付け足した。

「でもね、それが案外……夢みたいなこと、していたよ。ＳＩｅｒになってもね。りっかは」

そして律歌がある功績を打ち立てた話を教えてくれた。

国が過労を抑制するためのシステム構築を検討しているという話が持ち上がったことがあった。「企画から募集する」と。

その話が入社三年目の律歌の耳にまで入ったとき、律歌は取るものも取らぬ勢いで事業部長に直談判で掛け合った。律歌には強い動機と、高校・大学時代に培った膨大な知識と研究経験とアイデアがあった。話を聞いた事業部長の心こそ動かしたものの、正式な承認は下りなかった。しかしプロジェクトメンバーに選出された先輩に協力する形で、チームの一つに参加することが許された。そこで国家からの依頼の全貌を知ると、律歌はすぐさま連日徹夜する勢いで企画を練り上げた。

「過労を無くす、って、それはりっかの長年の夢だったんだよね。ＳＩｅｒになったのも、国内で最大級の真っ黒な労働環境を持つＩＴ業界において、その仕組みを作り上げた張本人――過労を最も多く生み出している悪の中枢であるＳＩｅｒ業に飛び込んで、内側から確実に変えていくため。でもそれに加えて、そのとき、国家予算を投じて過労を改善する国家プロジェクトが任されようとしていることを知っちゃったわけ。こんなチャンスが巡ってくるのはもう二度とないだろうって、そう思うと、不思議と力が沸き起こってきたってさ」

律歌は自分の生きてきた人生、持てるすべてをぶつけた。

結果、採用されたのは律歌の出した企画が元になったものだった。そのアイデアのあまりの斬新さと、それを実現可能にするための徹底した掘り下げ――学野の専門的な知識・経験・人脈に裏打ちされていたその案で、ほとんど手を入れられることのないまま採用されたと北寺は語った。そうして律歌は国家プロジェクトの主要メンバーとして正式に携わることができるようになった。それどころか、実質的にプロジェクトリーダーとしての立ち位置だったたと。

「過酷を極めた、みたいだよ。当然。ＳＩｅｒになってまだ三年なんだもん。日が浅いにも拘らず、国家的プロジェクトの総指揮を執るんだ。もちろん表向きは事業部長がプロジェクトリーダーに名を連ねて、りっかは末席に座らされているにすぎないって形を取ってはいたけど。でもね、これだけの企画を一人で用意してきた末松律歌という能力値未知数の新人正規社員を中核に据えて、ベテランの全面サポートの元、このプロジェクトを動かしていく決議が下された」

律歌にはプロジェクトリーダーと同等の発言権を与えられていた。四方八方から先輩社員やベテラン上司のサポートもあるが、そのアドバイスも何が正しくて何が間違っているのかわからないまま自分なりに落とし込み、最後は自分で見極めなくてはならない。すべてはプロジェクトの成功のため。必要な嫌われ役は買って出たし、失敗に終わらしてはなるものかと、自分が限界まで悩み抜きながら、時に非情な命令をすることも厭わなかった。必死だった。立身出世や功名心といった大人の社会人としての欲求のためにやっているのではなかった。律歌の望みは幼いころからずっと求め続けていた至極純粋な欲求――もっとお父さん、お母さんと、みんなで、温かく家族団欒でいたかった、という夢。働きすぎて死ぬだなんて、そんなこと、あってはならない。その夢を、この大手ＳＩｅｒに入社して、内側から変えようと思っていた矢先、政府が過労対策を国策として乗り出し、ＳＩｅｒ各社に企画を募集するという巡り合わせ、そして企画が通り、こんな新人の自分に大役を託してもらえたという千載一遇のチャンスだ。日本を過労から救うのだ。失われた団欒を取り戻すのだ。自分のような過労死遺族などもう二度と出したくない。それでこそ両親を過労で亡くしたことに意味を見つけられる。自分の人生が報われるのだと。自分はどれだけ働いても構わない。誰に嫌われてもいい、自分は鬼にでも悪魔にでもなろう、って。

時にはＳＩｅｒとしての自分の未熟さゆえに、禁じていた部下への無理な進行もやらざるを得なくなり、目をつむって実行させたという。この企画を成功させないと平和は訪れない。これは平和を勝ち取るための戦争だった。犠牲も出した。何人かが体調を崩して休職したし、離職する人もいたと聞いた。下請け、孫請けが悲鳴を上げても、あらゆる手を使って無理を通してもらった。もしかしたら律歌の知らない先で自殺者や一家離散、なんて家庭もあったかもしれない。

「うそ……でしょう？　本当に私が……そんな開発をしたの？」

律歌は驚きのあまり聞き返した。北寺は苦々しい顔で頷く。

「りっかが開発した、というか、りっかが開発をさせた、だけどね。ＳＩｃｒとして音頭を取って、研究を進めさせた。若きエリートＳＩｅｒって連日もてはやされて。このプロジェクトのために、本当にたくさんの文明開化が起きたよ。ノーベル賞にノミネートされてもおかしくないくらい」

「そ、そう……」

律歌は面映ゆくなって、うつむいて表情を隠した。それを見て、北寺は静かに付け足した。

「いい意味でも、悪い意味でもね」

そうだ。

——いったい、何をしたのだろう、自分は。

訪れる静寂は、それだけの栄光を簡単に打ち消してしまうだけの重みを持っているようだった。その重みに、果たして律歌は耐えきれるかを見定めているような。

6・知りたいけど、怖いよ。

重くなった空気を換えるように、北寺は手をパチンと叩いた。

「はい、続きはリゾット食べた後にしようか。もうすぐできるから、ちょっと待ってて」

——それが北寺の判断のようだ。

「続きは——？」

「いや、ごめん。今日はやっぱりここまでにしない？　あんまり一気に過去を聞くのって、なんだかよくない気がする」

そして北寺は、はっきりそう言って打ち切ろうとするのだった。

自分の開発したものとはいったいどのようなものだったのかとか、質問したいことは山のようにある。だがちゃんと向き合って聞くと律歌が宣言しても、北寺に却下されるほど、それは痛いことなのだと、言外に教えられた。そして、それを裏付けるように、中断しようと言われた途端に頭痛が引いていくのがわかった。

「はいおまちどお」

目の前に差し出された赤いトマトリゾット。みじん切りにしたパセリもちゃんと浮いていて、見た目もいい。さらに仕上げにササッと粉チーズを振りかけられる。

「おいしそう、ね……」

「だねー」

言葉とは裏腹に、食欲は湧かなかった。隠されている自分の過去の核心にはいったい何があるのだろう。何が待ち受けるのだろうか。でも、聞く勇気がしぼんでくる。

「そ、そのリゾット、トマトとお米と水で作っているのよね？」

律歌は恐怖心を紛らわせるように、そう水を向ける。北寺は大きく頷いた。

「そうだよ。あ、大きいトマトもついに自家製だよ！」

話題を変えたいと顔に書いてある。律歌も、それに乗っかってしまう。

「原子スキャンでそこに存在しているのよね？」

「そうだと思う。実際のトマトをスキャンして分子構造を読み取り、その構成分子をここで原子データを使って再現している。で、そのトマトをおれが包丁で切って、水と米と一緒に鍋に入れて、加熱した」

そう、水も米も原子データなのだろう。火力に合わせた温度変化も、データとして反映しているのだ。そう。うん。……ようやく少しお腹が減ってきた。外の世界での自分の過去の話を意図的にシャットアウトして、仮想世界の原子理論のことなんかを考えれば考えるほど、酸味のきいたトマトの香りと、粥がぐつぐつと煮立つ音が、空腹を刺激した。さあ、今のうちに食べてしまおう。「いただきます！」やけどしても構わない勢いで、ぐつぐつと沸き立っている器に木匙を挿し入れ、急いで口へと運んだ。入れる瞬間、あまりの熱さを予感し少し後悔したが、もう遅かった。勢いがよすぎた。今更口の中から戻すのもばつが悪い。えいやっと呑み込んでしまおうとする。

だが、

「あむ……あむむ」

「だ、大丈夫？　りっか、すごい勢いだったけど……ほら、出しな」

目の前には、いまだにぐつぐつ煮えたぎるリゾットがあり、経験上、皮がべろんと剥がれても何らおかしくはないほどの熱さのはずで。しかし、

「ん、お、おいしい……うん……おい……しい」

熱いは熱いが、やけどまでしなかった。食べられる限界の熱さ。

「食べられるわよ。普通に」

「そう？」

とてもそうは思えないというような顔で、北寺もあつあつのトマトリゾットを口に運ぶ。しかし、

「ん……あふ、あ、ほんとだ。わりといけるな」

「でしょ？」

これは決して負けず嫌いの律歌のやせ我慢というわけではなかった。

北寺は、沸騰する粥をもう一度口に入れてみたりして確かめる。

「やっぱり適温だね。熱いは熱いけど、やけどまではしない。システム上、やけどしないようになってるのかな？　口に入れると適温だ。触るとどうだろう」

行儀悪くも、北寺は湯気を立てているリゾットの中に指を突っ込む。

「うわー！　あちちちあち、あっつー！」

彼は目を見開き指を引くと、大慌てで流しへ駆け込み、冷水で冷やした。指が赤く染まっている。

「ひゃー。やけどやけど。もっとちょびっとにしておけばよかった……油断した……。やっぱ熱いじゃん……」

口の中は平気なのに？

「……なんかそれって、物理原則に反してない？」

「そうだね。うーん……？」

顎に手をやって考え込む。

「いろいろ検証してみる必要がありそうね」

律歌は椅子から立ち上がり言った。

「ちょっと北寺さん、その包丁で指を切り落としてみてくれる？」

「いやだよ！　そこまでは試せないよ！」

「冗談よ」

律歌も痛いのは苦手だ。ふふっと少し笑うと元気が出てきたので、そのまま空元気をキープすることにした。それにしても、やはり原子から再現されているとするなら、口の中だけやけどしない、というのはおかしい。席に戻る北寺に、どういうことか意見を求める。

「人体内だけ特別仕様なんじゃない？」

人間による人間のための仮想空間なら、そういうこともあるのだろうか。それじゃあ、人間以外は？

「そういえば、うずらの卵はどうなの？　ヒナ孵った？」

北寺が大事に温めていて、律歌も前に転卵をさせてもらったあの卵は、今一体どうなっているのだろうと思い、律歌が尋ねると、

「ああ、まだやってるんだけどね」

北寺はそう言いながら、奥の部屋に行って孵化箱を取ってくる。

「もう生まれてもいいころなんだけどさ」

律歌も箱を覗き込む。そこにはまだ、物言わぬ卵が並んでいた。指で触れると、ちゃんと温かい。

「心臓はちゃんと動いているんだよ。それなのにね、出てこないんだ」

これも、原子スキャンによる原子データなのだろうか。

「ここが仮想空間だとしたら……」

律歌は初めてロボットを作った日のことを思い返した。センサー、モーター、バッテリー、そしてマイクロコンピュータと、繋ぎ合わせていって、期待したとおりに動いてくれたときは、涙が出るほど感動した。

「生命はどうなってるの？」

原子スキャンで卵をコピーし、この仮想空間内に再現したとしたら、それを温めれば原子データ通りに生まれてくるのだろうか。生まれてきたそれは、いったいなんなのだろう？　生き物なのか？　原子データのシミュレーションにより再現された動く物体なのか？

「この卵の中で、うずらは生きているのかな」

答えは返ってこない。少なくとも温かいので、死んではいないだろう。いや、疑問を抱くべきは生きているのか死んでいるかではない。この卵の中に、果たして生命は誕生しているのか否か。いや……生命？　生命ってなんだ？　その定義は？

「待って。ちょっと考えさせて……、あれ？」

律歌は頭の中が混乱してきた。理科の授業で習ったことを思い出す。生物と化学。

「原子スキャン原子スキャンって言うけど、原子っていうのはつまりあれでしょ？　物質の最小単位よね？　物体を小さく分けていって、もうこれ以上小さく分けられません、というところまで分けたときの小さな粒一個のことよね？」

「そうだね」

高校で習う範囲が含まれる気もするが、その辺りの記憶は問題なく蘇ってくれた。

「じゃ、私の体も原子でできているのよね？」

「そのはずだけど」

大人一人分として計算した場合の人体の構成成分を、水何リットル、炭素何キロ、リン何グラム、塩分とか、硫黄とか、それからその他少量のいくつかの元素、なんて、人体を生き返らせる錬金術師を描いた漫画で、昔読んだ気がする。

「この卵も」

「うん」

「原子という小さな粒一個一個の動きを、コンピュータ上でシミュレートして、その計算結果を感覚信号に変換して、私の実際の脳へ送り込んでいるのね？」

「その通りだと思うよ。I通なら格段に性能のいい量子コンピュータの一つや二つ持っていて当然だし」

北寺に律歌は頷く。

「……それで生命まで完全に再現できるものなのかしら」

「生命って言ったって、おれ達の体だってＤＮＡの塩基配列に基づいた分子構造で成り立っているに過ぎない」

細胞一つ一つに律歌なら律歌の、北寺なら北寺の体の設計図（すなわちＤＮＡ）があり、その設計図のおかげで細胞一つ一つが人体のうちのどの部分を構成するのかを迷うことなく認識して、「型崩れすることのない一つの人体」となってくれている。

「でも、この水一滴と、私の体に流れる血液一滴では、原子の情報量も違うでしょう？

ほら、水一滴には水素原子と酸素原子がくっついた分子がただただ順番に並んでいるだけだけれど、私の血液一滴には、ＤＮＡの塩基配列を始めとした私個人だけの情報がたっぷり詰まってる」

「まあそうだけど、そんなこと言ったらトマトのＤＮＡ量なんて人間よりもっと多いよ」

「そうなの？」

北寺に言われ、目の前の赤い具を見つめる。このトマトが？　人間としてなんかくやしい。

「ま、量だけだけどね」

だとすれば気になることがある。原子データのシミュレーションがされているというが、コピー＆ペーストされた植物のように、容量を軽くしたりもしていた。ずいぶんとカツカツな容量だなとも思った。

「前に、ミニトマトを育ててたじゃない？　あれ、見に行きたい」

「いいけど、今から？」

「うん」

7・死ぬまで生きなくてはならないという絶望を煮詰めたような

北寺に連れられ裏庭へ回ると小さな畑があった。律歌はほとんど入ることはないが、北寺はちょくちょく世話をしているようだ。ミニトマト、トマト、キュウリ、ジャガイモ、カブ。

「天蔵から野菜を買うごとに、種をここへ植えているんだ。んでね、不思議なくらいよく育つんだよ。けっこう楽しい」

ハマるよ、と教えてくれる。

「不思議なくらい良く育つ？」

律歌は首を傾げた。

「うん。すくすくと」

子供のころ、学童保育で育った律歌は、野菜を育てる機会が多かった。だが、どれも綺麗な形になるのはなかなか難しく、農家の人はどうしてあんなに上手に育てられるのか不思議だった。

「北寺さん、栽培とかも得意なの？」

「いや、苦手だったよ。でも、ここは期待通りに立派な実がなってくれるんだ。嬉しくなっちゃう。あ、気候と照らし合わせて、種蒔き時期はちゃんとみないといけないけどね。そうしないと芽が出ないから」

なんだかゲームを楽しむかのようにそう付け足す。

「ねえ、これって、物理的現象じゃないんじゃない？」

「え？」

「さっきやけどしなかったときも思ったんだけど、部分部分で物理原則を無視してる気がする」

「まあ、そう言われてみると……」

二人、じっと畑を見つめる。実が大きくなったもの、まだ青いもの、段階は様々だが、同じくらいの大きさの実を比較してみると、

「これ、見て。まったく同じ形をしてるわ。こんなことある？」

同じ曲がり方をしたキュウリが、三本つり下がっている。角度、大きさ、色味。どれをとっても、まったく同じ。それこそ、コピー&ペーストしたように。律歌はまだ青いトマトを一つ手に取ると、「ごめん」と一言もぎ取る。そしてがぶっとかじりつく。

「ん!!」

かじりかけのそれを、北寺に差し出す。

「バグを見つけちゃった」

それはどんな味がするかと思えば、完熟トマトと同じ味。こんな青いトマトなのに？原子通りなら、もっとうーんと苦い味がするはずだ。北寺も受け取ってかじり、目を見開

いている。

「おかしい……」

「ええ」

律歌は頷きながら、仮説を立てる。

「味覚は、原子シミュレーションで実行されているわけじゃないんじゃないかしら」

「それは……どういうこと？　りっか」

青いトマトの残りをおいしく食べた北寺は、じっと耳を傾ける。

「味覚、というか、生体って、原子データでシミュレートなんかできるものなのかしら？　って思ったのよ。」

原子スキャン、というが、水（H_2O）をスキャンするのと、細胞、遺伝子情報まで人体をスキャンするのでは情報量が違う。しかも、中途半端にスキャンするだけでは、神秘に満ちた「生命」など成り立たない。そのために、対象によって、再現方法を使い分けているのではないかと律歌は思った。原子スキャンで再現できるものと、別の方法で再現するもの。たとえば脳内に電子データを送ることで味覚を再現する、とか。

「おそらく、口に入れた瞬間から、原子シミュレーションは味覚再現に切り替わる。生き物の成長までを原子単位でシミュレートするには、量子コンピュータといえどもメモリが足りないのよ。だから、口の中に入れたと判定した時点から、原子なんて概念は無くなって、私の元の脳にトマトリゾットの味覚データを送り込んでいるだけ。さっき、やけどをしなかったのは、高温調理されたもので口の中をやけどする演出が用意されていなかったからね。食べても満腹感データが送られるだけで、この世界での私や北寺さんの肉体内には原子シミュレーションは実装されていないんだわ」

それがなぜかと言えば、きっと原子シミュレートの限界があるからだ。

「生物の成長までは、シミュレートできない。でもそれじゃ、味気ないでしょ？　だから、人が欲しがりそうなものは一通り、原子なんて無関係のミニゲームとして、単独で用意されているのよ！　種を植えて育てる、とかね」

仮想空間創造主が我々住民に与えし、娯楽の一つとして。ただし、誤混入していたうずらの有精卵を孵らせるなどという逸脱行為は、ミニゲームとしてプログラムされていない。それはただの原子シミュレートの限界値で可能な限り再現されるだけだ。

「つまり、残念だけど北寺さん、うずらの卵は孵らない。生命体の分子構造と反応の再現までは処理できないと思うの。あれは、この世界の神様が用意したキャラクターじゃないから。元の現実世界にあった卵を、量子コンピュータの限界値でスキャンした結果の産物。原子シミュレートの限界。複雑すぎる分子構造の反応を、心臓が動くところまで、よくシミュレートできたと思う。でも、おそらくその辺が限界ね。所詮この世界の創造主は人間でしかない。私達人間そのものを造った本物の神には遠く及ばないわ。生命誕生の奇跡を再現するには、シミュレート精度が粗すぎるの」

人間に用意された情報処理の中で生きているに過ぎない。良くも悪くも。「悪い」ものが排除された代わりに、「良さ」には限界が設けられている。そのことに気付いてしまった。

　さあ、満足してください、と用意されたものをなぞる楽しみから、自転車を走らせて北の果てまで冒険したり、基地局を作ったり、それから、気球に乗って調査をしたり、そして、こんな風に謎を解き明かしている今の楽しさは、終わりを迎えようとしている。

「仮想空間？　ねえ、出ましょう、北寺さん！　たかだか人間が神様で、人間の作った世界よこんなの。原子シミュレートの限界まであって、卵さえ孵らない。ってことは、子供だって生まれないじゃない。なんでこんな風に、わざわざ単純化されなくちゃいけないのよ。もっと精密で自由な世界が向こうにあるっていうのに。こんなところ、つまらないわ」

「いや、そんなことはないよりっか」

　おびえたような、疲れたような目で、北寺は強い口調で否定する。

「この外に、どんな現実が待ち受けているかを知らないから、そんな風に言えるんだ」

　彼からにじみ出ている深刻さに、律歌は押し黙るしかなかった。

「現実世界は、そんなに楽しいものじゃない。酷いもんだ。あんなところ、好き好んでいく人はいないよ。この仮想空間だって、現実世界があんな風になってしまったから、逃げ場としてきっと開発を進められている。これほどの仮想現実、国を挙げたプロジェクトでなきゃ実現しないはずだからね。幸運なんだよおれ達は……っ！　真っ先にここに来ることができて！　たぶん、おれなんか本来こんな風に入れてもらえるような身分じゃないのに……」

心底厭気がさしている、彼のそんな顔、律歌はこれまで見たことがなかった。

「おれは知ってる。一度コースアウトした者が、どんな人生を送るのかを」

ラジコンを改造しているときに少しだけ聞かせてもらった、北寺の半生。

「平成時代くらい昔から、〝社畜〟って俗語があるけど、まさしくね、家畜だよ。一定ライン以下の人間は、上層部のために消費されるだけの家畜。人工知能に管理され、二十四時間働いても、労働力が満たない者は生きることも許されない。他にいくらでも替えはいるから。派遣会社から派遣された先で、毎日毎日必死に働き続けなくちゃ生活費なんて足りないし、働き方を間違えたら病気になってそれでおしまい。おかしくなっちゃったんだ日本は。過労が問題視されていた二十年前の比じゃない。今は、精神的な病気にならない方が稀な時代だ。ロボットが人間よりずっと効率よく仕事をするから、人件費はすごく安くなって、ストレス耐性の高い、精神力の強い人だけが生き残ることができる。そういう人だけがそもそも子供を産む余裕を持てる。そうして少子化は歯止めが利かなくなっている。……でもおそらく使えない人種を減らすつもりなんだと思う。これもある種、自然淘汰だ」

死に向かって生きていくのが人生としても、そこには生きている喜びが存在する。だが彼のその表情には、死ぬまで生きなくてはならないという絶望を煮詰めたような、より濃い死が浮かんでいた。

「……そんなことってある？」

まさか、自分の両親よりもさらに過酷な労働社会になっているというのだろうか？

「まあ……うん。そうなんだよ。そう、なっちゃったんだよ」

北寺は、そこで話を止めた。

「わかっただろう？　りっか。だから、おれ達がここにこうして入れてもらえているのは、幸運なことなんだよ。このまま、ここで暮らそう。それがいいと思う」

この見せかけの世界から目覚めれば、人工知能に使役される家畜のような労働者になるのか？　ここが仮想空間だとして、現実の世界が別にあるとして、そしてその現実の世界が、悲惨な世界だとしたら？

それでもここを、出る……べきなのだろうか。

北寺は、この安全で気楽な世界にずっといるべきだという。夢の国にずっといてもいいと言われているのだから、出るべきではないのだと。

8・もっと、先を、見てみたいから。

数日が過ぎた。今でもまだ、律歌は自分の過去、「起きた何か」を北寺に教えてもらっていなかった。

北寺の方が先に、真実を律歌に告げることに対して心折れてしまったように、固く心を閉ざし、話そうとはしなくなってしまった。

「りっかがまた辛くなって、苦しくなっちゃう。そうして、また記憶を全部消してしまうかもしれない。……そんなの、いやだ。おれは、今の元気いっぱいのりっかに救われているんだよ。お願い、りっか。そんなもの、もう知ろうとしないで」

そう言って、断るのだ。

実際に律歌は、当時ふさぎこんだし、そして記憶も失くしてしまった。北寺には心配もかけたし世話もかけただろう。

自分でも苦しみぬいた末に封じ込めた記憶を、無理に取り戻したりすれば、もしかしたらまた同じようなことになってしまうかもしれない。北寺がそんな事態を避けようとする気持ちもわかるし、記憶がないままでもいいんだよ、と現状を肯定し満足までしてくれて、そしてこの温かみをこの先も守ろうとしてくれることが、律歌にとって嬉しくないわけではなかった。

でも、本当に知らないままでいいのだろうか。

だって、ここの世界は限界がある。外には無限の可能性を感じる。

——だが、前に進もうとすると、過去の自分にぶつかった。ベッドに横たわっていた精神科医と名乗るあの患者に「末松律歌が日本を終わらせた」と言われたように。ずっと一緒にいた北寺も、律歌の過去の話は回避している。記憶をなくすほどの悪いことが自分の身に起きたのだ。この世界を解明し、その結末を知るためには、そして、あの日胸に抱いた野望を実現するためには、自分の過去が必要だ。律歌は思う。知った上で、さらに前に進んでいきたい。ここで立ち止まり続けることを選ぶのではなく、これからの可能性の方を信じてさらに先へと歩いてみたい、と。

そうして、いっそのこともう一度あの白い場所へ行って、話を聞いてこよう、と律歌が思うようになるのに時間はかからなかった。北寺には申し訳ないが、律歌は可能性を信じて前に進みたかった。過去の自分が何に絶望したかは知らないが、そこに何が待ち受けていようとも勇気を出してきちんと向き合えば、微かな光を見つけ出して摑めるのではないだろうか。

恐れをなして蓋をしていれば何も失わない代わりに何も手に入らない。ここに来た当初空っぽだった自分のエネルギーがついに満杯になったまま、持て余していると感じる毎日の暮らしがそんな結論を出し、この世界をここまで切り開いてきた冒険心がその決意を支えた。

自分の過去を知っていそうなあの針間という精神科医に会って話を聞いてみるだけでも何かが変わる気がした。南という医師には針間には面会謝絶と言われたが、針間本人は何かを伝えたがっていた。場所はわからないこともない。とりあえず行ってみて、それから考えよう。外を知っていそうな人物の出入りのあったあの場所は、どうも普通の空間じゃないとも思えたが、おそらく物理的には行けるはずだ。鍵がかかっているかもしれないが、前のようにかかっていないかもしれないし、ここでの時間はまだまだたくさんありそうだ。まず、そこに行けばなにかが変わると思った。

「ちょっと行ってくるねー」

と、軽い調子で北寺に断って、玄関に向かう。

「どこ行くの、りっか」

そう簡単にはごまかしきれず、北寺に呼び止められた。

「えっ、と。ちょっと」

「すぐ帰るの？」

律歌が過去を気にし始めてから、彼もかなり神経質になっているように見えた。今までの平穏な幸せな日常が少し変わってしまったことへ、後悔と躊躇いの念が僅かに律歌の心にも浮かんだ。

「ま、まあね」

「……ケーキ焼くよ。食べないの？」

「ん？　食べたいけど……」

「おれも行こうか？」

何かを推し量るような目でしぶとく提案してくる。律歌はそれでも、一度決めたことをやめたりはしなかった。

「いや、北寺さんはケーキ作って待っててよ」

「ねえ、どこ行くの？」

探るようにじっと見つめられ、律歌は視線を逸らす。どうしたものか。本当のことを言えば止められるだろうことは目に見えていた。

「ちょっと、ちょっとね、主婦三人組に、体のことで、相談事よ！　女性同士のね！　あ、あはは」

これ以上は異性には突っ込んで聞かれたくない話題なのだという空気を醸しながら、振り切るようにしてドアを閉めて言う。「じゃ、行ってきまーす！」なかなか卑怯な手を使ってしまった。

北寺を何とかまき、道に迷いながらも森の中でマウンテンバイクを走らせた。ちなみに町の住人にもそれとなく自分の過去のことを知っているかどうか、北寺の目を盗んで聞いてはいたのだが、収穫はなにもなかった。

森を行くこと三十分。位置さえ間違えなければ、あの特徴的な外観は見逃すことはない。とうふのような形をした建物。あった。幸い、見張り番もいないようだ。律歌は前のようにドアと思しき亀裂に振れ、回転扉を回して中へ入る。

「すいませーん。ごめんください」

中は相変わらず薄暗く、病院のようなにおいが漂っていた。奥に置かれたベッドを見る。そこには影があり、微動だにしなかった。律歌が近寄ると、そこに横たわる針間はまた幾分やつれたような顔をゆらりとこちらに向けた。律歌は本当にここに来てしまってよかったのか、今更ながら二の足を踏む思いがした。相手は縛られているのだから自分は安全だが、もしここが病室だとすれば、勝手に入院病棟に入り込んで知らない人の部屋を開けているのと同じだ。嫌な思いをさせるかもしれない。でも、他に頼れる人もいなかったし、正当な手続きなんて知らない。知っていたとしても北寺の手前、できるわけもない。

町の住民も、この場所のことは誰ひとりとして知らなかった。まあ、もし怒らせたら謝って逃げよう。そして何事も無かったかのように北寺と暮らそう。

「あ、あの、あなたは精神科医なんですよね?」

律歌のその質問に彼は反射的に頷き、一拍置いて振り絞るように、「そうだ」と声を添える。

「私の記憶を復活させてほしいんです!!」

彼はぼうっと律歌のことを見ていた。

「診察してくれませんか?」

なにか対価を要求されるかもしれないが、その時はできる限り協力しようと思いながら。縛られている以上、不自由もあるだろう。

律歌がそのまま少し待っていると、「そこ座れ」と言って丸椅子をちらと見た。律歌は言われたとおりにそこに腰を掛ける。今日も彼は拘束衣を着せられベッドに縛り付けられていたが、解放しろとは言われなかった。彼はなんだかぐったりとしていて沈黙の時間が長かった。かなり具合が悪いのだろうか。どんな病気なのだろう。だが、しばらくすると、律歌は小さな声で名前や年齢を尋ねられた。さらに病状などの問診を受ける。意外にもその人は、面倒くさがったり、悪意ある言葉を向けてきたりはしなかった。きちんと診察してくれているのを律歌は感じた。

高校時代からここに来る前までの記憶だけがすっぽり抜け落ちていることなどを律歌が話して聞かせると、針間医師は少し考えるようにまた黙って目を閉じ、そしてすぐに開いた。

「ストレスによる心因性の理由——精神的なショックで部分的な長期記憶のみをなくしているとみて間違いないね」

と診断してくれた。その声に力はなかったが、はっきりと迷いがない。

「じゃ、薬を——」と、彼は長年染み付いた所作のように言いかけて、口を閉ざす。「抗不安薬は処方してやれん。悪いが。それでもいいと言うなら、記憶を元に戻す方法は、まあいろいろある」

「はい」

望みが、形になっていく。律歌はここにきて正解だったと思うと同時に、込み上げる不安と、北寺に黙って一人で切り込んでしまっていることへの孤独感を覚えた。だが、前に進んでいくのが正解だと既に自分で答えを出した。それを阻むものは何であれ誰であれ邪魔でしかないのだと、覚悟をもって頷いた。

「一番手っ取り早いのが、記憶をなくすきっかけになった出来事に触れちまうことだ」

針間医師にゆっくりとそう告げられる。記憶をなくすきっかけになった出来事？　それってなんのことだろう。律歌が質問しようとした時だった。

足音が聞こえた。誰かが来る。

あの小さな医者だろうか。もしかしたら、北寺が後をつけてきたのか？　恐る恐る律歌が振り返ると、そこには予想外の人物がいた。

「え、添田さん？」

血相変えて、息を切らして、彼は飛び込んできた。ズレた眼鏡を指で直しながら、この前と全く変わらぬスーツ姿で。大慌てでログインしてきたのだろうか。律歌が記憶を手に入れようとするのを、止めるために？

「そういった詮索はおやめください、末松様。そんなこと聞いてどうするつもりなんですか？　ここに住むのに、必要なことですかそれは？」

必要なことですか？　という質問は、天蔵カスタマーサービスに抗議の電話をした際にも言われたことだ。ここに住むのに必要か必要でないかと問われれば、必要の無いことかもしれない。でも、そんな理由で聞きたい訳でもない。律歌に構わず、彼は乱れた黒髪もスーツもそのままに矢継ぎ早にまくしたてる。

「はっきり言いましょうか。その記憶はあなたにとって不都合な、嫌なものだと思います。だからあなた自身、無意識に記憶を消したんです。しかも幸いにも、誰もあなたに思い出せと迫らない。忘れたままでいいんですよよここでは。ね？」

その通りだ。言われていることは理解できる。北寺もそれを恐れている。

でも、それはつまり、現実から目を逸らし続けろということだ。どんなに暗くとも、その闇に向き合えば、そこに希望の光が見えるかもしれないのに。できない、不可能だと怖がって、理想の見えない人達のために、私はそんな希望からもずっと目を背け続けなくてはならないのだろうか。そんなのはお断りだと律歌は思った。

「ねえ、添田さんは私のことを知ってるの？」

「私は……」

口ごもる添田。

すると下から、うめくような小さな声が聞こえる。針間医師がなにかを言おうとしていることに気が付き、律歌は耳を傾けた。

「……言って、やれよ。ショック療法、だ」

後押ししてくれている。だが添田は「思い出す必要は、ない！」と、言い放つ。しかしそれは虚勢を張ったように、どこか寂しそうだった。

「もう大丈夫だ」

針間はそう言うと、細く長く息を吐いて、力尽きたように目を閉じた。

添田は律歌に向き直って言う。

「律歌」

温かいものを口に含めるように、律歌の名前を口にする。

「俺は君に笑っていてほしいんだよ。な?」

両の人差し指で、律歌のほっぺたをつついてくる。律歌はそれで自分の顔がこわばっていることに気が付く。怖いことは怖い。自分が一体何をしたのかを知ることが。でも、それでも乗り越えてみせる。勝手に自分の限界を決めつけられることだけは嫌だと、思った。

その時だった。何か大事なことを忘れているという焦りが胸の内に充満した。目の前のビジネス然としていた添田の顔の中には、赤く脈打つ血が通っている。隙なく着こなしているスーツの狭間には、知っている肉体がある。

「で、でん……たく」

そんな単語が律歌の頭に浮かんだ。口が勝手にそう動いた。

「電卓?　あなたのことを、そう呼んでいた気がするの。そうよね」

はっと惚けたように無邪気に口を開ける彼。

ああ、その顔も、なんだか懐かしい。愛おしい。

それを感じるとともに、眠っていたシナプスが次々に活性化していくのを感じる。

いろんなことがあったじゃないか。

懐かしいものが、脳の中を満たしていく。

見つけた。これは私の記憶だ。

跳び箱をぱかっと開くと、そこには大真面目な顔であなたがいて。
——「電卓!」
——「なんだよ、そのあだ名は」
添田卓士、略して電卓だなんて私が名付けたの。
そう、思い出した。
あの日の電卓も、そうやってぽかんと口を開けて、それから遅れて笑ったのよ。

第七章　高校時代　上

1・全国高校ロボットオーディション

○

律歌は高校生になっても、相も変わらずロボットが人の労働環境をよくすることについて模索し続けていた。その頃の律歌にはもう家族はいなくなってしまったが、夢だけは律歌に寄り添う支えとなっていた。

律歌の周りに頼れる専門家などはいなかったので、夢を叶える方法についてインターネットで検索して調べるのはもちろん、ロボット関連の電子書籍を読んでは、ＡＩやロボット関連のアカウントをフォローして交流したり、とにかくできる限りで足掻き続けた。意外にも、そんな律歌の素人な試行錯誤に付き合ってくれる物好きな友人もいたりして、女子高生となった律歌は、残された希望を胸に温かな高校生活を送り始めていた。

そんなある日「全国高校ロボットオーディション」と書かれた広告がタブレットに表示され、目を引いた。

「こっ、これ！　見にいってみたいわ！」

律歌の声に、いつも一緒に行動している美世子もどれどれと覗き込む。電子や機械を扱う工学科の高等専門学校が中心となり開催されているオーディションらしい。勝ち上がると、大手企業が開発費用を投資して、「高校生が発案したロボット」として実際に世の中に出回るようになるのだという。かなり自由な形で募集されていた。

ロボットを作ることのできる学科を学べる高等専門学校というのは、律歌も中学の頃視野に入れていたのだが、父に「母さんと同じ目に遭ってほしくない」と反対されて叶わなかった道だった。普通の高校でも自力で学ぶことはできる、選択肢も広がる、律歌にはいろんな世界に触れてほしいからと言われて。自力でもできる。自分でもそう思って普通科高校に進学したのだ。施設に帰り、読みこんでいると、なんだかわくわくしてきた。ロボットを作って競い合って企業に売り込むのだ。もうロボットは作れるんだ。そして、世界を変えられるかもしれない。遠い将来の話だと思っていたことが、今この瞬間この場所からでもスタートできるということに、はやる心が止められなかった。

二年〇《ゼロ》組、朝のホームルームで、律歌は意を決し挙手した。

「ちょっといいですか」

ホームルーム司会の日直はきょとんとした顔で頷く。律歌は前に進み出た。

「みんなのタブレットにファイルを送るので開いてくださーい」

ロボットオーディションのパンフレットと、一晩かけて練り上げた企画書。

しんと静まり返った後、何事かとざわつくクラスメート達に対し、教壇の中央に立った律歌は呼びかけた。

「突然ですけど、聴いてください。私には夢があります！」

律歌は声を張り上げた。

「この世界から過労をなくしたいという夢が！」

教室はぽかんとしたまま固まっている。

「特に日本はブラック企業が横行しています。私はそれを変えたい。働きすぎて死んでしまう世の中なんておかしいでしょう？　嫌よね！　私は嫌！　私の両親は過労死しています。このクラスにもいるでしょう、そういう子。過労死していなくても、家族団欒なんて夢のまた夢だっていう家庭も多いでしょう？」

何の話だ？　と思った人は幸せ者だ。数人が、はっとした顔になってこちらを見るのがわかった。

「ブラック企業は当たり前になって、労働者はどんどん死んでいく。今の総理は、日本の労働は世界と戦うための武器だとか言ってるわ。ばっかみたい。こんなにも科学は進歩しているのに、精神は戦後の富国強兵で止まっているだなんて。そんな世界を変えるにはどうしたらいいのか、私は考えてたの。それで思ったの。やっぱりロボットがもっともっと進化するしかない。それでロボットに全部労働をさせるのよ、家族団欒できるようになるくらいまで」

律歌は強く訴えかけた。

「私は独学でロボット工学の勉強をしています。これまでずっとしてきたわ。近い将来必ず家族団欒が当たり前の時代を来させてみせるんだって思ってね。ＩｏＴとか、ＩＣＴとか、機械化されてはきたけど、まだ足りないわ。もっとすごく細かい部分までは行き届いていないの。それで、気付いたわ。私、もう作ってみてもいいんじゃないかってことに。高校生だからまだ早いだなんてそんなの気のせいだった。やってる人はやってるもの。私が理想としている、もっとちゃんと人の役に立つロボットを、今もう作り始めたらいいのよ。そのきっかけになったのが、この、『全国ロボットオーディション』！」

律歌が手に持ったタブレットを掲げると、呼応するようにクラスメートも手元の画面に目を落とす。

「私のロボット工作を、このオーディションに出したいです。このオーディションは、高校生なら誰でも出ることができるのに、現状高専ばっかり出るの。普通科の私一人じゃとても太刀打ちできない」

無謀な挑戦だ。

「でもどうしても私は出たいの！　お願いします！　どなたか協力してくれませんか？　放課後に集まって、ロボットの製作を計画段階から一緒に！　みなさんの力を貸してほしいです。もちろん未経験で構いません。工作室は借りてあります」

教室使用申請は先に済ませてある。律歌はにこっと微笑むと、颯爽と席に戻った。

「えー……と、他に、連絡事項のある人は……」

ホームルームが再開して、挙手するものは誰もいなかった。

その日の放課後、律歌がいつも付き合ってくれる美世子とどきどきしながら工作室で待っていると、

「あのー……ここって、ロボットオーディションのアレで合ってます……？」

引き戸をスーッと押して、一人入ってきた男子がいた。

「合ってるわ!!　待ってたわよー！　来てくれてありがとう」

「はい……」

前髪が分厚くどっしりとして背の高い大人しそうな男の子だった。一人確保である。いい感じだ。もう少し人数が集まったら作戦会議を始めようと思って律歌は待つ。

すると廊下からなにやら姦しい声が聞こえてきた。

「ちょっと、ほんとに行くのー？」

「だって、みんないるかもしれないし」

「逆に、あの人以外誰もいなかったらどうするの。帰りづらいよ」

「えー……やっぱやめる？」

クラスメートに違いない。帰られる前にと律歌は慌てて飛んで行った。

「いるわよ！　いるいる！　みんないるわよこっちよ！」

「あ……末松さん」

三人の女子が、見つかっちゃった、という表情で足を止める。「みんないる」という情報に押されるようにして、小さく歩みを進めてくれる。がらがらの工作室に入ると、あっ騙された、という顔に変わるが、これから嘘から出た実にしてしまえばいい。

「ちょっと人数が足りないけど、最初はまあこんなものよ！　すぐ増えるわ！」

それから待てど暮らせど人が増えないので、今いる人達に帰られてしまう前にと、律歌は高らかに宣言した。

「集まってくれてありがとう。ロボットオーディションに出て、みんなで一位とっちゃいましょ!?」

根暗そうな男子と、青春をしに集まってくれた三人の女子、それからいつも傍にいてくれる友人は、律歌に耳を傾けてくれる。

「私はね、ホームルームで話した通り、人類から過労を消し去りたいと思っているの。

今ってどうしてこんなに労働に溢れているのかしら。床のお掃除ロボットは高性能化して教室を動き回ってくれているけど、下駄箱を掃除する作業はまだ残っているでしょう？

長田さん、あなた今月は玄関掃除係だったわよね」

　水を向けられた長田は「え、あ、うん」と相槌。

「靴を引っ張り出して、小さい箒で砂をかき出して、また靴をしまって、ざら板を持ち上げて、その下をまた掃いて……そういう細かいものも、もっと機械化できると思うの」

　後から来た女の子達は、いつでも帰れるようなドアのすぐ近くの一番遠い席だったが、それでも静かに真面目に聴いてくれた。

「機械化しなくったって、それくらい手でやればいいって、思わなかった？　それはダメなのよ。積み重ねよ。塵も積もればよ」

　彼女達は特に何も考えていなかったかもしれない。が、律歌は気にせず続けた。

「ただ、下駄箱掃除を機械化するのは下駄箱を掃除するよりもずっと面倒くさいのよ。だから人は、結局毎日ざら板を持ち上げて箒をかけている。仕事をしているの」

　もちろん下駄箱以外の作業だってそうだ。白線を引く機械を作るのは白線を引く作業よりもずっと難しいし、美術の絵の具を洗う機械を作るのは、美術の絵の具を洗う作業をするよりも面倒だ。

「だから私『機械化する機械』を作ればいいと思ってるの！　こまごました作業を機械化するためのロボットを！　そうすれば人間の仕事量も減るわ。言ってみれば現代版ドラえもんを作るってわけ！」

聴衆に向けて、律歌は自信満々にそう提案する。

「でも一つ困ったことがあるのよ」

律歌は腕を組んで言った。

「なんだかすごく大変そうってこと！　どこから始めたらいいと思う？」

いや、そう言われましても……。という間が空く。

「それは考えていなかったの？」

三人のうちの一人、セミロングの大人びた感じの阿藤に尋ねられ、ちゃんと聞いてくれていたことに喜びの気持ちが起こったのも束の間、言葉に詰まる。

「えっと……そーねぇ……。とりあえずネットで調べまくってロボットオーディションを見つけてきたわけで、アイデアも生まれたし、あとは形にするだけで……うーん」

この場で考え始める律歌を見て痺れを切らした小山が「んー……じゃあまず、デザイン決めない……？」とハスキーボイスでつぶやいた。

「いいわね！」

律歌は頷いた。

「なにか案ある人～!?」

「道具……を使う人類に近い……サル型ロボットとか？」

「あーそれ、それ、いいわ！　グッドアイデアね！」

　三人はこそっと何やら耳打ちし合っている。発言した小山はまんざらでもなさそうだ。律歌が考え無しだったことで、逆に主体性が移ったように、ぽつぽつと意見が出始めた。クラスの集まりは悪かったが、来てくれた人達で協力すれば、スタートくらいはできそうだ。

２・サル型ロボットウキえもん

　添田卓士は二年〇組に所属する生徒だった。人生の友と呼べるような級友を持ち、みんなに真似されるようなイケてるファッションで、成績も一番で、モテモテで、魅力的な彼女がいて、クラスで最も中心人物だといえるようなポジションを獲得している男子――を目指している。

　常に勝ち組でいたい。エリートでいたい。大人になったら出世争いして大手企業の中で上り詰めたい。大学受験は誰もが知っているような国立難関大に受かるように。高校で言うならスクールカーストで上位にいること。そして人から羨ましがられるような彼女がいたら最強だ。間違っても、自分のカラーを出しすぎて、周りに引かれたりしないようにするべきだ。そのために高校生の添田は、趣味のプログラミングを封印し、徹底して興味ないふりをしていた。

「みんなー！　今日から改修工事で一週間工作室使えないって！　でもみよこちゃんが代

わりに多目的室押さえてくれたわ！　放課後に集合ね！」

添田は思わず引っ張られそうになる意識を無理やり戻した。末松律歌だ。ロボット工作を趣味としている、いわゆるオタクに分類される女子生徒。彼女とは極力関わらないように気を付けていた。根っからのギーク男子である自分の素がうっかり出てしまう気がしたからだ。自分もそんなパソコンオタク仲間だと思われたらひとまとめに括られ、輝ける青春学校生活の計画が台無しになってしまう。末松律歌は彼女候補として選外だ。添田は、クラスの中心人物達と話を合わせるために、やりたくもない流行りのソーシャルゲームをやったり、話題のYouTubeチャンネルもチェックを欠かさなかったし、クラスメートのSNSを全部巡回しては「いいね」を押しまくっていた。彼女ができたときに備えてデートコースも用意している。当たり障りのないウケのいい趣味を捏造して、「イケてる組」に分類されている自分を誇らしく思っている。

（しかも大層な夢を語っていたな。ロボットで過労をなくすだとか。そんなプログラムなんて書けるのか？）

ギークとして律歌達の動向をつい追ってしまうのは誰にも言えない秘密だ。律歌達が扱っているのは、どうやらPythonという言語。Pythonは最も人気のあるスクリプト言語で、比較的容易に習得できる。ロボットを作るにはこれだろう。最初に加入したもっさりとした男子は少しばかりプログラミングに覚えがあるらしかったが、彼が得意なのはHTMLというホームページ制作によく使われる言語だった。特設サイトの制作と更新で彼が貢献するもんだから、ついついチェックして彼女達の成り行きを把握してしまう。

Pythonは添田がメインとする言語ではなかったが、律歌達よりはうまく扱える自信があった。自分はもっと高度な言語で毎日プログラムを書きまくっていて、ネット上で開催される高校生向けの競技プログラミングコンテストの上位入賞もしている。界隈を見てきた分、世界にはすごいやつがいることも知っている。自分の限界も。

添田は家に帰るとすぐさま律歌達のロボット制作活動サイトをチェックするようになって、Pythonについても触ってみたりしていた。

律歌達が作ろうとしているロボットは、「機械化する機械」の二足歩行ロボットだとあった。今日の更新によれば、もっさり男子君の友人、小さいもっさり君も入ったようだ。彼はプログラミング方面はからきしで、代わりにプラモデルのような部品の組み立てに興味があるらしく、見た目のデザインを担当することになった。作るのは「サル型ロボット」、名前はウキえもんに決まった。

ウキえもんは目から得た情報から、自動化・機械化する仕組みを考え出し、それを口からの音声と、おなかのポケット部分から出てくる紙で出力するロボットということだった。たとえばウキえもんを起動して、目の前で黒板消し作業をすれば、どうしたら人力で黒板消しをせずに機械がやれるようになるかを、ピピピピっとはじき出すという寸法だ。ロボットオーディションに通ったら費用をかけて、ウキえもんがその場で道具を組み上げるまでやりたいという。まるで、四次元ポケットからひみつ道具を取り出すかのごとく。

（とんでもないことを考えるなあ……）

ドラえもんなんて、人類の夢じゃないか。

一瞬ときめいた添田だったが、すぐに現実問題が頭をよぎる。

（二足歩行って、それだけでも結構難易度高いんじゃないのか。いや、それより、「目の前で作業をすればウキえもんがそれを機械化する仕組みを作る」……って、動作推定ＡＩを使うのかな。そこからどうやって仕組化するんだ？）

案の定、ちっとも進んでいないままもう一か月が過ぎようとしていた。

よくもまあこれだけ成果が上がらないまま離散しないものだと思う。どころか、ウキえもんの資料として全員で今週末ドラえもんの映画を観にいくことにしたらしい。

（何遊んでんだ。やっぱりロボット作るなんて口だけだったんだな。そりゃ無理だってわかってるが、視界の中ではしゃがれると気になるし目障りなんだよな）

さらに一週間が経過して、本物のロボット博物館にも行ったようだった。そこで、二足歩行がどんなに難しいかを学んできたらしい。あまりの難易度に絶望し、二足歩行を諦め、据え置きタイプに変更することになった。また、より多く情報を得るために、首が動くギミックを入れる予定だったのだが、それも無しになった。ま、そりゃそうだろう。メインのプログラムもあるのに、素人がそこまでやるには無謀だ。律歌がやだやだと不服を言って揉めたようだが、全員で説得したそうだ。おかげで、カメラ、マイク、スピーカー、プリンターなどウキえもんの最低限の材料を揃えるところまでは進んだ。

二足歩行やギミックの省略は想定内だ。しかし、必須中の必須ともいえるカメラの接続でも、しっかり躓いているらしい。

（このサル、全然目が見えてないんだな）

カメラを二台買っていたので、サル型ロボットの瞳は二つだろう。ロボットというものは距離を測る方法がいろいろある。コストも考えて単眼にすればよかったものを、目といえば普通二つあるものと思ったのかもしれない。それぞれのカメラ画像の取り込みと表示まではできていたが、物体認識のアルゴリズムを連携させられず困っているようだ。前途多難である。

毎日更新をチェックするのが日課となったのに、内容が遅々として進まないことへ我慢の限界を抱き始めていた添田は、公開されていたメールアドレスに匿名でメールを送ることにした。自分はこんなロボットオタク集団とは一線を画していたいと思っていたのだが……。

『そのカメラで物体認識をするには、ライブラリはMachine Learning_S30_for_camerasystemを使うべきですよ』

送信ボタンをポチッ。

（はー……関わってしまった……）

……ま、匿名だからいいだろう。

翌日には予想以上の感謝の言葉と共に、目が見えるようになりましたという記事がすぐにアップされた。

ようやく先に進んでくれるか。

だが、それと同じくして「ウキえもんはアメリカ人?!!!　助けて〜〜日本語しゃべってよおお」という記事もアップされる。日本語をしゃべらせるTTSスクリプトを駆動できず英語になってしまうようだ。ちなみに「人」とか「しゃべる」とか言っているが、まだ音声ファイルをプログラムで出力しようとしているだけで、ウキえもんの姿かたちなど無いも同然だ。ただカメラとスピーカーがパソコンに線で繋げられている状態である。

仕方なくメール。

『言語パックを正しく設定できていないようです。言語コード指定の変数が間違っていませんか?』

はい解決。

だが数日後には、「空間認識ってどうやるの?」という記事がアップされる。一事が万事こんな調子だ。基礎知識が足りていない。結局それからずっと、その日一日の問題事を解決する赤ペン先生のような日々を送っていた。日課のソーシャルゲームやSNSチェックなどを終わらせたあとの息抜きだ。その場で直接指摘すれば早いしもっとたくさんできるが——

しかし、名乗り出てオタク集団に加わるなんてのは絶対に嫌だった。制服をおしゃれに着崩した、クラスの中心で華やかに笑っている連中は、律歌達にどう接していいのか困惑し、触れないようにしているのを添田は知っている。自分がそっち側にカウントされることだけは避けたい。

「添田、聞いてる？」

「あ、うん。ごめん。ぼーっとして」

添田ははっとして笑顔を作った。コンタクトレンズがいつの間にか乾いていて、引っ張られるような痛みを覚える。放課後、教室を陣取って中心人物達が駄弁っていた。

「なんだなんだ、女子のことでも考えてたか？」

「おいおい、誰だ誰だー」

囃し立てられ、「ちがうちがう」と慌てて否定した。瞬時に、誰なのかを当てるゲームが始まった。俺以外のやつは彼女がいるのだろうか？　早く作らないと置いていかれてしまう。添田はロボットのことを頭からたたき出して、会話に意識を集中させた。

3・螽斯の旋律に誘われて

そんな風に、「高校生活の正解」を目指して邁進していた添田に転機が訪れたのは、超初歩のプログラミングを学ぶ「技術」の授業前のことだった。早々にパソコンルームに移動を済ませ、教師を捕まえて質問攻めしている律歌を横目に、添田は共に移動してきたグループと分かれて指定の席に着いた。正面、パソコン越しに、律歌と教師の会話が聞こえてくる。

「匿名の人が、この前の問題を解決してくれたの！　高田先生もわかんないって言ってたやつ！　すごいのよ、なんでも知ってるんだから！　会ってみたいわ……かっこいいんだろうなあ～」

俺の話をしている。

ドキッとした。褒められている。

「ええ～！　うっそ！」

教師の高田は律歌の席のパソコンをのぞき込んであごをさすった。

「本当だ、すごいなあ」

添田は鼻の下が伸びているのを隠しながら耳を澄ませた。

「できてるけど～……、ん～、独創的な書き方だね～。独り善がりというか、協調性を感じないなあ」

なんだと！

何を言ってくれてんだこの教師。

添田にはコードの美しさにこだわりがあった。だが、普通の人間には読みにくく映ったのかもしれない。

「でも動いてるじゃない！」

「そ～だけど、もっとわかりやすくできるっていうかさあ……。仲間と働いたことがない人なのかもしれないね。もしくは、知識が足りなくてこうなっちゃったのかなあ」

「えーっ。贅沢言ってる場合じゃないのよ。まあこれでいくわ！」

「ここが限界かもしれないし、あんまり困らせてばっかりいちゃだめだよ」

チャイムが鳴って授業が開始されたが、添田の耳には内容など一切入ってこなかった。

もともと超初歩のプログラミング授業なんて聴く必要もない。「協調性がない」「知識がない」と言われたコードをがんがん書き直していく。授業が終わるより先に書き上がり、腹立たしさのあまりその場で送信した。

（これでどうだ！）

リスクのある行為だが、感情的になっていた。まあ、匿名のメールを送った人物がこのクラスにいると思われたところで、我関せずに、最後まで否定すればバレないだろう。

律歌はすぐに気付き、授業の進行を無視して「先生！　匿名の人からメールが！」と声を上げる。高田は生徒に問題を解かせている間にどれどれと覗き込んだ。

「うっわー……完璧に書き直されてる。こういう書き方もできるんじゃん」

俺の実力がわかったか。

「はあ～本当に素敵なコードね！」

律歌のうっとりするような感想に、添田は頬杖をついて、対面のテーブルを眺めた。

（まあな……）

頬はゆるゆるに緩んでいた。

「でもこれ……今、送られてきたのって、ただの偶然かしら。コードの書き方の話をした直後に……？　もしかして、このクラスにいるのかしら……？」

律歌はぐるりと教室を見渡し始め、添田は慌てて顔を伏せた。やばい、と固唾をのむ。

授業後、律歌は思案顔でこちらへ歩みを進めてくる。

バレるわけにはいかない。俺には高校生活をより効率よく効果的に充実させる計画があるのだ。

「ねえ、ちょっと」

えっ。

添田はまずいことになったと思いながら顔を上げた。

「もしかしてあなた？　プログラミングが得意で、私達ロボット研究会にメールを送ってくれていたのは」

だが律歌がらんらんと輝く瞳で話しかけたのは、隣の席の原田に対してだった。

のっぽの原田はきょとんと上体を揺らしながら、「え……いや、違うけど……」と首を横に振る。

――びっくりした。バレたかと思った。

「なんで隠すの。あなた、技術の成績だってとてもいいわよね。プログラミング得意でしょう？　本当に感謝してるのよ。ロボット研究会に来て頂戴よ！　匿名くん」

「え……えと……」

原田は困惑しながら、後ろの席の友人を振り返って助けを求めたりしている。

「なんなら宇津野くんも来てよ」

目ざとくそっちも誘う律歌。

「じゃ、今日、工作室でね！　絶対に来て頂戴よ！　歓迎する準備をして待ってるから！　ああ楽しみだわっ！　強力な助っ人が増えて！　いつも感謝していたのよ。言ってくれればよかったじゃない」

大人しそうな原田の肩をばしばしっと叩くと、スキップ混じりに行ってしまった。添田は胸をなでおろした。

（なーんか助かったな……。ま、さすがに俺だとは思わないよな）

いいんだ。バレないように行動しているのだから、ギークっぽさがにじみ出ていないという証拠じゃないか。かっこいいという評価をもらって嬉しくなってしまったが、俺はスクールカースト上位の彼女を作るんだ。念のため、原田が閉じる前の画面をちらっと確認する。授業の最後にパソコン上でやらされるミニテスト。おや、九十九点。ふっ。俺は百点だ。

その日、ホームページをチェックすると、匿名のあの人がついに参加してくれた、という大喜びの記事が上がっていた。原田はC言語が得意で、彼が来たおかげで作業がぐぐっと進んだらしい。原田はその「匿名の人」を特に否定していないようだ。お礼と称してプレゼントまで受け取っていた。

（すっかり座が奪われた……。そこは否定しろよ！　あと、途中からCで書くとかめちゃくちゃになるだろうが。Python覚えるくらいしろよ。プレゼント横取りしやがって）

添田は怒りをぶつけるように閉じるボタンを押した。それを選んだのは自分だ。

――明日から匿名メールの送信は無しか。

添田は、登校しては、授業中繰り出されるつまらない掛け合いに追従笑いを送り、休み時間には話を合わせ、放課後の意味のない駄弁りに付き合い、帰宅しては「座」を奪われたロボット研究会サイトを見る日々を送った。

今日は「匿名くん」になりすました原田が、全部C言語でやろうと言い出したらしい。

（……へたくそな手を打ちやがった。勉強不足が。こんなやつが今までの俺だと思われてるとか、癪だな）

俺だってCの方が得意なのに、ロボット工学に合わせてPythonを習得したんだぞ。

いらいらしながらウィンドウを閉じた。

中途半端な奴に取られた。名乗り出ないにしろ、せめて今までの匿名メールは原田ではないことを主張しようか。

いや……だめだ。

パソコンルームでの一件。律歌と教師との会話が聞こえる範囲で、技術の成績が明らかにいいのは原田の他には、たぶん俺だ。

スマートフォンのアラームが鳴った。九時だ。ログインしなければとオンラインゲームのアプリを起動する。真剣にやる気はないが、話の参加権を得るため情報として頭に入れておかなければならないし、足手まといにならないだけの成績は維持しなければならない。

やっぱり俺には、華やかな学園生活なんて向いていないんだろうか。画面内には思い思いに着飾った煌びやかなアバターが集まり始めている。ハイテンションな効果音と共に現れたボスキャラとのレイドバトルを隅っこで適当にこなしながら、そんなことを思った。

その日、放課後に添田はいつものようにグループで駄弁るのに付き合っていた。内心早く解放されたいと思いつつ、解放されたところで特にやることもない。趣味のプログラミングくらいだが、それもなんだか最近はやる気が起こらなかった。空虚な気分だ。いったい俺は何をしているのだろう。結局俺は、空っぽの状態で高校生活を送っている。グループの連中は何かを一生懸命楽しそうに話している。自分は愛想よく微笑んではいるが、やはり何が面白いんだかさっぱりわからなかった。律歌に連れられて得意げに工作室へ向かう原田の姿を目で追ってしまう。

(何もかもばからしく思えてきた)

どうしてこうなるんだろう。日が暮れて、そろそろ帰ろうか、となってくれた頃、時間つぶしに見ていたスマートフォンに通知が入った。ＬＩＮＥじゃなくて、メールだ。匿名で使っているメールアプリ。受信箱をタップして表示された内容に釘付けになった。

『本物の人へ　体育館裏に来てくれますか？　末松律歌』

匿名メールに返信が来た。

原田が偽物だって気付いたのか？

ＬＩＮＥで俺に名指しで送ってきたわけじゃなく、匿名メールに返信したということは、まだ俺が本物の匿名の人だとは気付いていないのだろうか。

どうする？

無視することもできる。

無視するべきだ。

でも――。

「俺、用事できたから、ちょっと行ってくる。先帰っててくれればいいからさ」

こんな行動は間違っている。そう思うのに、足は体育館裏の方へ勝手に動いていってしまう。砂漠で、渇望したオアシスを見つけたように、渇いた喉を潤したいと心が叫ぶ。

体育館が見えて、添田の足は速くなっていった。息が上がる。胸がドキドキする。誰かに見られたらどうしよう。

なんだろう、いったい。俺を呼び出して……ロボットに何か問題でも起こったのか？

また目が見えなくなったのかもしれない。

おそらく偽物の原田では解決できないことがあったのだ。

（仕方ないなあ！　素敵なコードをいくらでも見せてやるよ）

添田は準備体操をするように、あらゆる問題の想定を頭の中でし始めながら走った。

体育館裏に先に来ていた律歌は、添田の顔を見てにこりと嬉しそうに微笑んだ。「あなただと思ったわ」予想が当たったからなのか、それとも、添田がここに来たからか。

呼吸がまず落ち着いて、待ち合わせ相手が他でもないあの末松律歌だということに改めて意識がいく。さすがに誰かに見られたらまずい。

「用件は何かな」

添田は急かすように律歌を見る。

「いつも助けてくれてありがとうって伝えたかったの」

予想外の答えに添田は、え？　と律歌を見た。そんな添田には構わず律歌は続ける。

「初めのメールは、ウキえもんの目が見えなくて困っている時だったわね。誰もわかる人なんていなくて、私は自分で解決するしかないって思っていたのに、ホームページを見てくれた名も知らぬ誰かからメールが来たのよ。その通りにやったらすぐに解決したわ。TTSスクリプトがうまく作動しない時も、プログラムのエラーの意味をすぐ教えてくれて……」

律歌が思い出話をし始めて、添田は戸惑いながら話が終わるのを待っていた。

律歌はようやく「あ、あのねあのね。聞きたいことがいろいろあるのよ。ロボットのこと」と切り出す。

「匿名の人が別人だと気付いているのは私くらい。でも、原田くんにもお世話になってるし、指摘してはいないの。なんかねえ、打てば響くようなあの感じが、キレが、匿名の人にはあったのよね」

それはまあ、そうだろう。と添田は得意な気分になる。明らかに自分の方が、技術が上だ。

「でも……最初はわからなかった」

律歌はそう言うと、「原田くんの方が、プログラミングができるって授業中とかに目立ってたから。でも、彼は匿名の人ではない。それなら、技術の授業で、成績がいいのに、それを自分のカラーにしないでいる添田くんなのかなって」

と、考えるように自分に頷く。

たしかに俺はスクールカースト上位でいるために、プログラミングなんて興味がないように振る舞っていたからな。添田は上位者の当然の行動だと思って疑わなかった。

そして、律歌はにっこり笑うと続けた。

「隠すなんてもったいないって私は思った。この人と一緒にロボットを作ったら、私も楽しいし、添田くんだって楽しいはず」

言葉に窮した。添田が否定の言葉を探していると、律歌は言いづらそうに付け足した。

「あなたはいつも賑やかで目立つ集団にいるんだけど印象が薄いっていうか、つまらなさそうに見えたから」と視線をそらしながら。

添田はついに黙ってしまった。それは少々耳の痛い言葉だった。

「ねえ！　ウキえもんさ、やっぱり首を動かしたいって思って、サーボモーターも買ってきて、原田くんも頑張ってくれて、それで動きそうなんだけどね、ぎこちないのよ、あれじゃだめなのよ。私は彼に感謝もしているんだけど、でも、もっと他にやり方があると私は思うの。急に無理やりC言語を当てはめたからじゃないのかしら。ねえ、あなたならどうするの!?」

律歌は畳みかけるように言う。

「戻ってきてよ！　ていうか一緒にやりましょ!?　まだまだ問題は山積みよ！　それにあなたが入ったら首がスムーズに動くかもしれないし、ウキえもんはもっともっとできることが増えると思うわ。だってあなたはあの匿名の人なんでしょう?!　直接関わってくれたら、もう、すごいことになるわよ！」

告白にも似た情熱的な誘いに、添田は生唾をのみ込んだ。

「俺が匿名メールを送っていたとは、クラスメートには言わないでくれるかい？」

言い方こそ保身の形をしていたが、添田は承諾していた。

4・秘密基地

律歌は約束を守ってくれた。添田の日常は少しだけ変わった。放課後にクラスメートと駄弁りながら、律歌から連絡が入ったら待ち合わせして問題を解決してやるようになった。無味乾燥な砂漠でカラカラに涸れるところだったが、正直命拾いしたのも事実だった。

指示通りの経路で、時間差でやってきた律歌を、添田は体育館横にある地下に続く倉庫へ案内する。

「ここって、呪われてるって噂の心霊スポットでしょう……？」

律歌は辺りを見回しながら眉をしかめている。地下のため窓もなく、湿ったような空気が漂っている。

「ああ。だから人が寄り付かない」

壊れた人体模型が壁にもたれかかっていた。古いスポーツ用品がぎゅうぎゅう詰めに押し込められている。

「スマートフォンの電源は切ってきてくれたか？」

「あ……そうだったわね。切るわ。けど……どうして？」

律歌はポケットに手を伸ばす。

「GPSの位置情報は残したくないんだ」

「そこまでしなくてもいいでしょう？」

「せめてGPSだけでも切ってほしい」

　律歌のスマートフォンがオフになったのを確かめた添田は、倒れかかったマットや床に転がった割れたカラーコーンなどを押しのけ奥に進むと、古びた跳び箱に手をかけた。十段重ねの、立派なやつだ。六段目あたりから持ち上げると添田は言う。

「入ってくれるかな」

「は？」

　跳び箱を持つ手が、重さにぷるぷる震える。

「ここでやろう」

「この中で!?」

　添田は頷いて説明する。

「この中なら、万が一人が来てもやり過ごせると思ったんだ」

「ああっ、そうね……！」律歌は戸惑いを隠せない様子で、えーとえーとと視線を彷徨わせては、「跳び箱を開ける人はいないけど、心霊スポットとはいえたまには人も来るだろうし、そしたらびっくりさせちゃうものね！　こんな場所に男女二人でいるところを見られて、教育指導とか入ったら面倒よね！」と納得してくれる。

「ああ……それもそうだな。それにクラスの立ち位置的にもな」

十段の跳び箱は二人が並んで入るくらいのスペースはある。

「とにかく……ロボットのためと思いましょ」

意を決したように律歌は頷く。

それからというもの、頻繁にここでプログラミングに取り組むことになった。

「電卓！」

律歌は跳び箱を開けながらそう叫ぶ。

「なんだよ、そのあだ名は……」

添田卓士、略して電卓だと笑いながら。

「みんなの前では絶対に呼ばないでね、いいかい？」

「はいはい、いいわよ」

律歌は慣れたようによじ登って中へ入る。

授業後は早めに連絡してくれないと既に帰っているかもしれないからな、と言っておいたものの、何かと理由をつけて帰らずに待っていたりしている自分に呆れる。

「で、これからどうしたらいいのかしら……？　特許庁のサイトからビッグデータは手に入ることがわかったけど、そこから自動的に解決案を生み出すＡＩを作らないといけないわ」

授業中でも構わずに開いてカチャカチャやっているノートパソコンを添田に見せてくる。

「機械化する機械」であるウキえもんを実現させるために律歌がやろうとしていることは、かなり難易度の高いものだった。まず、「機械化」の限界として、繰り返し繰り返し「同じ行動を」とっていなければならない。毎回違う行動を求められる仕事は機械化するのが難しいためだ。そして、目の前で起こっていることが「趣味」ではなく「労働」であることも、ウキえもんに認識させねばならなかった。同じ行動をとっていても、例えばコーヒーを豆を挽くところから淹れるのが趣味な人もいる。至福の最中にウキえもんがコーヒーメーカーの提案をするのは水を差す行為でしかない。そこで、「つまらなさそうに」していることを条件に入れた。そのためには、人物動作推定ＡＩと、感情推定ＡＩを組み合わせなければならなかった。そして目の前で行われているのが同じ動作を多く含む労働だということがわかったら、そこからどうやって機械化していくのかを考え出すＡＩを開発する。これには特許情報のビッグデータを用いることになった。

「そうだな。んん……ウキえもんはまず、目の前の状況から学習モデルを作って、数百回シミュレートして最適解を導き出すようにするのはどうだ？　最初から特許庁のサイトから探し始めるのではなく、試行回数を重ねるときに特許からも引っ張ってくる、って感じに」

「学習モデル？」

「つまり、ウキえもんが今いるところ……工作室なら工作室をウキえもんが脳内でモデリングして、広さや奥行き、机の数、椅子の数、人の数、置いてある道具の種類や使い方をまず認識する。それらを使って、たとえば机を濡れ布巾で拭くという掃除仕事を毎日嫌そうにしている人を見つけたら、どうしたらその仕事が機械化できるかを、作り上げたモデル内で何百回と脳内シミュレートを行うわけだ。そういう繰り返し作業は、機械が得意だろう。人間にはできない。それで、そのときに特許庁のサイトを参考にして織り交ぜながら使う」

「なるほど！　特許から何かを作り上げるのではなくて、シミュレーションの中で特許を使っていくのね」

「そういうことだな」

「あなたって……あなたってすごいのね!!」

大きな歓声と共に、いきなり律歌が身を乗り出してこちらを向く。

「ありがとう！　これでウキえもんが実現するわ!!」

律歌の目はキラキラしていた。

添田は一瞬、時が止まったように惚けた。

「ねえ、もうさ、隠れてないで工作室でやりましょうよ！」

初めてできたリアルの、しかも同じクラスメートのコンピュータ仲間に、添田は彩りを感じ始めていた。末松との高校生活はなんだか、多勢に無理して合わせる以上の「本物の輝ける青春」がありそうで、つい、さらにもう一歩進もうか、どうしようかと揺らいでいる自分がいた。

「現場で機械学習と試験を重ねていくことになるわけでしょう。現場にいてくれないと頼れないわ」

「プログラムができたら……そうなるけど」

「自走や首の動きもずいぶんなめらかになったのよ。それだってあなたに見せたいし」

趣味がバレたら厄介なことになる。スクールカースト上位の連中から離れることになる気がする。毎日上位陣と一緒にいるにはいるが、強固な絆があるわけでもない。自分の本来の陰キャ気質が漏れているのか、若干面倒くさがられている気もするのだ。名実ともに正真正銘の陰キャオタクだとバレたら……。

「工作室ってことは、他の人もいるってことだよね……」

「いるけど、あなたの代わりになるような人はいないわ。みんなきっと、あなたが来たら驚いて喜ぶと思う。私だってそうよ。あなたを紹介できる日を心待ちにしていたもの。だってあなたって、私達にとってヒーローよ」

悪くない。が、あくまでロボット研究会という狭い枠組みの中でのヒーローなわけだし……。

添田が迷っていると、律歌は我慢できないというように叫ぶ。

「こんなに狭いところで満足していていいの？　外に出ましょう！　現場に来てみなさいよ。もっともっと面白いことが待ってるんだから！」

たしかに、狭さで言えばこっちの方が狭いけど。だけど、教室での立ち位置が……。

わかっている。行けば間違いなく面白いということも。

「早くしないと、原田くんがC言語でどんどん勝手に進めてくのよ」

「うう〜ん……」

俺の繊細優美なコードがあいつに崩される……それはいやだ。

一度だけ、様子を見に行ってみるか？

「来てくれる？」

腹をくくって、添田は小さく頷いた。

5・それはつむじ風のように

結局それからほとんど毎日ロボット研究会に顔を出すようになり、滞在時間ものびていった。それに比例するように、サル型ロボットウキえもんは機械化のための学習を重ね、どんどん進化していく。ロボット研究会のメンバーは添田のことを「あの伝説の匿名の人」だと知って尊敬のまなざしで迎えてくれた（原田には謝られた）。今日は初めて学習パターンにない仕事「タブレット画面の指紋を拭き取る」を試したが、ウキえもんはエラーを出すことなく「自動液晶クリーナー」の設計図を出力した。

「本当に企業に採用されるかもしれないわね！　技術力と資金があれば本当にその場で道具を組み立てるまでできるんじゃない!?」

律歌が喜んで話している。添田も嬉しくなって「そうかいそうかい」と頷いて、プログラムのコードをリズミカルに打ち込んでいた。

夏休みが始まり、ロボット研究会は毎日集合してロボット製作に打ち込んだ。いつの間に申請していたのか、ロボット研究会は部活動扱いになっていて、部費でいろいろ買えるようになっていた。

電機商店街の大須に行ってはパーツを吟味。添田も買い出しに付き合った。添田はプログラミングに関しては自信があるが、電子工作自体は本でしか見たことがなく、実際手に取ると新鮮だった。それから、ホームセンターで木の板や鉄板などといったものを買って装甲を作る作業も始まった。目となるカメラ、耳となるマイク、口となるスピーカーなど、内臓が剥き出しの状態から、顔が覆われ、手足やしっぽまで取り付けられて、サル型ロボットらしくなっていく。夏休みが終わり新学期が始まる頃には、ウキえもんの見た目はほとんど完成していた。授業が終わって工作室に足を運び、サル型ロボットが迎えてくれた時、添田は達成感や愛しい絆のようなものを抱いていた。

九月のある日のことだった。

授業後に工作室に入り浸って、添田はプログラミングをああでもないこうでもないとやった後、いつものように一足先に校門に向かった。一人で帰るのも今では習慣になっていた。添田が外に出た頃にはもうとっぷりと日が落ち、月が出ていた。今日のプログラミングはかなりうまくいったな。末松も喜んでいた。そんなことを思いながら門をくぐると聞き覚えのある声に「添田」と呼びかけられた。

あ――。

スクールカースト三～六位前後の沼井だ。彼だけじゃない。みんないる。今日はこんな時間まで残っていたらしい。

「あれ、みんなまだいたの」

添田は冷や汗をかきながら、無理やり笑みを作った。

「そりゃこっちのセリフだぜ。最近どこ行ってんだよ」

沼井が見下すように言ってきた。

「ちょっとな」

添田は慌ててそう濁すだけで精一杯だった。

「付き合い悪いぜ」

同じく三～六位の布川が冷ややかに言った。

「……ごめん」

テンパって真剣に謝ってしまった。空気がどっと重くなるのを感じる。しまった。軽く応えるべきだったか。授業後の駄弁りに付き合わない仲間だっているのに。白けたような間が空いて、誰が口を開くだろうと待つしかできない添田に、

「まあまあ、自由でいいじゃん」

スクールカースト一～二位、いつも話題の中心にいる新谷が人のいい笑顔でとりなす。

「何やってんのかなって思ってただけだよ。な？」

相方の槇に投げる。

「まー添田って本心がよくわからないやつだなって……」

槇は苦笑いで答えた。

「無理しなくていいんだぜ」

新谷が困ったように言った。

この二人はいつもクラスの話題の中心にいる。常に楽しそうで、何も無理がなくて、制服を校則すれすれに派手に着崩して、イケていて。おしゃれになりたい男子はみんな彼らを真似していたし、彼らに気にいられたいと思っていた。もちろん添田もだ。

添田を待っていた訳では無いだろうが、歩き出すので自然と一緒に帰るような格好になった。危ない……。ロボット研究会に行っていることがバレたら、スクールカースト最下位になってしまうのだろうか。とりあえずこの場をどうにかやりすごそう。

その時だった。

「あ！　添田くーん、また明日ね！」

下駄箱から出てきたロボット研究会の女子の一人の阿藤が、靴を履きながら満面の笑みで大声で挨拶をしてくる。

新谷と槇が足を止め「え？」と呆気に取られている。

「添田、もしかしてあいつらのところに行ってるのか？」

槇が尋ねてくる。

前を歩く沼井が、

「うそだろ……まじか！」

と、オーバーにリアクションする。

「いや……あの、違う……違くないけど……ちが……」

否定も肯定もできない。

しまった。

「ちょ、引くわー！」

「ウケる！」

案の定、沼井と布川が手を叩いて爆笑し始める。

やらかした。

守るべき優先順位がわからなくなって、添田は立ち尽くす以外になかった。

俺の、輝ける高校生活は……？

遅れて出てきた末松律歌が何かを言いたげにこちらを見ていた。添田は思わず目を逸らした。

バレてしまった。

バレてしまった。

別れてから家路につく途中、同じことがずっと頭の中を巡っていた。

ああ、バレた！

恥ずかしさに死にたくなる。オタクだって思われた。どうしよう。

スクールカースト上位の道から外れてしまった。

でも嘘ついて隠していたのは自分だ。

あの阿藤ってやつ、どうしてあのタイミングで話しかけたりしてくるんだ。知らなかったんだろう。末松の教育が行き届いていないいじゃないか。絶対にバレたくなかったのに。ていうか今日よりにもよって、どうしてあいつらがあの時間にあんなところにいたんだよ。

「ちょ、引くわー」

「ウケる！」

沼井と布川の言葉がよぎって、思わず顔をしかめた。

ちぇっ。スクールカースト一位でもないくせに。自分達だって気に入られようと必死なくせに。新谷と槙が笑っているからそこにいられているくせに。そもそも、新谷と槙の話している内容って、流行のソシャゲだとかさ、薄いんだよな。まんまと踊らされてる感じ、俺は嫌だったんだよ。

家に帰り、飯はいらないとやけくそ交じりに叫んで自分の部屋に行って寝た。

翌朝。

添田は重い足を引きずるように教室にたどり着くと、力なく扉を開けた。日常が変わってしまったという諦めに似た気持ちで足を踏み入れる。

「おはよ添田」

「お……おはよう」

新谷に挨拶されて、添田は不意打ちを受けたように返した。

えっと……どうしたらいいんだっけ。鞄を置いて、新谷達に加わって、何を話すんだっけ。

沼井が半笑いで近づいてきて、

「添田じゃん。お前、パソコンオタクだったのなんで隠してたんだよ～」

と小突いた。

羞恥と怒りで顔に血が一気に集まってくるのがわかる。

添田は何も返せず、睨みつけて無視した。輪に加わらず、一時限目の数学の用意を机に出した。

「添田、宿題やった？　答え合わせしよー」

槇が気を利かせて話しかけてきても、添田は聞きたくないと拒絶した気持ちになった。

槇は俺の憧れたスクールカースト最上位で、俺は上位からも外れてしまったのだ。

槇には俺の気持ちなんてわからない。

わからないのも仕方ない。

俺は実際ロボットオタクだし。

卑屈な気持ちを抱えながら、やっつけのように日々を送った。欠かさず参加していたオンラインゲームにログインしなくなった。クラスメートのＳＮＳも未読だらけだ。もうどうでもいい。ロボ研にも行かなくなったし、趣味のプログラミングもやる気が起きなかった。

帰宅すると、何をするでもなく自室のベッドに寝転ぶ。

スマートフォンが鳴って、添田が通知に目をやると末松律歌の名前と『電卓、どうして最近ロボ研に来ないの？』というメッセージが表示されていた。

末松律歌。

ことの元凶。こうなったのも全てこの女に関わったせいだ。

何も考え無しに話しかけてくることが腹立たしい、と思いながらもスマートフォンを取った。

『クラスの友達にバレたから？』

続けて来た無神経なメッセージに、添田はやはり心を閉じるように電源を切ろうとした。

また受信音が鳴って、律歌からメッセージが来た。

『明日は学校来る？』

『行くよ』

それだけは送って目を閉じた。

翌朝、学校へ行く前にスマートフォンをちらりと見る。律歌から返事が来ていた。

『じゃあ明日面白いことしてあげる！　これでなんとかなるから！　私に任せなさい』

予想外の返事だった。面白いことってなんだろう。なんとかってなんだろう。私に任せなさい？　何を……？　添田は想像もつかなさすぎて半ば考えを放棄しながら、今日もとぼとぼと学校へ向かった。

校門を抜けると、校庭につむじ風が巻き起こっていた。くるくると砂と枯れ葉が舞い、長い渦になっている。珍しい、ファンタジックな光景に、添田の暗い気分が少しだけ逸れた感じがした。

教室に入る。

すると、そこにいるはずのない姿があった。

ウキえもんがいた。

律歌が、工作室に置いてあったはずのウキえもんを教室に持ってきたらしい。

「みんなー初めまして、この子はウキえもんよ！」

と紹介している。添田は立ち止まった。

「え？　なに？」

登校してきたクラスメートもざわついている。

「うへー。ロボットだあ」

メカニカルな見た目が興味を引いたらしく、男子生徒が近寄ってくる。ウキえもんはかなりデカい。本物のドラえもんより若干大きめだ。そんなウキえもんは背面電子黒板前のスペース中央に鎮座し、じーっと正面を見つめた後、ウイーンと首を動かした。

「わっ。こいつ、動くぞ！」

「はいはい！　気にせず普通に過ごして頂戴！」

気にされてちょっと嬉しそうに律歌は手を叩くと、「ウキえもんが全部機械化しまーす」なんて大見得を切っている。周囲はポカンとしたままだ。

（何を始めようとしているんだ……？）

教室にそんなもの持ってくるなんて思いつきもしなかった。

「ちょちょ、末松さん、それ、なに～!?」

スクールカースト最上位の二人のうちの一人、新谷が面白いネタを見つけたと言わんばかりに食いついた。

律歌は堂々と振り返ると、教室中に向けて高らかに言った。

「前に――始業式が終わった後くらいに、宣言したことあったでしょう。この世界から過労をなくすロボットを作るって。それができてきたのよ！」

新谷は目を輝かせて騒いでいる。

「デカすぎじゃ～～ん！」

「ちょっと触ってみていい!?」

相方の槇も好奇心いっぱいに近づいてきた。

つむじ風につむじ風がぶつかるような、「面白いもの」を見せられている。

律歌は始業前に掲示物を貼り替えようとしている女子生徒の元へ、楽しそうにゴロゴロとウキえもんを押すと、

「掲示係さん、朝から大変ね。ちょっとこの子に見させてもらうわ」

頷く女子生徒は引け腰で笑顔も引きつっていたが、お構い無しに公開実験がスタート。

大きめのロボットがじーっと観察する異様な雰囲気の中、ちょっと緊張気味に彼女は貼り替えを終える。

しばしの沈黙の後、
テレテレッテレ～♪　『液晶ポスタ～』

軽快な効果音と共におなかのポケットを模した部分から、設計図の書かれた紙が出てきた。ウキえもんの体内にはプリンターが丸ごと入れられているが、好みでスマートフォンやタブレット端末へデータ送信も可能だ。

ロボットに噛みつかれたりしないか……と、びくびくおびえている彼女を気にすることもなく、律歌はポケットから出てきた紙を抜くと眉をしかめた。

「うーん、イマイチねぇ……」

出力結果がお気に召さなかったらしい。

「やっぱサンプル数が少な過ぎるのね……」

思案顔。一体何をしようとしているのか。

添田の思考が追いつく間もなく、

「いいわ！　これから毎日、ここでみんなと一緒に学習よ！　ウキえもん！」

ぱあっと明るい顔で言い放つ律歌。

ええ……？

目の前のことがうまく認識できない。

ムードメーカーの新谷が面白げな顔で近づくと、

「ウキえもん、おっはー」

ノリノリで話しかけている。だがウキえもんは沈黙したままだ。

「ん？　こいつ、挨拶しないのかー」

新谷が残念そうに言った一言に、添田は条件反射で脳裏にコードを打った。

「あら、いいわね。挨拶くらいできるように、今日やってみるわ」

「まじ？」

「できると思うわ！」

律歌が熱い視線を送ってくる。目が輝いている。添田の心臓がどきっと跳ねた。目が離せない。できるわよね、とキラキラした目が言っている。どくんどくんと血が駆け巡っていく。

（できる……けど）

できるけど、そんなの全然できるけど……。

律歌は期待してこっちをまだ見てくる。早く早く！　すぐによ！　もうめっちゃ楽しそうね!!　いつも助けてくれるみたいにお願い、あなたにならきっと解決できるわよね？　期待されたこの状況なら、ほらもうやるしかないじゃない？

（そうだ……けど）

助けてやれるけど……解決だってできるけど……。今更こいつに関わって何になるんだ？　末松にも、新谷にも……。でも、話しかけてウキえもんがしゃべったら？　できるかどうかって思ってるこいつらは、きっと面白いって驚くだろうな。律歌は喜んで、教室には笑いが起こるかも。まあ……でも……う、う――ん……?!

律歌が、送れ送れと小さくジェスチャーを送ってくる。面白さが抑えきれないというように。添田はわけのわからない濁流にのみ込まれ、スマートフォン上で超速でプログラムを書いてその場で送った。

「あ！　きた！　オッケーできるわ！　しゃべるから見てて！」

それを聞いた新谷がにぱっと笑う。「もう!?　いーねー」

律歌が嬉しそうにはしゃいで、ウインクを送ってくる。どくどくどくどく心臓が暴れている。なんなんだこの感情は。

添田は息を整えながら、プログラムに間違いはなかったか思考を巡らせながら、しばらく彼女達を見ていた。

「ウキえもん、おっはー」

新谷が試すように呼び掛けると――

「おはよ！　ウキッ」

ウキえもんは自分が呼びかけられたことを認識し、ロボット声で返してゴロゴロと近寄った。

「お～っ!!　挨拶返した！」

「やるやん」

新谷と槙が喜んでいる。これ見よがしな律歌。

（ほっ）

無事に反応を返したことに満足し、添田は自分が褒められているような気分になる。

律歌が改めてにこっと微笑みかけてきた。ほらね、大正解じゃない！　添田は頰が熱くなるのを感じた。幽霊になっていたのに、ここに心臓があることに気付いて、まだ生きていたんだと驚くほどのリアルを感じていた。


ウキえもんが来てから、初め女子生徒達はやや怖がっていたものの、数時間もすればみんな見慣れてきたようだった。

ウイーーーン。ガッガッガッガッ。

首を動かすモーター音とプリント音がずっと鳴り響いている。二時限目の国語の授業中、教師が耐えかねて言った。

「こら、うるさいぞ。授業中は切っとけ」

「動きが無駄だらけなのよ」

律歌はビシッと教師を指さす。

「りっかちゃん、さすがに従おう……！」

美世子が席を立ってウキえもんの電源を落とす。むしろ一時限目の英語の授業時よくそのままでいられたな。

律歌がこんなことを始めるなんて添田は想像もしなかった。「何とかしてあげるわ」の一言が頭上でくるくる回って、律歌のキラキラしたあの表情が頭から離れない。添田は授業に全く身が入らなかった。

翌日、今日もつむじ風は起こるのだろうかという気持ちで教室の扉を開けた。ウキえもんはいない？　と思ったのも束の間、ゴロゴロというタイヤの音が廊下から聞こえてくる。

（あ、この音は）

ゴロゴロゴロ……

廊下からのその音は次第に大きくなって、教室の扉の前で、止まる。

律歌は胸を張ってウキえもんの背中を押し、入室させる。

（ウキえもん……）

添田は大切なものを見守るような気持ちで自分の席に着いた。

それからというものウキえもんは毎日教室に常駐することとなった。添田はウキえもんを愛でるようについ見てしまう。

昼休み、律歌がウキえもんにパソコンをつないで午前中のデータを引っ張り出していると、

「やっと昼飯か～」

と新谷。

「はいっ。ウキえもんの分な」

「おまえ、わざわざバナナ持ってきたんか」

槇の手に握られたそれを見てゲラゲラ笑っている。

「学ラン着せてみる?」

「背中、骨組みみたいなの剝き出しでなんか寒そうだしな」

「おお、似合う似合う!」

教室のみんなは折に触れてクスクス笑っていた。律歌はこちらに微笑みかけてくる。思い上がりだろうか?

相変わらず自分は見ているだけだったが、ウキえもんが元気で、律歌が笑っているなら、それでいいか。

6・暴走の果てに

二年○組と言えばあの「サル型ロボットウキえもん」のクラス——。そんなふうに隣のクラスの生徒が話しているのを耳にした。

工作部分がほとんど完了したウキえもんは、車輪での移動が大変なのもあり、放課後も○組の教室に残ることが多くなった。律歌達ロボ研はその場で、学習具合をチェックしたり、テストしたり、新しい動作を覚え込ませたりといった作業をしている。新谷や槇は教室に居残って駄弁りつつちょっかいを出すし、ウキえもん本人も大忙しだ。

「もうすぐ文化祭じゃん？　どーする？」

槇がバナナを食べながら尋ねる。

「その話ししたいな。部活ないやつちょっと残ってよー」

新谷が教室全体に号令をかける。帰りかけた生徒が足を止め、鞄を下ろした。

「そりゃあ○組って言ったらやっぱロボットっしょ！」

「だよな～！」

「異議なし！」

新谷の言葉に、沼井や布川、その他女子生徒含めそこにいる誰もが賛成していた。

（あれ……いつの間に……そんな話に）

添田もその場に付き合っていた。

「横断幕もロボットをテーマにするとか？」

「俺らのクラスのトータルデザインはロボットにしてさ、こう、歯車とかをいっぱい描いて……。あとバナナ」

「いいねえ～！」

「クラスのグループＬＩＮＥに提案書いとくわ！」

スクールカースト最下位の元凶だと添田が思い込んでいたウキえもんが、クラスに受け入れられていく。

「ＬＩＮＥといえば、ウキえもんスタンプあるんだけど見る？」

化粧の派手な赤坂がスマートフォンを取り出す。

「見る！」

「美術部の高橋さんが作ってた」

ほいっとグループＬＩＮＥにウキえもんスタンプが投げ込まれる。実写のウキえもんにラクガキをしてキュートに加工したスタンプだった。

えっ……ウキえもんの……ＬＩＮＥスタンプ!?

「ウケる～。うちも買う～！」

その場で添田も密かにポチった。

背面電子黒板前でウキえもんをパソコンから操作していた律歌が、ふと手元に目を落として首を傾げる。

「んん？　えーとこれがこうで……あれっ」

ウキえもんのモーター音がいやに大きくなった。エンジンのアクセルを踏んだ時のように。添田は思わず背面黒板の方を見た。

「わ……」

その時だった。添田の斜め後ろの席の机がものすごい音を立てて押し出されて、ウキえもんが眼前に迫ってきた。ドアが勢いよく閉まった時のような風圧だ。何人かの女子の悲鳴が上がる。グググググという回転音と共にウキえもんは向きを変えている。

なんだ!?　何が起きた？

ウキえもんはまたものすごい速度で壁の方へぶつかる。まるで我を失った闘牛のようだ。

「待って！　ウキえもん、止まって！」

律歌の悲痛な叫びが鳴り響く。ウキえもんからまた向きを変える音がする。ググググ……。目が合った。とっさに避けなければと思うが、体が言うことを聞かない。ググ……。ウキえもんが動いた。パチンコ玉が放たれたように、開いていたドアから廊下へ飛び出していく。一部の女子は恐怖で泣き出した。

「出てったぞ！」

「おっ、おい！　人いないか!?　ウキえもんは!?」

槇と新谷がとっさに廊下を確認する。

数人があとに続く。添田も廊下に出た。男子生徒が歩行している。

「逃げろ！」

「わあ！」

壁に向かって突進するウキえもんを、男子生徒は後ずさりして回避した。

「みんな！　教室から出るな！」

槇が廊下中に響き渡るように大声で叫んだ。通り魔でも現れたかというような緊張感が漂う。ウキえもんのグググという音がまた響いている。次はどこに鉄砲玉が当たるのだろうか。嫌な想像が脳裏をよぎった。ウキえもんが壊れる……！　半年と夏休みを費やして作った俺達のウキえもん！　もう何回ぶつかった?!　四回か？　既にどこかやってるかもしれない。自作ロボットに安全機構などないぞ。それに、ウキえもんが生徒を怪我させてしまったら？　職員会議なんかになったら？　ロボット開発が中止になったら？　ロボットのクラスと言われた二年〇組の評価も落ちるだろう。末松は何してるんだよ！

ようやく開いたままのノートパソコンを手に教室を飛び出してきた律歌は、ウキえもんの元へと全速力で走った。投げ捨てるように添田にパソコンを押し付けて。

「おい……っ！」

律歌はウキえもんを追いかけて走っていった。

新谷が驚いたようにその後を追いかける。

残っていた生徒達が教室の窓から身を乗り出して、

「誰かなんとかしてよ！」

「緊急停止ボタンとかないの!?」

「どうにかできないのかよ……！」

「添田、何とかできねえの？」

口々に言われ、沼井にも真剣に尋ねられた。

「そのパソコンでなんとかしてよ！」

ノートパソコンを指さして布川が言う。

原田もこちらを見てくる。

ロボ研のメンバーもこちらを見ているのがわかる。

槇が叫んだ。

「やばいぞ階段がある！　俺らのウキえもんが壊れるぞ!!」

はっとした。その先は階段だった。添田は反射的にその場に座り込むと、プログラムコードに向き合った。律歌と、あと原田と自分で作り上げてきたプログラム。その中に、想定と違う箇所がある。

「これだ。自己位置推定のためのマップのプログラムが間違って読み込まれたんだ。ここを工作室だと勘違いして動いている——!!」

添田は元の教室モデルに書き換えた。今は扉から外に出て廊下を動いていると認識させるためのプログラムに書き直していく。視界の先で律歌が、グググと向きを変えているウキえもんにダイブして羽交い締めにしている。グ、グ……、と、押さえ込まれてウキえもんの速度が落ちた。弾かれたように律歌が倒れた。新谷が律歌を受け止める。間に合え！

「落ちる!!」

槇が新谷の後を追いかけて走りながら叫んだ。

添田は最後の行を打ち込んだ。

（これでいける！）

エンターキーで実行。

（その先にあるのは、なんだ、ウキえもん！）

電波に乗ってコードが飛ぶ。わかるはずだろう!?　階段だよ！　そこにあるのは！

（間に合え……！）

キーを叩く瞬間祈るように思わずまぶたを固く閉じた。

ブン、とモーター音が沈黙する。かすかにまぶたの力を抜く。

焦点が定まらない中でウキえもんの車輪が段にかかり、がくっと外れるのが見えた。

「止まっ……た」

一呼吸。

辺りには静寂が舞い降りた。

倒れていた律歌が新谷に支えられて体を起こす。

ウキえもんは落ちてはいない。

パソコンを床に置いて操作していた添田は、息を切らしてまだ放心していた。

「すげー。止まったじゃん」

呆《ほう》けたような誰かのつぶやく声が耳に聞こえた。

「おまえほんとにパソコン得意だったんだな」

「やるやん」

「よかった……！」

前から後ろから口々に褒められている。頭をわしわしされた。

添田は照れながら立ち上がり、律歌を見る。

ウキえもんの手を引いて戻ってきた律歌はにっこりと微笑むと、

「ありがとう電卓！　……あ、添田くん」

しまったと言いなおす。

「電卓でいいよ、もう」

律歌は一瞬驚いたように息をのんだ。でもすぐにまた微笑むと、大きな声で頼んできた。

「そう！　電卓、ウキえもんの修理を始めなくちゃね」

律歌はそう言うと教室に戻り、キコキコとドライバーを回して、ウキえもんの修復作業を開始した。

「うん」

汗が光っていた。涼しい顔で、入学してすぐのあの頃と何も変わらずにそこにいる。ロボットで世界を変えたいと言い出した時も、初めてメールを送ったあの日も、技術の授業で俺に気付かずに褒めている時も、気付いて体育館裏に呼び出した時も、クラスにバレた後も何にも変わらずに、カラフルな日常を作り出している。俺は何度その恩恵を受けたことか。

「うん」

添田はもう一度頷いて、律歌の隣の席に座る。大好きなプログラミング作業をスタートした。目に入ってくるコードが躍っている。耳に聞こえてくるざわめきが心地いい。キーボードを叩く指が楽しい。世界ってこんなに楽しかったっけ。

「末松……」

「ん？」

「いや、なんでもない」

この気持ちにぴったり合う言葉が見つからず、添田はありがとうと心でつぶやいた。砂漠の中のオアシスで大きな魚を見つけたような気持ちだった。

第八章　高校時代　下

1・本気の戯言

文化祭も体育祭の横断幕も、しまいには合唱コンクールでさえ『ロボット』という曲になった。○組はなんでもロボットを絡めては盛り上がって、それによってロボット研究会の知名度も増していき、他クラスや他学年からも入部希望者が増加した。律歌は誰でも受け入れて、ウキえもんを進化させた。新しいロボットを作りたがる者も出てきて、ロボット工作は学校の名物となりつつあった。添田にとってそれは奇跡的なことだった。誇れることだった。

秋は過ぎていき冬になり、文化祭の後参加したロボットオーディションの結果が学校宛に届いた。帰りの会で受け取った律歌がその場で開いた。結果は不採用だった。教室はひとたびしんとなり、クラスメート達は顔を見合わせている。律歌がしくしくと泣き出して、新谷が「頑張ったよ！」と声をかけて、拍手した。それに追従するように、温かな拍手に包まれた。添田も拍手した。不採用なのは残念だが、それより大切なものが手に入ったと思っていた。新谷の提案で、明日盛大にお疲れ会をやろうということになり、数多の候補の中からチェーンの焼き肉屋の「あみにく亭」に決まっていく間、律歌が寡黙にどこか遠いところを見ているのが気になった。

「とゅーわけで！」

「明日、あみにく亭な！」

「予定空けとけよー！」

「ウキえもん連れてく係はよろしくな！」

と口々に言い合って帰路につくクラスメート。律歌はその中には加わらず、背面電子黒板の前のウキえもんと対峙している。

「電卓」

震える声で律歌が呼びつける。自分を求められて、添田はどきっとした。

暗い雰囲気の律歌の隣で頭をなでたりしていた女子達が、その声で身を引くように、

「じゃあ……電卓くん、りっかちゃんをお願いできるかな？」

と、添田にバトンタッチ。

教室に残ったのは添田と律歌だけで、とても静かになった。

「ねえ電卓」と律歌は再び暗い顔で言う。「どうして、落ちたのかしら。なんで……」律歌はそれだけを絞り出すように口にすると、肩を震わせる。

添田はその質問に答えるべく、振り返って課題点を洗い出そうとした。そりゃ、まあ、いろいろあったさ。まず――

すると律歌は目の前のウキえもんを、

「こんなことになるなら、私の青春を、返してよ、ウキえもん！！！」

えっ、と添田の思考は停止した。

ウキえもんをひっくり返そうとしている。

律歌の両手が払われて、ウキえもんが傾いていく——それらがスローモーションに見える。

「す、末松!?」

反射的に駆け寄る。半ば下敷きになって受け止めようとした。

頭にガツンと何か硬いものが当たる。痛みが到達するよりも先に、頭に当たった部位はどこだと目で確認する。ウキえもんの腕だ。俺の頭に当たったことで三十度ほど曲がった。腕ならいい。飾りだし、すぐ直せる。問題は脳みそと首と神経だ。落下時の衝撃をどう緩和するかを必死に計算して受け身を取る。右手でウキえもんの頭部を、左手で首の付け根を押さえて、そのまま床へと倒れ込む。この間、二秒もない出来事だ。どうしたんだ末松。こいつは俺らの青春のトロフィーじゃないのか!?

なんとか無事に……おそらくだが、なんとか無事に受け止めて、添田は慎重にウキえもんを床に立て直す。

「私は!!　青春を捨てて、ロボット研究に全部捧げたっていうのに！！！　ウキえもんの顔なんて見たくないわ!!」

「いや!!　ちょっと、待って!!」

添田の大きな声に、さらにショックを受けたような律歌の泣き顔。その顔にさらに混乱する。深呼吸をしてどうにか冷静になろうとした。言われたことを改めて考える。青春を、捨てて……？

「青春を捨てて、って、どういうこと？」

「ロボットで過労を消し去るっていう夢のために、高校の青春を捨てたってこと！」

「そ、そうかな？　青春だったと思うんだけど」

このウキえもんと、末松のおかげで、一生モノの本物の青春ができた。

「青春なんていらなかった！　だって私は、ロボットで世界を変えなきゃいけないのに……！　それこそが目的なのよ。始めた当初も、道半ばも、今だってそう！　それ以外なんて何もいらない！　私は——私は悪魔に魂を売ってでも、この世から過労を消し去ってやるのよ！！！」

まくし立てるように言われ、添田は気圧された。

「仕方ないよ。そんな普通科高校で、受かるはずない。落ちるのは仕方ないさ。無理に決まっているんだから……そんなに落ち込むことはないよ」

なんとかして落ち着かせようと試みる。

「無理だとか言わないで！　私は本気でやるって言ってるし、今も思ってる！」

う。また怒らせてしまった。

「私は本気だった。一番初めから——ロボットオーディションの広告が表示されたのだって、私が常に情報を取りに行っていたからよ。ロボットで過労を消し去るための方法を。ロボットオーディションに受かれば、企業が技術とお金を投資して世に出回らせてくれるって広告を見て、これしかないって思ったの。それでクラスに訴えかけたりもした。実際に行動だってしてきた。それはあなたも見てたでしょう?　自分の力が足りない時は、その力を持っている人に助けを求めたりもしたわ。諦めたりなんて一回もしなかった」律歌の目には怒りの炎が揺らめいている。「無理じゃない。できると思ってる」

そう言われてみると――添田は言葉に詰まった。

そうか……本気だったんだ。たしかに、振り返ってみると、口を開けばロボットのことしか言わなかったしな……。不採用通知を見て泣いてたし……。

「なんで……なんで落ちたのよ」

本気だという律歌の疑問に、添田も本気で問題点を考えてみた。

「機械学習のサンプルが圧倒的に足りなかったんじゃないかなあ。あとは、電子工作も甘かったと思う。最後は時間に追われてテストも十分にできなかったしなあ。あと……」

律歌の顔が曇っていくのがわかった。あれ。まだ足りないのか。

「あとは、ドラえもんの映画なんて観てる場合じゃなかったね。ロボットの資料って言ってたけど、ロボットの資料なら図書館にあるよ。それに、工学の基礎知識だって足りていなかった。人数だけ無駄に増えてって、肝心の工作がちっとも進まなくて……」

ちら、と律歌の顔をまた見る。怒ったような泣いたような顔をしていた。あ、あれ

「……？

「だから俺は君はただ青春がしたいのかと思ってた」

沈黙ののち、律歌は深いため息をつくと、少し考えるように腕を組んだ。

「それはその通りだったかもしれない。でも、青春がしたいというのは違うわ」

そうなのか。

本当の自分を存分にさらけ出して、その上でクラスの中心にまでなるなんて、羨ましいを通り越して、添田は尊敬していたけれど——末松律歌は誰よりも高い成果だけを望んでいたのかもしれない。

「言ってくれればよかったのよ。遊んでるって思ったらその時に」

「え……？　俺が、君に？」

「私は遊びたいわけじゃないもの」

「でも、遊びだしたのは、末松だろ？　あと、全教科赤点で、夏休み補習ばっかりで……」

赤点リーダーなどと囃し立てられていた。その補習講義も、ぞろぞろと律歌の取り巻きが顔を出しては、差し入れだとか、ロボット工作の進捗報告だとかを、教室の廊下の窓から好き勝手に、無秩序に、楽しそうに、過ごしていた。

「普段からロボットを優先させてたんだからそうなっても仕方ないでしょ」

そんなことはない。

「いや、俺はプログラミングもやりながら成績は上位一割をキープしていたよ。プログラミングコンテストで入賞もしたことあるし。ウキえもんロボットを作るために、やったことなかったPythonだって新たに覚えたし」

「えっ!?　Python元々知ってたんじゃなかったの?」

「全然」

それは……すごいわね、とまた律歌の顔が曇る。律歌を悲しませたいわけではないのだが、うまく伝わらないことに添田は慌てた。

「ロボットで過労のない世界を作るっていうなら、そもそもそんな成功する確率の低い手段に時間を費やすんじゃなくて、高校時代はひたすら勉強して、ロボット工学を学べるいい大学に入ることを目指すかな。そっちのほうがよっぽど効率的だし現実的だ」

「受験……?」

「N大の工学部とかね」

「私が?」

「そう」

律歌は想定外だというように目を丸くしている。

「私が、N大に入るの?」

添田は頷く。それが一番いいだろう。

「俺はN大を受けるよ」

「その方が、私の夢に近づける……？」

律歌はまた考え込む。

いいところを受験して、学びたいことを学びたいだけ学んで、影響力のある地位にでもなんでも就けばいい。どうせ受験はしなきゃいけないいんだし、人生において限られた期間頑張るだけだ。

彼女もそれは一理あると考えたようだ。決意を込めた表情で頷くと言った。「いいわね……私やる！」

進級して三年生になると、高校生活最後の思い出作りの後はもうすっかり受験一色へと染まっていった。もちろん添田もだった。大学——大学院まで含めて——といえば最終学歴だ。一生ついて回る肩書だ。この武器を引っ提げて、就職試験、ひいては出世まで戦っていく。今や添田は朝起きてから登校するまでや、休み時間、重要度の低い授業中や問題を解き終わった後、移動中、食事時や入浴時、入眠時の僅かな隙間時間さえ、無駄にしないで受験勉強に励んでいた。

N大に入れば好きなプログラミングについて専門的に学ぶことができる。地元の有名な国立大学で設備は整っているし、尊敬もされる。就職にも有利だ。

（末松も、俺と同じN大を受けるって言ったたし）

苦しいのは今だけだ。華やかなキャンパスライフを送るんだ。

「ねえねえ電卓！　電卓いる？」

ガラッと教室の扉が開き、その声に添田は顔を上げた。末松だ。添田は立ち上がると、デジタル単語帳をポケットに入れて近づく。

三年生になって律歌は違うクラスになった。工作室に協力者を集めてロボット工作に明け暮れていて、たまにこうして質問しに突撃してきたものだったが、さすがに夏休みの夏期講習が始まる前にはもう来なくなっていた。学年を飛び越えて、ロボット活動は広がりを見せているという。それ自体は素晴らしいが、三年生になった我々はそうもしていられない。

「どうしたの？」

律歌はにこっと微笑むと、

「ここ教えてくれないかしら？　後輩達も困ってるのよ～」

「どれだい？」

添田は腕をまくって覗き込んだ。

そう言って律歌が見せてきたパソコン画面に表示されていたのは、教科書や問題集ではなくプログラミングコードだった。

「あれ？」

「え？」

難関のN大受験のために勉強しているんじゃないのか？

「受験勉強は?」

ああ、そんなこと? というような顔をして律歌は視線を逸らす。

「私の夢はロボットで日本を過労から救うことよ。そのためにはロボットのことから一秒でも離れていたらだめなのよ」

「N大を受験することはやめたの?」

「やめてはないけど……」

律歌は少し口を尖らせると、「でも、ロボットから離れることはできないわ」

「もう少し遊びたいってこと?」

「遊び? 違うわ」

「でも……どう見ても遊んでるよ。ロボットの開発者になることはやめたの?」

添田は無理やり笑みを作って尋ねた。

「やめてないわよ。このままロボット作りを続けていたら、そうしたらもう開発者よ?」

「そうだね。アマチュアの」

思わず嫌味が出た。

「……何が言いたいの?」

含みがあることを感じ取った律歌は、反対にじっと睨み据えて問い返してくる。

「夢見るのはここまでにしといた方がいいんじゃないの?」

「夢見てるんじゃなくて、本気で実現させようとしているわよ」

「本気じゃないじゃないか！」

添田はショックだった。真剣にしたアドバイスが全然響いていないことや、律歌が思った以上に遊び人であること。

「なんですって？」

「だって、君は何もしていない！」

その一言で律歌はカッと頭に血が上ったように叫んだ。

「違うわよ！　いろいろとやってるの――」

「じゃあ何をやったんだい？　君は？」

「え……？」

添田は冷ややかに律歌の目を見据えて、問いかけた。

「言ってみて？」

律歌は口をつぐむ。そしてもごもごと「それは……普通科高校にして、ロボットの歴史的なオーディションに出たわ。今年だって出すつもりよ」

N大に行くって言いながら、正反対なことばかりしている。

俺は末松と一緒にN大に行きたいのに。

「一度でもなにか賞が獲れた？　夢に繋がるような、審査員の目に留まるようなことをやれた？」

「留まったと思うわ！　もちろん繋がってる！」

「それじゃ、研究室に招待でもされたのか?」

「そういうのは……特には……されてないけど……」

「俺はされたことがある。経済産業省商務情報政策局長賞を獲った時に、N大の工学部通信工学の研究室に呼ばれて准教授と話した」

と言っても本当に話しただけだ。そのあと准教授の指示で研究室の学生にN大を案内されて、ここではこんなことが学べるとか大学の中を紹介されて、君はぜひ入学するといいよ、と言われた。もちろんそのことは面接試験のネタにするつもりだが、それ以外に何かのアドバンテージになるわけでもなさそうだった。

「君の何が、夢に繋がってるんだ?」

「それは……見てわかるでしょ」

「わかるわけないだろ、まるで繋がってないんだから」

つまり一番重要なのは受験なんだ。

「そんなのを繋がっているって言うなら、俺はもちろん、ロボット開発に繋がっているだけなら、オーディションに関与したクラスメート全員だって繋がっている。高専のやつらはもっと繋がっているだろうな。君だけが特別にどう繋がっているんだ?」

「でも……私は真剣で……」

律歌は口をつぐむ。

「真剣? 熱意があったとして、それでなにが変わる? 何を変えたことがある? 普通科高校として受験勉強をしているだけ、他の生徒の方が君よりまだ日本を変えられる可能性は高いんじゃないのか？」

どうしてこんなことがわからないんだ。

「受験なんて、しようと思えばいつだってできるじゃない！」

考えが甘すぎる。

「じゃあもう一度聞こうか。君は受験もせずにロボットでどうやって日本を変えるつもりなんだ？　君は両親がいないんだろう。このご時世だから、施設から受験のための費用を援助してもらえると思うけど、それだって無限じゃないよね？」

「今年限りよ」

「そうだよな」

楽観的な律歌の絵空事にイライラして言葉が止まらない。

「今、どんなに一生懸命開発したって、素人の域を出られないと俺は思う。だからほら、まだ形になんてなっていないだろう？　学生のうちからそんな風に仕事にしていくのはごく一部の天才だけだ。ロボットオーディションは選外だし、末松は俺にさえプログラムの知識で負けている」

「うるさいっ」

「だ、だって！」

怒りの感情をぶつけられたが、しかし添田も止まらなかった。

「N大行くって言ったじゃないか！　N大行けば、好きなだけ開発だってできるのに！　また俺とプログラム書くことだってできるのにさ……。それよりも今の楽しいことを優先するんだって、そういう口だけの君を見てると腹が立つんだよ。資金も、資格も、知識も、経験もない学生のくせに。しかも受験生だ。施設からもせっかく受験の支援をしてもらえるのに、それを捨てて、少し先に確実にある絶好の環境も放り投げて、ないない尽くしのこの場所で今、素人がロボット開発に全部懸けるって、そんなのアホだって言ってんだ。いつだってできるだと？　できるかよ。その時は今より環境も悪くなる。施設はもう受験の支援はしてくれないんだぞ。金も権利も経験も支援者も何もない高卒の身分で開発？　本当に今の世の中をわかった上で言ってんのか？」

世紀の格差社会と言われる今の世で？　人工知能のブレイクスルーを経て、人工知能の上に立ち機械と人を使役する者と、人工知能の下に自動的に派遣され消耗品のように働かされる者の間には、巨大な格差が生まれていた。

「その時に限界を感じたら今度は働きながら受験勉強するってことなんだよな？　出遅れた場所から、今より不利な環境で？　言い訳でもしながら？　俺はN大で研究してるかもしれないのに？」

律歌は添田を睨みつけている。癇に障ったらしい。だが添田は続けて言った。

「今、学生のプロにもなれないで、これから先、いったい何のプロになれるっていうんだ！」

「できる……かもしれない、じゃない！　このまま独自に研究を続けて研究者になれる可能性だってゼロじゃないわ！　面接だって、活動がプラス要素になるかもしれないし！　そしたら受験勉強なんてしなくったって――」

「ああたしかにそれで夢が叶っていく可能性はゼロではないよ」

俺だって使えるものは使うつもりだ。面接での武器は多い方がいい。でも、それだけで受かるだなんてさらさら思っていない。受験のメインは筆記試験での点数だ。

「あるさ、今から俺がバンド組んでメジャーデビューできる確率と同程度にはね。野球部に入ってプロ野球選手目指したっていい」

律歌は明確にイラっとした顔でこちらを見ている。

「資格は何を持ってる？」

「資格？」

「工学部受けるんだろ？　基本情報技術とか応用情報とか。ちなみに俺は応用の方持ってる」

基本情報技術者試験、応用情報技術者試験。どちらも工学部には有利な資格だ。応用の方がレベルが高い。

「持ってないわよ、何も」

「俺は英検二級、数検準一級も取ったぞ！　受験のために」

律歌は押し黙る。

「人生を棒に振る気か？　一生の問題なんだぞ？　だから俺は今勉強しているんだ」

顔が真っ赤に染まっていた。

「あ、あなたには無駄に見えるかもしれないけど、私はこの開発に全てを懸けているのよ！　人生を棒に振る？　馬鹿言わないでよ。私は人生を、今まさに、賭けているの！　いつだってそのつもりで生きてるのよ」

震えるような声で、小さく「わかるでしょ……私はいつだって、本気なのよ。たしかに結果は出てないわよ。でも、手を抜いているつもりはない。……これ以上どうしたら……いいのか、わかんないだけよ……」と。

「だから！　正攻法で研究者になればいいだろ」

「研究者……」

「N大の工学部に入れって最初から言ってるじゃないか！」

有名な地元の国立難関大学だ。

「そこにいけば、思う存分研究できるのに！」

それが答えだ。しかも、俺だっているのに！「ロボット開発者への道も開けるし、それに俺らは受験生だ」

「でも、私は……テストの成績だって捨ててきたわ……。それに本当は、理系科目って苦手なのよ」

「やらないうちから諦めるの？」

「そうじゃないわ」

「じゃあ今すべきことは？」

「工学……の、勉強を……」

その返事に添田は「ばか」とつぶやいた。

「受験、勉強だってば」

そう言われて律歌は思案顔になる。

「……工学を学びたいのに、工学を学んじゃいけない期間を作らなくちゃいけないなんて、おかしいと思わない？」

「思わない。受かってからいくらでも学べるから」

「ふーん……」

律歌は考えこむ。しばらく黙って、でも、決意を込めて上げた瞳には、らんとした光がともっていた。

「うん……そうね。あなたの……言う通りかもしれないわね。じゃあ、わかったわ！私、受験頑張る！　ちゃんとやってみようと思う!!」

十分の休み時間、添田は相も変わらずデジタル単語帳をタップしていた。発音を音声で確認しながら、念仏のようにぶつぶつ唱えつつ。

「電卓！　電卓！　電卓！」

添田が単語帳から目を離すと、目の前で腰に手を当てた律歌が呆れ顔で立っていた。

「もう！　十回も呼んでるんだけど」

「ごめんごめん」

十回も？　気が付かなかった。

「相変わらず本当にすごい集中力なのね」

隣のクラスからわざわざ来て、いったい何事だろう。もしロボットの相談なんかしてきたら、その時はもうそれで最後だ。

「全国模試の結果が出た！　一緒に見て！」

用件がロボットじゃなくてほっとした。

律歌は勝手に隣の席に座っておそるおそるタブレット画面をタップする。

「E判定……」

ぼそりとつぶやく律歌。第一志望N大学の合格可能性判定は最下位ランク。甘い戯言ばかり言っている律歌に容赦なく現実は突きつける。

「ああもう！　なんでE判定なのよ……！　なんなの、ムカつく！　ムカつくムカつくムカつく！　私のこと、もっと評価するべきよ！　私はね、この日本の将来のことまで考えているのよ!?　それを、E判定だなんて……。ふざけないでよね!!　ねえっ、そう思わない!?」

勉強をサボっていたんだから当然の結果だろう、何を嘆いているんだと添田は思った。

まあこれでさすがにちょっとは勉強するんだろう、とも。

「あ、でも今日はこれから、工作室でミーティングがあるんだわ。行かなきゃ～！」

「ええ!?」

　驚きのあまり、カシャンと単語帳が落ちた。

「受験に集中するんじゃなかった……の？」

「だって……受験勉強中だって、活動はあるもの」

「それでどうやって集中するんだ？　また口だけなのかい？」

「く、口だけじゃないわ……！　ほらロボット開発をさせてくれる企業とか、そういう人脈につながるかもしれないし、そうしたらそもそも受験だって必要ないしっ」

　律歌の受験に対する意識が、いや、人生設計が、甘すぎて甘すぎて、歯が溶けそうだ。

「ロボット開発？　君がやってるのはただのままごとじゃないか！」

「ままごと!?　何よそれ！」

「研究の人脈作りだなんて言ったけど……どうせ、そんなままごとに付き合うようなやつも、ままごとやってるような戯言人間なんじゃないか」

「ひどい言い方ね。そう言う電卓だってロボット研究会に参加してくれたじゃない！」

「そうだよ。あれは青春だったから――つまり趣味だ！」

　趣味を趣味と思って参加しているならいい。悪いのは、やっていることは趣味なのに、自分はプロだと勘違いしているやつ。そういうやつは戯言人間だ。

「私は趣味じゃなかった。本気で研究者になりたいの」

「だったら！　なんで勉強しないんだ‼　今のままじゃままごとだってのは一目瞭然だろ！」

「じゃ、じゃあ！　どうしろって言うのよ！　ロボット研究会だってあるのに‼」

「そうだね君にはロボット研究会があるもんね。せいぜい楽しんだらいいんじゃない。もうすぐドラえもんの新作映画も公開するってさ」

「ばかにしないでよ！　私は本気だって言ってるでしょう！」

「俺だって本気だ！　本気でばかだって言っているんだ！」

「本気でって……？」

「受験生にもなってロボット製作なんかやるなんて、遊んでるのと同じだ。もういいよ。N大には俺一人で行く。末松と一緒に行けたら楽しそうだな、なんて、俺も甘かった」

もう次の授業が始まる。貴重な休み時間を使ってしまった。ああ……デジタル単語帳が床に落ちてる……。添田は急いで拾い上げると、猛スピードでスワイプし始めた。

「ちょっと……！　こっちを見てよ電卓！」

律歌がまだ何か言っている。

「た……たとえ、今いるみんなには失望されたとしても……？　それでも……私には、私にはやらなくちゃならないことがある。私は両親を殺した今のこの国の制度を許さない」

添田は戯言は聞きたくないと、単語帳の音声を再生した。

2・蟻の冬

添田は夜明けとともに登校して誰もいない空き教室に鞄を下ろした。十月になり、あたりはまだ薄暗く、自宅でやるより集中できる。チャイムが鳴るまで、二時間。今日は世界史の問題集を一時間、化学の問題集を一時間という配分だ。閉めたばかりの扉がガラッと開いたかと思えば、そこに末松律歌が立っていた。

「おはよ」

挨拶をされても添田はぽかんとして見てしまう。なんでこんな時間こんなところにいるんだ。相変わらず突拍子もないことをする。

「よくここがわかったな、なんでここまで？」

「見ていたの。あなたのこと。あなたのやっていること全部やれば、嫌でも受かると思ったのよ。私って天才かしら。あなたの受験勉強はすごいわ！　あなたって本当に無駄がないのね！　移動時間も、ご飯を食べている間も、トイレに行く時でさえ、あ、もしかして入っている間も？　ずっと勉強しているのよね。徹底されていて、驚異的だった。これだったら間違いなく受かるって思った。ロボットの時もそうだった。あなたは結果を出す人だから。お願い、あなたのやり方を真似させて！　邪魔はしないから」

興奮して声が上ずっている。

律歌は、隣の席に座って世界史の問題集を起動した。

「私も同じ問題集を買ったわ！」

「それが、末松に合うやつだと、いいんだけど」

律歌は「そうね」と頷くと、問題集を開きながら、さり気なく言った。

「それに、ロボット活動は引退したわ」

「当然だね」と返す添田の脳裏に、ロボット製作をしていた日々が一瞬よぎった。色鮮やかに輝いた日常に、胸が切なくなった。もう今は受験生だ。目指す方向はまるで違う。青春の日々じゃない。結果のための日々だ。

一時間くらいが経過した頃。「ああもう疲れたわ」と律歌は言うと、添田の肩をつつく。

「少し休憩しない？」いい調子に問題を解いていたので、若干煩わしくはあったものの、添田は「少しなら」と頷いた。

「これどうぞ」

律歌は小さな包みをそうっと開けて差し出してきた。

え？

添田は固まった。

星型やら格子模様やらの……「これってまさか、手作りクッキーじゃないよね？」

「手作りよ」

律歌は少し頬を赤らめてそう言った。

聞き間違いじゃない。

あんぐりと口が開く。

「手作りって時間かかるだろう?」

自分には炒飯を作ったくらいしか経験がないが、それだって材料を買うところから調理、ボウルやフライパンの洗い物、食器の洗い物まで、外食やカップ麺よりずっと時間がかかる。

「そうねぇ」

「こんなの作ってる場合じゃないんじゃないの」

添田は焦ってきた。なんでそんなもの作ろうという発想になるんだ。受験生なのに!

黙っていると律歌は不満そうに唇を尖らせた。

「こんなの……って。いらないの?」

「……俺は勉強する」

「食べてくれないの!?」

非難めいた色を帯びる。「じゃあもらっとく!!」添田はひったくるように受け取ると鞄に突っ込んだ。

「じゃ、勉強しよう!!」

おざなりの受け渡しに律歌はふてくされたように「わかったわよ!」と言うと、諦めたように席に着いた。このままじゃ律歌が落ちる!! クッキーなんて焼いてる場合じゃないのに。ロボット開発者からパティシエに進路を変更したのか？　クッキーを思い出すと、律歌が遠く遠く感じる。鞄の中のものを早く処分してしまいたい。食事の時にさっさと食べてしまおう。


日が短くなって、まだ真っ暗な中、律歌はなんだかんだで一日も欠かさず早朝学習に来た。ハロウィンの日に律歌だけ妙な格好をしていたが、勉強はしていた。律歌がやかましすぎると油性マジックで×を書いたマスクをつけさせた。はいはいごめんなさいね、って渋々黙って勉強。二時間早く早朝に登校するというのは夜早くに寝るということだ。眠れなかったら睡眠が短くなるということだ。ちゃんと睡眠は取るように言っているのに、律歌はよく失敗して洗濯ばさみを頬に挟んでいた。やつれて目の下にはクマができていた。艶々だった髪も、

「髪がボサボサだな」

添田は何の気なしにつぶやく。

「……っ！　女の子に向かって、いちいち言わなくていいわよ！　うるさいわね。電卓だってそうじゃない！」

添田はぽりぽりとこめかみを搔いた。

「たしかに」

それから黙って問題を解き始める。

と、思ったら、律歌は髪を掻きむしって何やらブツブツ言っている。

「電卓に髪がボサボサって言われたわ……っ。もう受験なんて嫌……！　時間がない中一生懸命ここまで来ているのに。それなのにそんなこと言うなんて、電卓は私のこと嫌いになったんでしょ！」

添田はぽかんとして言った。

「なんでそうなるんだ？」

「なんでって……、ボサボサなんて言うからよ！　気になって勉強なんてできないわ」

「ボサボサだって勉強できる」

「またボサボサって言った！」

む、と律歌は頬を膨らませる。

「ボサボサだっていいじゃないか！」

身なりの問題で受験に落ちるなら問題だが、そこまでではない。髪まで手が回らないくらい一生懸命勉強している証拠だ。

「よくないわよ！　連呼して……もういい知らない！　美容院行ってくる!!」

添田は両手で机を叩いた。

「なんでそんな時間の無駄なことばっかりするんだ！　また勉強時間が減るじゃないか！　俺は末松とN大に行きたいのに！　このままじゃ末松が落ちるだろ！　もっとちゃんと勉強してくれよ！　ボサボサでもくしゃくしゃでもツルツルでもいいから！」

添田はそう言うと気を取り直して勉強を再開した。もう律歌が何か言ってきても無視だ。そのうち律歌は静かになって、また勉強を始めたようだった。

空が白んできて、チャイムが鳴る直前まで二人きりの無言の時間が続く。タブレット画面をタッチペンで押して問題を解いていく。持参の充電器はついに五個になっていた。時計の針が八時二十五分を指し、そろそろ教室を移動しないとなと思った頃だった。

「あああ！」

律歌が素っ頓狂な声を上げた。

「古文の宿題忘れてた！　二時間目にある！　まずいわ！　もう……どうして早く気が付かなかったのかしら。今やれたのに……」

ん？

「結構量多かったのよ。もう無理ね。諦めましょ。今からじゃ間に合わない」

「古文……？」

そう言われてみると、自分も古文があったような……。

「わあああ!!」

思い出した。

「どうしたの？　もしかして」

「俺、古文一時間目だ!!　宿題、やってない！」

「あら。珍しい」

添田は大慌てで古文のアイコンをタップする。

間に合わない。だが、古文の先生は提出物にうるさく、成績も提出物の占める割合が大きかった。落とすわけにいくか!!

添田は息もつかぬスピードで単語を調べて現代語訳を始めた。

「もう間に合わないわよ！　一時間目でしょう？　あと三分でチャイム鳴るわよ」

無言で、書きなぐるように入力しまくる。

「え……ええ……っ。ど、どうしようかしら、私……。先に自分の教室行こうかな……うーん」

「俺は死んでもやってから行く!!」

タブレットから目を離さずに叫ぶ。

「わ、私も手伝うわ。同じ範囲でしょ。手分けしてやりましょ！　私は後ろからやってくから！」

結局ホームルームに若干遅刻したものの、提出には間に合った。四分の一くらいは律歌が写させてくれた。あなたって本当にすごいのね、普通諦めるわよと、何度も言われた気がするが必死すぎてあまりよく覚えていない。とにかく間に合った。

さらに一か月が経った頃、いつもの早朝学習で律歌が喜び勇んで駆け寄ってきた。

「やった！　合格判定がEからCになったわ！」

「そうか、最低ラインには立てたね」

添田は頷くと、「じゃあ間違えた問題はどこだい？」と尋ねた。

「ええっと弱点は、理数系科目で……あと英語の長文と……」

二人でタブレット画面を覗き込む。今後の方針を話し合うと、添田は漢字の練習に戻った。

「あら、漢字やってるの？」

「うん。苦手なんだよ。今まで捨ててたくらい」

「ふーん。あなたにもそういう分野あるのね」

「まあね。今週から朝の三十分は漢字やることにしたんだ。で、トイレに入った時、朝に間違えた字を三回壁に書く」

律歌は不思議そうに言う。

「あなたは本当に勉強をずっとしているわ。どうやったらそこまでやれるの？　心底感心するわ。飽きたりしないの？」

律歌はカチャカチャと何かを組み立てている。透明な丸い入れ物に柄を差し込んで――

「普通だよ。一生がかかってるんだから。N大に入ったら、好きなだけ遊べるし、望んだことを好きなだけ学べるし、国立なら尊敬される。そのためには今頑張らないと」

組み立てたプラスチックのワイングラスを二つ並べている。

「勉強しない瞬間が少しでもあると不安になるよね。安心しないとトイレから出られないよ。はは」

「え」

「ところでそれはなんだい？」

「祝杯を――」

目と目が合った。祝杯？　何の話だ？　じーっと見合っていると、律歌は鞄から出しかけたシャンパンボトルをしまった。代わりにタブレットを取り出した。やっていることが信じられない。どうしてEからCになっただけで祝杯とかいう発想になるんだ。でもって、ワイングラスをわざわざ用意してくるってなんだ。その時間が無駄だとどうして気付かない？

「遊んでないわよ、遊んでない」

律歌が先回りするように言って首を振っている。

「勉強、勉強！！！」

添田は呆れとか苛立ちとか懇願とかを全部込めてそう口にした。

「わかってる……わよ」

不承不承律歌も問題集に向かい、タブレットを操作する時間が続いた。

「はあ……。英語がなかなか伸びないの。点数が上がらない。やってるのに……」

採点を終えたらしい律歌が悩むように頭を掻きむしっている。たしかに最近英語の問題集ばかり取り組んでいたな。

「単語はこれ一冊覚えた？」

「え？」

添田がデジタル単語帳を取り出して見せると、律歌の上げた顔は引き攣っている。

「さすがに全部は……覚えていないけど」

「え!? 覚えていないのかい」

「えっ、えっと……う、うーん……覚えるわ！」

明らかにそれが原因だろう。

「たしかに、単語がわかっているとわかっていないとでは、全然変わってきそう……」

「覚えたら点数上がるよ」

律歌はデジタル単語帳を取り出して、操作をし始めた。あまりやっている姿を見かけなかったなと添田は思う。

「あと、ちゃんと音声も聴いてる？」

「うん……一応」

「ならよかった。ご飯食べてる間とか、受験に関係ない授業中に見たり聴いたりしたほうがいいよ。電子ではどうしても覚えられない時は実際に紙に書くのもいい。ちょっと高いけど防水のもあるんだよね。お風呂で壁に貼り付けて覚えたり」

「そんなのあるの？」

「風呂単っていうやつ」

「買ってみるわ」

「買うだけじゃなく、作って、覚えるんだよ」

「わかったわよ」

くどいかもしれないと思ったが、これくらい言わないとやらない可能性がある。

「まあ……N大に受かるためよね」

律歌はそう言ってデジタル単語帳をめくり始めた。


添田について回って、律歌は成果を出すということがどういうことなのか、がわかってきた気がしていた。添田はとても厳しかった。しかも本人に厳しくしているという自覚はないらしい。律歌が少し道を外れた時のきょとんとした顔やイライラした顔、そして無視する姿がそれを物語っていた。

でも、ありがたかった。自分でも気が付かないうちに遊んでいることがある。それを真正面から指摘される度に、律歌は一つ一つ合格に本当に近づいているのを感じた。

「時間がもっとほしいよな。授業後は学校の裏の公民館で勉強しないかい？」

「行くわ！」

添田の提案に、二つ返事で律歌は答えた。

どんどん食らいついていこう。

そうすれば、私にだって合格できる。

それからは授業が終わると裏手の公民館に移動してさらに勉強した。二十二時まで開いてるが、十八時を回るとさすがにおなかが減ってくる。

「そろそろ……お腹へったね」

と律歌がちらりと添田を見ると、

「そうだよな」

言いながら添田は画面を閉じてタブレットをしまい始める。律歌は受験生ということで、施設に帰っても手伝いなどは免除されている。そのため帰ると自分の部屋に直行するが、これからさらに一人で勉強が出来るとは思えない。まあ今日は朝からよくやった。よく眠れそうだ。

「おにぎりか何か買いに行こうか」

(!?)

添田はまだやる気のようだ。

それならばと、律歌は頷いて「行きましょう」と机を片す。

だが添田はそれだけに留まらなかった。

「明日からはつなぎのための弁当を持ってくることにしよう。ちゃんとした夕飯は帰ってから家でとることとして、せっかく二十二時まで開いているんだ。それまでやれるように」

明日からずっと、か。平静を装って律歌は頷いた。

「そうね。じゃあ私は明日もコンビニで何か買うことにするわ。施設だからさすがにお弁当は用意してもらえないし」

「わかった」

律歌は内心、自分を誇らしく思った。

私、本当によく頑張ってるな。

宣言通り、電卓のことを真似して、ついていってる。なんて偉いのかしら。

だがコンビニに向かう途中、自分の考えはまだまだ甘かったことを知らされる。

「家は夕飯と風呂と睡眠のためだけ。夕飯は十分、風呂は三十分、睡眠は六時間、行き帰り往復で一時間くらいか？　家にいるのは七時間半。それ以外はずっと勉強だね。まあ、夕飯とかお風呂の間もやるんだけど」

「お、お風呂が三十分なんて、女子には無理よ！　髪乾かすとかも結構時間かかるんだから」

「ああそうか。んー……君は三郷駅だっただろ。となると俺より十分早く帰れるはず。往復で二十分。この分があるけど、どうかな？」

「言われてみれば、そう、ね……」

目眩がしてきた。

細くため息をこぼす律歌の様子をどう勘違いしたのか、

「これじゃ勉強時間、足りないかい？」
と添田は申し訳なさそうに尋ねてきた。
「いや……うん！　じゅうぶんよ。やりましょう！　やりましょ！」

朝から夜までずっと一緒にいる日々が続いた。律歌がぐずぐず泣き言を言っても、添田には全部スルーされる（か、イライラされる）ため、ちょっとしたことではいちいち言わなくなった。クッキーを焼いても喜んでくれないから作る気にならなくなったし、物理的時間が無さすぎて見た目がボロボロでも気にしなくなった。添田は少しでも頭が良くなるようにと弁当のおかずを全部煮干しにしてもらったらしく、そればかりを食べる様子にはさすがに閉口して律歌に真似はできなかったが、君がストレスになるなら煮干し作戦はやらない方がいいと言われて素直に従った。とにかく、N大合格という成果だけをちゃんと気にするようになった。というか、その話以外するなという空気があった。冬休みで、受験はいよいよ大詰めに入る中、合格祈願には行こうとする添田に驚きながらも律歌も同行したり、毎日公民館に集合して丸一日ずっと勉強したり、そんな風にして年は明け、大学入学共通テストが迫ってきた。

「数学のこの問題、何度やっても解けない……。電卓、ちょっと教えてくれないかしら……？」

いつもの授業前の早朝学習、焦る気持ちをこらえながら律歌は添田に話しかけた。

「解説は読んだ？」

「読んだけどわからないの！」

添田は「ちょっと待ってね……」と顔も上げず答えると、それから一時間弱問題を解き続けた。

（また無視か……忘れられてる）

わかってはいたものの、孤独である。

「はあー……」

律歌のため息に、添田がちらりとこちらを向く。そしてまた自分の作業に戻る。

「私、もうやれない。もうやれないわよ！」

律歌は思わず叫んだ。また無視される。沈黙したまま数分が過ぎる。

「やらなかったら落ちるのは確実になるよ」

答え合わせのタイミングで、添田がようやく口を開いた。

「でも、もう……」

「やるもやらないも自由だけど……」

「少しくらい慰めてよ……！」

シャッシャッと赤ペンで丸を付けている。アナログなやり方だ。

「慰めてよって、言ってるじゃないのー！！」

また無視して採点をし続ける。

「いいわよもう落ちるわよもう、もう無理！　慰めてってば！」

添田はイライラしたように机を叩いた。

「もう!!　そんなこと言ってないで勉強してよ！　本当に落ちちゃうじゃないか！　俺は一緒にN大に行きたいのに!!」

「うう」

私だって行きたい。

わかってる。

わかってる。

わかってるけど、もう、しんどいわよ！

添田が机を叩いた拍子にはらりはらりと床に落ちた答案用紙を拾い上げる。

それは漢字の百問テスト問題集。見れば百問全問正解だった。しかも、一枚だけじゃない。二枚、三枚……その全てが百問全問正解だ。

「漢字は苦手じゃなかったの――？」

「苦手だよ」添田は椅子に座り直すと振り返りもせずに言う。「それがなんだい？」

たしかに、努力は報われていく。

こうして律歌は添田と共に名門N大学に合格した。

最終章　孵化

1・君は君を幸せにしてくれる人と

○

律歌が我に返ると、目の前には手元で何かを操作している添田――電卓がいて、そして視界にはその他に何もなかった。以前気球で立ち入ってしまったあのグレーの空間が広がっているだけだった。

律歌からは、電卓が指揮者のように空中で指を振っているだけのように見えていた。だがおそらくなにかのプログラムの実行ボタンを押しているのだろう。横文字を目で追うように左へ右へ行ったり来たり、そして、数回タップ。電卓は視線をそのままに、

「北寺の家に帰ったほうがいい。こっちで移動しておくから」

淡々と告げる。

「ね、ねえ……」

律歌は声を上げたが、相手は反応もしない。

「ねえってば、電卓！」

その呼びかけに、彼は手を止めた。

添田卓士だから「電卓」で、自分がつけたあだ名。

「電卓が私を現実に向き合わせてくれた……だから、私は、今までのやり方を続けていたら一生夢は叶わないということを、知ったのよ」

夢しか見ていなかった自分に、効率的で現実的な方法を見せてくれた。おかげで自分は名門N大学に合格することができた。ロボットの開発者になるつもりで工学部に入りながらも、なぜSIer《エスアイヤー》になったのかは思い出せないが、おそらく北寺に言われた通り、PG《プログラマー》を始めとした労働者を直接的に守る側に立とうとしたのだろう。手段は違えど、夢自体にかなり近づいたことは確かだった。大学受験も何もかもを放り投げてロボット活動をあのまま続けていたのでは、日本の労働者を救うなんてこと、おそらく一生無理だっただろう。食いつなぐために派遣会社に入れられて、日雇い派遣生活を送りながら無謀な夢だけを追い続け、両親のように酷使された末に使いつぶされて、自分が死んでいたかもしれない。

「あの時は、ありがとう」

礼を言う律歌に、電卓はゆっくりと視線を送る。笑い方を忘れたように、無表情に。そして、

「俺のことは忘れていい。もう会わない方がいいと思う」

そう告げる口調は平坦で、公式を当てはめて解いた答えを伝えるかのようだった。もう

会わない？

「待って！　どうして？」

添田とは高校時代からの深い付き合いがあったのだと思い出せたというのに。理由がわからない。自分には、まだ甦らぬ記憶がある。その中に答えがあるのか？

「そうよ、あなたは、今……いったい何をしているの？　電卓もN大に入学したんでしょう？　それから、何があったの？　あっ、I通に就職したのよね？　私も同じところに就職したって聞いたわ」

大学、そして社会人になってからの電卓は？

——そこは、まだ記憶にもやがかかっているように、集中しても思い出せない。電卓はもう視線を外し、指先を左へとさーっと流した後軽く一度弾ませながら言う。

「そんな時代の話なんて聞いても鬱になるだけだよ……社会人の、仕事の話なんてさ。きっとつまんないと思うよ」

すると、魔法のように景色が見慣れた場所に変わった。そこは、北寺の家の前だった。

「はい。着いちゃったよ。君達の家に」

プログラムを書いている時や、得意な数学の問題を考えているときと同じ顔で、電卓は律歌を送り出そうとしている。でも、少しだけ、解き疲れたように、ため息まじりに、

「俺も、ここで過ごせたらどんなにいいだろうね。時々、羨ましくて仕方がなくなる」

そう小さくこぼすのを聞いた時、律歌は電卓の手を握った。

「私は外に出たいわ」

電卓は驚いたようにその手をぱっと離す。

「何を言ってるんだ？　出てどうするのさ」

高校時代の過去を思い出して、余計に強く感じたこと。

「わかんないけど、私は、夢を叶えなくちゃ」

実際に夢を叶えられるという希望。こうしてはいられないのだ。

それを聞いた電卓は呆れ、「もうそんなことはしなくていいじゃないか」と首を振った。

そんなことですって？

「私の生きる意味だったのよ？　この世界じゃそれが叶えられないわ」

「また新しいものを探せばいい」

「こんなところじゃ見つかりっこないわよ」

「こんなところろって……」

今度は電卓の方が、目に怒りの炎を宿している。鏡が目の前にあれば、きっと先ほどの自分はこんな表情をしているのだろうと思わされるような。

「君はここにいるんだ！」

「いやよ！」

「いったいここの何が不満なんだい」

彼の声色から滲み出る思想に、律歌は気が付いた。彼は、ここここそ至高の楽園だと信じて疑っていない。これは、北寺の言っていた、外の酷い世界と比較して評価したものではない。むしろ、ここは人工的に作り上げた最高の場所なのだから、これから先、誰もがここに住むべきだとでも言いたげだ。

だがそれは傲慢だと律歌は思った。

「あのね、ここは、人間が神様だなんていう狭い世界なのよ電卓！　それをあなたわかってないでしょ！」

電卓は、閉口し押し黙る。律歌は続けて言う。

「外の世界のことは、知らないけど、ここが絶対的に最高だって言うのならそれは違うわ！」

彼はもう、こちらをぽかんと見ている。

欲しいものは何でもかんでも与えてもらえて、課せられる試練は何も無い、そんな世界。

それを、最高と捉える人はたしかにいるだろう。でも、律歌はそうは思わない。

「だって私は、退屈だったから……だから、いろいろ探索したのよ。それで、ほらね？　ついに神様まで引っ張り出しちゃったわ。天蔵でタダで物買ってる時より、あれこれ試行錯誤してあなたまで辿り着いてみせた時の方がよっぽど楽しかったわよ？　ねえ、これでゲームクリア？　この先はもうないの？」

電卓は聞いたことのない言語を耳にしたかのように、律歌の言葉を翻訳するがごとくしばらくフリーズしていた。

「律歌……。俺は……君のことを少しは理解していたつもりだったけど、まだまだ氷山の一角だったらしいね」

そして彼はため息を長く一度だけつくと、今度はもう努めて冷静を保つように、また計算式を淡々と解くような調子に戻して言った。

「でもね律歌は、元の世界が今どんなことになっているのかを知らないんだよね」

「ええ、まあ」

それについては同じことを以前北寺にも言われた。その事情を突かれてしまっては自分はなにも言えなくなる。たしかに何も、知らないから。

「ねえ、外の世界は、そんなにひどい状態なの？」

「そうだよ」

迷いのない首肯。そして細く、歯の隙間から冷気を漏らすように、彼は呼吸をする。

「それじゃ私も連れていって。なんとかしたいの」

ならば、向かい合うしかない。

律歌には、この日本という国から過労死を消し去るという夢がある。日本がそんな状態だと言うのなら、ますますここにこうしていられるはずもない。

「ねえ、連れていってよ！　私、なにかプロジェクトを進めていたんでしょう？　北寺さんに聞いたわ。私が日本を変えてみせるわ！　どんな目に遭ったってなんとかしてみせる！」

電卓は律歌の演説を静かに聴いていた。

「ね？　私ならやれると思わない？」

返答が遅いので、そうせっついて呼びかけると、電卓は、

「思わない。君は甘い」そう断言した。「君は弱い」

しかし彼のその批判的な発言に、律歌が腹を立てて異を唱える余裕はなかった。

「どうしたの？　電卓……？」

電卓の両肩が寒々と震え、その顔は凍り付いたようにひどくこわばっていた。突然のことに、律歌は戸惑った。自分にはわからないことがまだまだ多すぎる。

「どうしたの……。ごめんなさい、私、よく知らないから……何か気に障ること言ったのかしら。ねえ、よかったら言ってみて？　あのね、まだ全てが全て思い出せたわけじゃないのよ。だから、忘れちゃってるかもしれないから、何かあったのなら教えてくれない？きっとなんとかするわ。何があったの電卓。ほら、私に任せなさい！」

だが、

「しなくていい。そのままでいい」

そう返す電卓の声色は特には変わらず、あくまで淡々と、情報伝達に徹するかのように、そして現実をただ受け入れているように、無感情で。律歌は、自分が頼りにならないと決定づけられて、そのせいで事情を話してくれないのだろうかと、少々心外に思った。

奥の手を出してみる。

「でも、私は弱くなんてないのよ。本当よ。なにかすごい開発だってしたんだから」

過去の自分が打ち立てたらしき功績。ノーベル賞候補の。

「ああ。そうだね。それについては、よくやったと思う。こんな俺に付き合っていただけのことはある」

……どうやら電卓はそれをも知った上で言っているらしい。さらに、

「君が開発したのは、人類の睡眠を一パーセントに短縮する技術、だね」

と、律歌のまだ知らないことまで教えてくれた。律歌は、まるで心を殺したように語る電卓の様子に異様なものを感じてはいたが、その話の内容に興味を惹かれて「そうなの？」と先を促した。

「ああ。睡眠が本来八時間必要だとして、それが四分と四八秒でよくなった」

睡眠時間の短縮？

「君は多くの人を再起不能なほど使い倒してそのプロジェクトを成功させたんだ。鬼みたいだったよ、うん。強かった」

それこそが北寺の言っていた、律歌の打ち立てたある功績なのだろうか。睡眠時間が短縮できたら……いったい世界はどうなるだろう。おそらくは、その分時間が増えるはずだ。自由な時間が。

「それって、労働者を過労から救うためだったのでしょう？」

業務時間は今までと同じまま減らせずとも、寝るだけしかできなかった時間をもっと個人の自由な時間、たとえば家族団欒のひと時に回せるようになるだろう。

「そう。君はそのつもりだった。でも開発したものは君の意図とは違う方向に使われたんだ。そうだね、ダイナマイトが開発者の意図とは違って戦争に活用されたのと同じように」

え？

「どういうこと？」

ノーベル賞から一転、ダイナマイトという言葉にぞくりと嫌な予感が律歌の胸の内に湧いた。

「君は開発を成功させた。I通としての開発プロジェクトは成功だ。だが、過労をなくす国家プロジェクトは中止された」

「中止？」

「ああ。代わりに発足したプロジェクトはこうだ」

電卓は告げる。

「もっと頑張って働いてGDPを上げよう、国力を高めて経済戦争を勝ち抜こう、って」

あ……れ？

「どうしてそうなるのよ？」

律歌は血の気が引いていくのを感じた。もっと働いて国内総生産《GDP》を上げる？　馬鹿な。

だって、そもそも日本は働き過ぎだと言われていた。働き過ぎを抑制するためのシステム開発をしてほしい、そう言われたから過去の自分は命がけで開発したはずだ。それなのに？

「睡眠時の脳内活動を脳波から完全に解析するというブレイクスルーが起き、君はそれを利用した。睡眠は生命維持に必要不可欠だが、その内容とはつまり脳のメンテナンスだ。その日得た新しい技能や記憶を定着させるための。筑波にある睡眠医科学研究所がその解析を完了させた。そのことを知っていた君は、I通、国家を説得し、この話を持っていった。莫大な予算を投資して研究を押し進めた。そうして、脳から発せられる電気信号を読み取って自動解析、機械上で最適化《デフラグ》して電気刺激を送り返し脳に反映させることで、疑似的に脳のメンテナンス——つまり睡眠時間を短縮させる〝高速睡眠システム〟を構築することに成功した。肉体は変わらず八時間程度休ませる必要はあるが、意識はその必要はなくなった。五分も経てば覚醒して仮想空間で生活可能になった。二十四時間のうちの三分の一、八時間を睡眠に費やしていた人類、いや高等脊椎動物の常識を変えた。実質的に、寿命を三割以上延ばしたと言っても過言ではない。かつて地球上に、眠らない生き物はいなかった。それを覆した。それを受けて、厚労省が国策の方針を変えたんだ」

　途中まではすらすらと理解できる。睡眠を脳のメンテナンスととらえ、機械を使ってそのメンテナンスを効率よく速める。なるほど過去の自分は面白いことを考えたものだ、と、こんな時でさえわくわくするほどに理解できる。でも、客である厚生労働省の——最

後の変化だけが、まったくもって異質な展開で、

「だから、どうして？」

意味がわからない。

両親はあんなに働いていた。死ぬほど働いて死んだ。

それなのに。

「これほどまでの成果が出るだなんて、想像を超えすぎていたんだよ。過労だ、家族団欒だ、なんて言っている場合じゃない。日本が世界と戦う武器にしようとしたんだ」

信じられるわけもない。

国は、過ちを反省をしたんじゃなかったのか？

「武器……に……して、使ったの……？」

人々に幸福をもたらすために生み出したシステムを、国は、経済の戦争兵器として利用したというのか？

「ああ。島国であり資源を持たない日本は、小型化や高性能化といった頭脳労働で今まで生き残ってきた。だから初めはよかった。労働する時間がまるっと増えたようなもんだから。日本のGDPはスムーズに増えたよ。でもね、画期的なその技術はすぐに全世界に広まった。高速睡眠システムを利用した他の先進国だって頭脳労働を増やし始めたんだ。睡眠を短縮するとはいえ、肉体は実際には動かせない。仮想空間で意識だけ覚醒しているにすぎない。その間にできることと言ったら、頭脳労働しかないんだから当然だ。そうなる

とどうなると思う？　相対的に、頭脳労働の価値が下がったんだ。わかるか？」

放心状態の律歌を見て、電卓は伝わっていないと判断したらしい。

「逆に考えるとわかりやすい。自然に採れる資源でもって今まで栄えてきた国があったとしよう。ある日を境に、その国の他に、どこの国でも資源がわんさか採れるようになったら？　相対的に、資源の価値が下がるだろう？」

希少な資源だからこそ、そこに高い価値が出てくる。それが、どこででも採れるものになってしまったら、たとえば、必要に応じてなんでも無料でもらえるような世界では、「高価」というだけの付加価値はすべて失われてしまう。二百万円のマウンテンバイクだってそうだ。

それをそのままひっくり返して当てはめると、こうなる。

どこの国でも八時間程度〝頭脳労働するくらいしか動けない時間〟が増えた。そうしたら、頭脳労働という種類の労働の価値は、相対的に下がっていき、資源の価値は上がった。

「円安は進み、日本人が千円稼いでも一ドルの価値もなくなった」

電卓は律歌に背を向ける。

「日本は、ひどい不況に陥った。それでどうしたと思う？」

律歌が黙っていると、電卓は勝手に続けた。

「休む時間もなくあくせく働くしかなくなったんだよ。これまで以上にね。一日あたり二十三時間五十五分、労働が可能になったんだから」

　通勤時間を短縮するため、会社には泊まり込みが前提の社会となり、社内には宿泊施設が併設されるようになった。まさに家畜同然となり、しかも夢の中でまで労働を強いられる。

　文字通り、夢のない世界だ。

「こうして過労は進む一方になり、二人に一人が精神を病んでまともに仕事ができないような社会が出来上がった。日本人の死因の第一位は過労死だ。ぶっちぎりの」

「そん、な……」

「今の俺の仕事は、そうやって使い物にならなくなった人間を、治療するためのシステムの開発だ」

　彼の背中には、重く暗い影が被さっているように見えた。

「ここがその施設……なのね」

「そうだ。あらゆる重圧を取り除き、究極の楽園を実現する。その名の通り夢の世界だよ。社会から脱落した者は、ここに送られるんだ。まだβ版だけどね」

「ここにきている人は、それじゃあ、過労で疲弊した人なの？」

「そうだよ。一昔前よりずっと日本は悪化しているから」

「それを引き起こしたのが……私……？」

　律歌はついにその場にへたり込んだ。

自分が忘れていたのは、北寺が最後まで隠し続けていたのは、そのことだったのか。

心を守るために。

立っているのもままならず、その場にくずおれた。

じわりじわりと、思い出されていくのは、負の記憶。

そうだ。

思い出した。

全部、全部思い出した。

私がやった。

開発が成功して、でも、その後には——

目の前で電卓は、背を向け俯いたまま、何かを言っている。

「俺は、君のことも、できれば……助けたかった。俺に与えられた職務の、できる範囲で、やろうと思っていた。君が、SIerとしての立場で、もっと大きな夢まで手を伸ばすのを、見ていたから。だから俺も、そんな寄り道くらい、やってみたっていいだろうって、思って。結局、君を助けられたのか、無駄足だったのか、よくわからないけど。しかも君が悪あがきしてくれたおかげで、システムも計画も、ずいぶん引っ掻き回されちゃったしね。バグの対処に追われて、ちっとも家に帰れなかったよ。監視用のモニタールームからも、ろくに出られないくらい、目が離せなかった。あと少し、計画をかき乱されたら、君をベータテスターから外すつもりだった。はは……。でもね、とにかく、そうしてみたのは、よかったような、気がする。なぜだかは、うまく説明ができないけれど。こんなの、キャリアを目指すセオリーとしては間違っているんだから。君と過ごした高校生活みたいに。でも、俺は後悔はしてないんだ。君が助かる道を模索できて、よかったのかもな、って」

彼は自分自身に戸惑ってどう言葉にしたらいいのかわからないように、ただ口元にだけ微かな笑みを浮かべているような口調で、独白していた。

だが、律歌は、

「あの……勝手だけど……電卓」

彼の語っているその内容にまで、思考が回らない。

「少し、一人にしてもらえる……？」

律歌のその願いに、電卓はわずかに背を伸ばし、そして頷いた。

「そうしたほうがいい。俺はもう二度と君に会うことはしない。俺に関わったことは、もう一度きれいさっぱり忘れて、君は君を幸せにしてくれる人と、幸せに笑って生きる方がいいと思う」

そして次元の向こう側へと、消えていった。

2・一日あたり二十三時間五十五分労働

律歌が自室にこもって、どれくらい時が流れただろう。

北寺が何度か来て、食事を運んだり、服を着替えさせたりしてくれたような気がする。

何も考えられない。

何度吐いたかわからない。吐いても吐いても、毒が出ていかないのだ。息が苦しくて、お腹が重くて、心臓がじくじくと痛むままなのだ。

あのプロジェクトが始まるまでは、律歌は電卓と同棲しながら過ごしていた。高校を卒業し、同じ大学に入ってすぐに付き合い、一緒に住み始めたのだ。律歌は良きＳＩｅｒを心掛けつつ、残業もそこそこに、成果もそこそこに、自分が早く帰った日にはついオリジナル創作料理に精を出して、なかなか帰宅せず会社にすぐ泊まり込んで食べてくれない電卓に、寂しさを募らせながら、それでも、日本中に影響を及ぼすような国家的なシステム開発を任されては、見事に成果を出し出世していく努力家でタフな電卓を誇らしく思い、憧れて、ああ自分も頑張らねばと日々現実に向き合ったり逃避したりしながら、足湯に浸かるようにぬくぬくと生きていたのだ。

抱えきれぬほど大きい夢を、それでも叶えると、ＳＩｅｒとしての立場を使い契約書を交わして、がんじがらめに自分に課して、誓うまでは。

どうしてそんなものを誓ったりしたのだろうって？

——その理由は明白。律歌はかつての幼い自分を忘れていなかったからだ。親二人を社会に取り上げられ、まともに家族一緒に過ごせず、さらには使い潰されて亡骸で返された、そんな現実がいまだあることを、見て見ぬふりをして過ごしたくはなかったのだ。この国の仕組みを阻止するだけの力を、強さを、得るためなら、どんなに地獄を見ようが構わないという決意は、やはり、あったのだ。

だから、律歌はプロジェクトリーダーに就任して、すぐ忙殺され数週間単位で会社に泊まり込むことになっても、躊躇いの気持ちは一切なかった。成果を挙げられるのかという重圧と、多忙と孤独に自分が耐えられるのかという不安はあったが、それでも過労のない世界を作るという希望を掴みにいこうとした。案の定、自分が忙しくなったことで、もともと多忙な電卓ともすれ違いの日々が続き、顔を合わせることさえ少なくなって、孤独な日が続いた。いつもなら、自分が毎日家に帰るため、稀に帰ってくる電卓と顔を合わせることはあった。でも、お互いがたまにしか帰らなくなったら、会う確率は減る。電卓と会社の廊下ですれ違って、久しぶりに顔を合わせた。

「律歌、調子いいみたいだね！」

「まあ、ね。多少は無理もしてるけど、今は頑張らなくちゃ」

決意を込めて、律歌は真剣に頷いてみせる。

「もう二週間も帰っていなかったんだろ？」

「そうよ。でも、電卓ほどじゃないじゃない」

いまのところ最長は電卓の四十日だ。そんな期間を会社の仮眠施設に寝泊まりするだけの生活なんて想像もできない。律歌は、料理するより、おしゃれするより、カフェでお茶なんかを楽しむより、前に進むことだけを考えて生きていたいと思っていたが、戦って戦い抜いて夢を勝ち取りたいと思って頑張っているつもりでも、日常的に会社に泊まり込んで仕事ばかりしている彼からしたら、まだまだなのだろう。

「ま、そうだけどさ。俺はこれから完全自動運転の試験結果を出しに国交省に行くんだ」

「ついに完成したのね」

国家的なプロジェクトを担当するのはいつも電卓だ。入社してすぐの社内試験でも猛勉強をして、最も花形と呼ばれる官公庁御用達の部署所属を勝ち取っていた。

「だけど君の、大きいプロジェクトだなあ。予算五十億だろう？　さすがにその規模のは俺もやったことがない」

「今回だけは、ね」

律歌は慌てて謙遜した。電卓の任されている仕事はどれも責任の重いものばかりだ。I通には査定に関する通知表のようなシステムがあるが、入社してからこれまでの成績は電卓が同期トップで、今回のプロジェクトで律歌も一時的には並ぶかもしれないが、平均値では勝ちようがない。重要な仕事は基本的に若手の中で一番手である電卓に任されるため、常に期待と重圧を抱えながら、彼は今まで苦しみながらも戦ってきたのだろう。と、ねぎらう気持ちで声をかけようとした。

電卓が満面の笑みで、

「いいなあー!!」

と、快活に言うまでは。律歌が面食らうくらい、心の底から楽しげに。

「そりゃ仕事のことしか考えられなくて当然だよな!!」

うんうんと何度も自分に頷いて、

「俺もしばらくまた帰れないからさ。やれやれだ。でも、お互い頑張ろうな!」

これが仕事の鬼の正体なのか。

「うん。電卓も、頑張って」

「もちろん」

にっと無敵の笑顔を見せる電卓に、律歌はつられて無理やり笑った。こんなに大変でも笑える強さが欲しいと思った。

I通の大規模プロジェクトは、通常何十、何百社を統率しながら一つのシステムを作り上げていく。律歌の任されたプロジェクトもそうだった。今回は「睡眠を圧縮して短くする」という装置を作るのが最終目標で、分割して各協力会社に振って作っていくわけだが、その内訳は大きく分けて、①脳波を読み取るシステム、②睡眠(=脳のメンテナンス)を高速化する処理システム、③処理された圧縮脳波データを脳に反映させるシステム、の三段階。①をA社、②をB社、③をC社——その三社を一次下請けとし以下二次、三次、四次……と下請け会社が続く。そこから進み具合の途中報告《レビュー》を受けて、元請けである I 通がスケジュールを調整しながら、納品されたデータを組み合わせていく。その一連の流れを統括するのがプロジェクトリーダーである律歌の役目だ。
①の脳波を読み取るシステムの完成を待ってから②、③と順次開発していけたら確実な上、楽なのだが、それでは時間がかかりすぎる。よって、②も③も同時進行で（時には先行して）作らせることになる。組み合わせる際にうまくいかず、泣くこともしょっちゅうだった。
この日、電卓が抱えているプロジェクトが一段落したという情報を仕入れたので、さすがに彼に抱きつこうとして玄関のドアを開けた。

「わ。律歌おかえり」

「ただいまー……。電卓、うぅ……、もうしんどい……疲れる……泣きたい」

「どうしたんだい」

「試験がまただめだったのよ。すっかりまた手戻り。何度やり直したらうまくハマるのよ……。そのせいでハードだって考え直しよ。もう、もう、もう……っ。それに、部長が無茶言うのよ。納期を早められないかって。ばかじゃないの、そんなのできるわけないじゃない」

込み上げてくるのは行き場のない感情。電卓は苦笑して「そうかいそうかい」と中へ招き入れた。鍋でラーメンを作っている途中だったらしい。

「部下が二人体調不良で休んでるし、あと、Aチームが同じ失敗をしまくるのよ……もう。ちょっとは改善してよ、まったく。国家の要望とこっちの都合の板挟みに巻き込まれるし……ああ今週、筑波の研究所までまた行かなきゃいけないのよ」

電卓はひたすら「そうかいそうかい」と相槌を打って菜箸で回している。

「私は寝不足なのに！　街にはクリスマスソングがかかっててイライラするし、そんなことにイライラしている自分にもイライラする。もう、どうしたらいいのよ……っ。私はいっぱいいいっぱいよ!!」

電卓は手を止めてくるりとこちらを向くと、

「試験は問題を見つけるためのものだから、見逃さなくてよかったよ。納期は早められないなら、そう言えばいいし、どうしても早めないといけないなら、もっと残業すればいい。部下が体調不良で休んでいるのはしょうがない。気にかけるだけ無駄だ。同じ失敗が繰り返されるのは、システムに問題があるんじゃない？　国との板挟みは、やるべきことはやらなきゃいけないし、無理なものは無理ってはっきり言うことを心掛けるしかないよね。寝不足ならすぐ寝た方がいい」

と、言って火を止める。的確なアドバイスに律歌が押し黙っていると、電卓は薬箱から愛用の蒸気のアイマスクを取ってきて渡してくれた。

「このアイマスクを使えば目の血行もよくなって、クマもできにくくなるよ。はい」

「ありがとう」

「今すぐ寝れば、その分明日は早めに出社できるだろう？」

「そ、そうね……」

「じゃあ六時間睡眠でも、四時に起きれるな。始発で出社できるね」

「ええ、そうね」

「じゃあそうしよう」

電卓はにっこり笑ってラーメンをおいしそうに食べ始めた。

律歌は静かに頷いた。

愚痴を言ったり現実逃避せず、ただひたすらに結果を追い求めていくのね。なるほど、これこそ結果をたたき出してきた電卓の見ている世界――彼についていくことができたなら、きっと自分も夢を実現できる。夢物語なんかじゃなくて、現実にすることができるんだ、と。

「……おやすみ」

寝室のベッドの中で、律歌は一人呟いて、眠った。

これまでの人生で一番苦しくて、でも一番夢に近づいたのを感じていた。

それならもしも、自分の行ったことが、夢に対して逆効果だったことに気付いたなら？　きっと電卓は脳みそをフル回転させてなんとかしようとするのだろう。計算をし直して、黙ってひたすら行動するのだろう。結果だけを見据えて。

私は……？

掲げた夢を大きく遠のかせ、全てを悪化させたまま止まっている。こんな仮想世界だなんて何の役にも立たない場所で立ち止まっていてどうする。甘やかされ、感情の赴くままに楽しく遊びほうけている場合ではない。北寺とは一緒に住んではいないけれど、電卓と一緒に住んでいたころよりも毎日ずっとべたべたと、だらだらとしている……。

「いやだ……。いやだ！」

このままの自分は、好きじゃない。

「ごほっ、げえっ……うっう…………っ」

律歌は嘔吐した。

できない。

できるわけがない。

何もかも悪化させた。こんなことになるだなんて、想像さえしなかった。

吐いても何も楽にはならなかった。ただ、吐くという行為が繰り返されるだけ。この仮想空間では、吐くことはできるものの、自分の嘔吐の感覚を元に再現しているだけなのだろうか。その行為は、律歌の精神状態に従い無限に続くだけで。だから、そんな行為さえ、時間の無駄だと神に叱られているようだった。律歌は泣いた。泣いて、吐いて、泣いて、自己嫌悪して、生きることはこんなにも辛いのかと嘆いた。辛いばかりで、結局また報われないかもしれないのに、それでもまた頑張らなくちゃいけないの？　また愚痴を、弱音を吐いている弱い自分に嫌気が差す。

やはり、全て、忘れてしまったほうがいいのではないだろうか？

そうしてここでずっと生きていくのもそんなに悪い選択じゃないだろう。罪を背負って、傷と向き合って、どう生きていくんだ？　そんな地獄の、何が楽しいんだ？

だめだ。

だめだ。

また、記憶が遠のいていくのを感じた。

――忘れていいよ。

そういえば、電卓はそう言っていた。おかしいこともあるものだ。忘れたら夢が叶わなくなる。それなのにどうしてあの電卓が、そんな世迷い事を？　もちろん、それが律歌にとって一番だと結論を導き出したからなのだろう。倒れた律歌が、最も効率よく幸せを手に入れるにはどうしたらいいのか。律歌の回復を願い、いや、願うなんて甘いものではなく、律歌の幸福を実現することを電卓なりに求めた結果が、記憶を封じたままの別れだったのだ。多忙で、厳しいばかりの電卓より、もっと、手負いの律歌を回復させてくれるであろう適任者に、彼女を明け渡すことまで含めて。たしかに、そこまでするだろう。律歌の憧れた、現実主義の電卓ならば。

そういう愛し方なのだ、きっと。

「……うん。元気になった」

おかげで、たしかに、立ち上がることができる。

律歌が想像するよりも、電卓はずっと現実主義だった。それを思い知った。

「そうやって、現実を変えていく、のね」

見ていた夢と、起きてしまった悪夢のような現実。それでも、電卓と夢を追ったから、確かに現実を変えられた。

もらった力で立ち上がり、そして、ドアを開ける。嘔吐感を堪えながら、薄れゆく意識を奮い立たせながら、律歌は、数日ぶりに自室を出ていく。

電卓は今、どんな思いで、この世界のことを見ているのだろう。それでもここを出たいと言ったら電卓は、悲しむだろうか、怒るだろうか。だけど、

「ごめんね」


――私も、あなたが想像するより、ずっと理想主義者なの。

3・メッセージ、テレパシー、ミステリーサークル

律歌は、部屋を出て家の外へ飛び出していった。

本物の理想を手に入れるために、楽園を出よう。たとえその道が地獄であったとして

も。

太陽は輝いていた。凪いでいた。青空の下、息を胸いっぱいに吸い込む。そして天高くへ向かって叫んだ。

「電卓ー！　ここから出してーっ!!」

両手を広げて、しばし待つ。残響が微かに耳に聞こえた。そのまま、目を閉じてみる。

何も起こらない。

（電卓！　聞こえてるんでしょ！　出して！）

強く念じテレパシーを送ってみる。

……しかし、一向にログアウトの気配はない。

まあ、思考が読み取れるなんて機能、あるとは言っていなかった。

律歌は、それならばと次に、北寺の菜園からクワを勝手に借りてきた。そして見つけた広い草むらに分け入ると、草を踏み倒し土を掘り返しながらでかでかと「出せ」の二文字を書きつけてみる。

「よし、これで……。電卓がサムネイルみたいな画面表示でここをモニタリングしてるとしても、私の意志を確認できるでしょ」

最後におまけで、

「電卓！　出して！　出しなさーい!!」

だいぶ傾き始めた太陽に向かって叫んでおく。ひとしきり声を上げ、そろそろ一旦家に帰るかと振り返ると、少し後ろに北寺が立ってじーっとこちらを見ていた。

「りっか、急に元気になって、うれしいけど……どうしちゃったの、かな？」

気まずい沈黙が流れた。北寺は水筒から冷たい麦茶を注いで、コップを差し出してくれた。その時の、ぎこちない微笑と緊張感漂う視線が痛かったが、焼けたのどはたしかに水分を求めていた。律歌はそれを受け取ると、気恥ずかしさも併せて冷ますように、ぐっと一気に飲み干す。記憶を取り戻してから長い間部屋に引きこもっていたわけだし、出てきたと思ったら何かを叫び続けている……って、とうとう気が狂ってしまったかと思われたかもしれない。

「違うの。あのね、私は正気なのよ……」

どう説明したものか。律歌が考えていると、吸い寄せられるように北寺が興味津々に草むらを覗いている。

「ん!?　地面に何か描いてあるけど……ミステリーサークル？」

律歌はつま先立ちをして北寺の視界に割り込んで言った。

「いいえ、私が書いたの」

「え？」

また行動が理解できないといったように、北寺は聞き返してくる。

「ねえ……ここから出たいの！　北寺さん、協力して。お願い」

真摯に頼み込む。疑問符だらけだろうに、しかし北寺はようやくいつものように一つ頷いてくれた。

「わかった。まずは帰ろうか」

北寺は律歌をソファに座らせると、辛抱強く寄り添うように問いかけてくる。「それで、一体なにがあったの」

「私は現実世界で、やらなきゃいけないことがある、って。やっぱり、そう思ったの」

それを口にした瞬間、律歌は全身が総毛立つような恐怖感に襲われ、立ちすくんだ。また嘔吐感が胸から込み上げ、気付いたら両手で口元を押さえていた。

「……っ、大丈夫。平気だから」

「い、いや、平気なわけがないよ！」

北寺は律歌の正面に回り、その手を握る。そして、噛んで含めるように言う。

「りっかはここにいていいんだ。おれも傍にいるよ。ほら、ベッドに行こう。ずっとあんな状態でいたんだ……消耗してるはず。おかゆ作ってあげる。それ食べて、まずはお腹を満たしてさ、ぐっすりよく寝て。ずっと傍についててあげるから。元気になってから、好きなことしてまた遊ぼうよ。ね？」

優しい言葉に、甘い誘惑。

「嫌なことを思い出したんだよね……。そうなんだろう、りっか？　辛かっただろ。愚痴でもなんでも聞くよ。りっかは頑張り屋だから、きっと大変だったんだろうと思うよ。だから、もっとここで休んで――」

　何度その温かさに救われ、守られてきたことか。と思う。

　そして、そのぬるさに惑わされ、引きずられ、依存していく危機感も。

　律歌は立ち上がり、北寺の手を振り払う。

「もう、甘やか、さないで――」

　跳ねのけるようなその拒絶に、はっと固まるようにして動かない北寺に、律歌は首を横に振る。

「……ううん、感謝してる。北寺さんには。ありがとう、今まで……。おかげで、私は、今、現実にちゃんと立ち向かえているの。あなたのおかげよ。本当に、感謝してるの」

　しかし意を決した律歌は、言葉を紡ぐ。

「でも、聞いてほしいんだけど……私は電卓と――」

　今まで律歌と電卓が過ごしてきた、高校、大学、そしてプロジェクトに携わった社会人時代の生き様を、北寺は口を挟むことなく黙って聞いてくれた。律歌は話しているうちに、だんだんと電卓との思い出の中に没入していった。

「私には生きる理由がある。なりたい自分があるのよ。ここでぬるま湯にいつまでも浸かっていちゃいけないわ。とても心地よかったわよ……けれど、だからってふやけて腑抜けになりたいわけじゃない」

　自分が、理想の自分でい続けるために、

「だから電卓が必要なの。私の夢をかなえるためには、電卓と一緒にいないといけないの」

　彼の傍にいたいのだと。

　北寺は、身じろぎ一つせず聞いていた。そうして聞き終わって、ただ、一言だけ、ため息交じりに、独り言のようにつぶやいた。

「……はぁ、そっか。やっぱり添田さんに遠慮なんてするんじゃなかったな～」

　自嘲の笑みを浮かべながら。

「え……？」

　そこで律歌は自分のこれまでの人生を思い出してからあまりに心がいっぱいいっぱいで、考えが回っていないことがまだ色々あるのを思い出した。たとえば、そう。北寺は、自分と電卓の関係を知った上で今まで一緒にいたんだな、とか。

「いや、いいんだ。おれだって人に見られながらイチャつく趣味はないし」

　しかしいつの間にか、北寺の表情はいつものようににこやかなものに戻っていた。

　律歌は彼の優しさに結局また助けられているのを自覚しつつ、感謝しつつ、しかし意志をもって自分勝手に続けた。

「歩き出したい。私のなりたかった、『私』に、なりたい。私の求めた世界を、実現させるの。ここにいたって、それは叶わないから。だから……」

　そして、ふらつく足を踏ん張り、北寺の両眼を見据えて頼み込む。

「だからお願い。協力して。北寺さん！」

4・魔法使いと堅牢な壁

「ここを出るのに、何か方法ないの……？」

「それは……ちょっと難しいんだよね」

　北寺は困ったようにぽつりと言う。

「外部の人間が操作しない限り、この世界から遮断されることはない」

　外部の人、といえば電卓ということだが、電卓はもう律歌の前に二度と現れるつもりがないといっていた。

　ここは仮想空間だ。つまり、ゲームの中のようなもの。ゲームの中の存在は、コントローラーや実際の脳といった外部はもちろん、この世界の内部のプログラムにさえアクセスすることは普通できないし、その必要性もないだろう。

「バグとかないの？」

「……たしかに、基地局作って本来なら繋がらないはずの通信を実現したり、座標がMAX値を超えたときなんかに、運営側の予期せぬ事態――つまりバグが起きて添田さんがすっ飛んできたわけだけど」

「そんな風になにか利用して、外へ出られないかしら？」

そう言って律歌が振り返ると、北寺は観念したように、横に来てくれた。

「うーん……。でも、『中』で不可思議なことが起きてしまうバグと、『ログアウトする』というプログラムを実行するのは、根本的に違うんじゃないかな。だって、ゲームの中のキャラクターが、自分を含め世界を構成しているゲームプログラムを改竄するなんて、次元的に不可能だろう」

「う……ん？」

北寺により詳しい説明を求めて、律歌は首を傾げる。

「ほら、現実世界を創った神様が本当にいるのかは知らないけど、現実世界は現実世界のルールに従って流れているだろう。物理原則があって、人それぞれ性格があって。それを誰かが念じたからといって、捻じ曲げられたりはしないよね？」

「そうだけど」

「だから超能力者とか、預言者とか、神と対話できる人間だとかが注目を集めて宗教なんかが成り立つわけだし」

「神と対話……か」

ここでいうなら、電卓との対話のことだろう。そこで神を説得できれば、この世界の法則を捻じ曲げてしまうこともできたということだ。

「もう話すこともできなくなっちゃったわ」

「だから、神との対話が成立しなかったのなら、あとはもう、与えられた普通の権限を超える力、言ってみれば超能力を起こすしかない。魔法とかね」

「超能力……魔法……魔法使い」

「そ。魔法使い。でも、現実世界だって、どんなにそんな力を望んだところで、無理だろう？　悪魔降臨の儀式とかやってる変なオカルト人間になっちゃうだけだよりっか」

無理と言われると、本当にそうだろうか？　絶対？　と律歌は反発心を覚えてしまう人間だ。無理だ無理だと笑われながら、人類は空も飛ぶことも可能にしてきたじゃないか。

「十分に発達した科学技術は、魔法と見分けがつかないという言葉もあるわ」

律歌はそう反論すると、ここが仮想空間であることを思い出した。

「ここでいう科学って何？」

「それはプログラムのことだね。この世界の法則が書かれているプログラム」

「プログラム……それって、北寺さんが作ってたやつよね？」

「そうだね。あは、おれはこの世界の事象の仕組み、だいたいわかると思うよ。だってそう、おれが作ったもん」

北寺は派遣されたPGとしてこの世界を構築していた。この世界が大きな建築物とするなら、北寺はトンカチで釘をカンカン打って実際に建てる大工みたいな役を担っているうちの一人だ。

「そのプログラムにアクセスできれば、私をログアウトさせることもできる？」

「もちろん。ま、アクセスできればだけどね」

アクセスできれば……か。

普通はできないようになっている。たとえこのゲームが、プレーヤーが言葉を入力して村人と会話できるゲームだとしても、その入力欄にプログラムを書いてみたところで、このゲームに反映されるような影響は及ぼさない。そんな仕様にでもなっていない限り。

「北寺さん、隠しコマンドとか仕込んでないの？」

「ちょちょちょ、仕込まないよ。そんなことしたらクビだよ」

そりゃそうである。それに仕込んだとしてもレビューで発見され弾かれるだろう。

ここから外に出るためには、添田など神に頼んでログアウトさせてもらうしか方法はないのだろうか。

「ここからログアウトするって、具体的にどうすればできるの？」

「外にあるメインコンピュータに、権限のある端末からログアウトの命令を送ると、実行される」

北寺は丁寧にそう教えてくれた。

「外にあるメインコンピュータって？」

「現実世界に置いてあるコンピュータ——おれやりっかの思考を電子データに変換して、原子データとかけ合わせて演算処理しているＣＰＵや、その演算結果を記録し保存しておくサーバーのこと」

「このスマホからログアウトの命令を実行させることはできないの？」

「おれ達のもっている端末にはその権限がない。ログアウトボタンが実装されていないだろう？」

「ええ」

「じゃあできない」

「そのパソコンからは!?」

「んー……ちょっと待ってて」

そう言うと北寺は、目の前にあるノートパソコンの端末をちょちょいと操作して、何やらプログラムを作り上げた。

「何を作ったの？」

「ああ、ハッキングツールだよ。天蔵に不正アクセスして、おれ達二人がログアウトするようにメインコンピュータに命令するやつ」

北寺はさも簡単そうに言ってのける。律歌の胸はどきんと高鳴った。画面を覗き込んでみると、ロボット工作で少しばかりプログラミングの知識のある律歌でも、到底理解できそうにない英数字が羅列していた。

「さて、動かしてみるか……」

北寺が実行コマンドを入力し、エンターキーを叩く。まさかハッキングなんてものをこの目で見る日が来るとは思いもしなかった。しかし、画面に映し出されたのは「接続できませんでした」の文字。

「あー……ほらね」

北寺は想像通りの結果だというように肩をすくめている。やはり、メインコンピュータに接続することは難しいらしい。

「むう……」

律歌は北寺の邪魔をしないように自分なりにわかりやすく情報を整理する。

察するに、自分達の意識は「仮想空間」という「牢屋」に入れられているようなものということだ。内側から開けられないようになっている牢屋。脳を始めとした元の肉体の存在する現実世界の「外」に出るには、方法は三つ考えられた。

一つ目は、権限のある人に「末松律歌をこの牢屋から出してもいいですよ」と命令してもらう。だが、電卓にその気はなく、既に失敗に終わっている。

二つ目は、抜け道を探すこと。この牢屋に入れられている北寺が、この牢屋を作った大工のうちの一人だという。自分の制作した牢屋は構造から構成素材まで熟知しているということだ。だが、大工として、依頼主に命じられたとおりに牢屋を建てただけであり、いつかのための秘密通路をこっそり作っておいたりはしていないという。まあ当然である。

三つ目は、何らかの手段で牢屋の「鍵」を入手し、「鍵穴」に挿して開錠することだ。本来囚人には与えられていないはずの「ログアウト」機能を何らかのやり方で発動させてしまう方法。

「仮想空間」を「牢屋」に喩えるなら、こんなような状況である。一つ目と二つ目は残念ながら不可能に終わっている。三つ目の方法は……？

「牢屋の『鍵』は、そのメインコンピュータにある？」

「いや、『鍵』くらいはピッキングでどうとでもなる。さっきやったやつのことだよ」

さっきの不正アクセスは、いわばピッキングをしようとしたのと同じということらしい。

「でも、『鍵穴』がないんだ。鍵穴はおれ達がアクセスすることは不可能な場所にある。次元が違うから」

「次元？」

「うん。それがさっき魔法使いにでもならない限り無理だって言ったこと。牢屋の『鍵穴』は、いうならば『別世界』に設置してある。もちろん、ここでいう現実世界のことね」

外にあるメインコンピュータの中に『鍵穴』はあるのだ。

「この世界に『鍵穴』が設置してあるならまだしも、『別世界』へ開錠しに行かなくちゃならない。ピッキング技術があって、牢屋の格子の隙間から、仮に手を伸ばせたって、牢屋を開けるための『鍵穴』が別世界にあるなら、物理的に届かせようがない」

簡単に脱獄できる牢屋だとするならそれは牢屋ではない。しかし、『鍵穴』の場所が「別世界」つまり現実世界……にあるのは、あまりにもレベルが違いすぎる。

「なんとかならないの？」

「無理だよー……。だって別世界だよ？　神の国みたいな場所にあるんだよ」

「ここから別世界にアクセスする方法はないの？」

「アマトを急襲するくらいしか……」

「アマト？　ほら、私や北寺さんだって天蔵に発注してるじゃない。それって神の国にアクセスしてるってことじゃないの？」

「いや、してないんだ。このスマートフォンがアクセスしている先は、神の国じゃなくて、この仮想空間内にあるサーバーで、実際にはこちらとあちらを繋げてはいない。言ってみれば、神様のワープロみたいなもんさ。使者がいったんログアウトして、注文内容の入力されたワープロを、『外』の神様に届けている」

「ど、どーしてよー」

「ハッキングを企む輩から世界を守る、セキュリティの為だね。お手上げだよ」

八方塞がりだ。

「ごめんね、りっか」

高い壁を前に、行き詰まる。本当に何か、何か——手はないのか？

5・理想と現実をその澄んだ瞳に映した。

律歌と北寺で膝を突き合わせて考えても考えても、脱出の方法は思い浮かばなかった。

たとえ北寺がどんな技術を持っているとしても、仮想世界の中と外で通信を遮断されてしまっていては、付け入る隙がない。

　この世界を支配しているのは、やはり電卓なのだと痛感する。

　結果を勝ち取るためなら容赦なく戦える人。

　その電卓が結論づけたのは、「律歌はここで北寺と暮らすのが一番良い」ということで、律歌の理想も、北寺の技術も、それを覆すには至っていない。

　やはりそれが最適解なのだろうか。

　心を守るために、自分で自分の記憶さえ消してしまうほど脆い、弱い自分には、最上の未来を切り開くなんてこと不可能で、甘いだけの絵空事で、現実的に実現可能な範囲内で実現させてみせている電卓の方がずっと立派なのかもしれない。

　それに従うべきかもしれない。

　じゃあ、ここで北寺と二人で暮らそうか？

　そんな風に考えが揺らいできたとき、律歌のことをじっと見ていた緑色がかった瞳が尋ねてきた。

「りっか、おれと一緒に暮らしていたがっていたよね」

「……うん。でも」

　いや、でも、そういえば北寺は一緒に住んでくれなかった。

「おれが拒んでいた」

そう。

そうだ。ここにいたって、北寺はこちらを向いてはくれない。きっと、ずっと。

私には、何もない。

外にも出られないのに、中にいたままでも幸せになれない。

律歌は、こんなことなら、何もかも忘れてしまったままの方が、幸せだったのではないだろうかとまで思えてきた。

もう一度、全てのことを忘れて、この日々を初めからやり直して、こうして思い出してしまうまで、繰り返すのはどうだろう。何度でも。そうすれば希望だけを延々と追い続けられるじゃないか——！　……絶望的な発想。今の自分は、そんな不毛に過ぎる人生を本当に実行してしまいそうで、恐ろしい。

「でも、本当は違ったんだ」

「え？」

北寺は、律歌の目を射貫くように見ていた。全てをぶつけるかのように、

「おれだって、りっかと暮らしたかった」

そう言った。律歌は驚いていた。

「でもりっかは添田さんじゃなきゃだめだから」

北寺の澄んだ瞳には律歌だけが映っている。

「北寺さん……」

「ほら外に出るんでしょう？　諦めるなんて、りっからしくないよ。さ、一緒に考えて」

最大限の尊重と、理解と、愛情。

「大丈夫。りっかは強いよ。りっかのその意志は、一度だって折れたことがない。泣こうが吐こうが、記憶を無くそうが、そして再び思い出そうが、こうしてまた、夢の道に戻ろうとする」

「……ええ」

「大丈夫。きっと何か方法はある」

北寺は優しく微笑みを添えて言う。

「たとえ、時間がかかったとしてもさ、そもそも世界は、りっかの想像するよりずっと無意味なものばかりだよ。そして、なんにだって価値がある。マイナススタートなんかじゃない」

現実を前に立ちすくみ、孤独に、無力さに震える自分のちっぽけな両手を握ってくれている人。心躍る広々とした野っ原をマウンテンバイクで走って、疲れたらラジコンを魔改造して乗り込んで、どんな世界の果てまでも、天高く次元さえ超えていけるのは、そんな人が傍にいて支えていてくれたから。

「だから、りっかは性懲りもなく、理想を見つめていればいいんだよ。目の前の成果に囚われすぎないで」

大局を見誤るな。北の果てに何もなくたって、それで全て徒労だと否定されるわけじゃない。

「……そうよね。忘れるところだったわ」

たった一つだけを、脇目もふらず追い続けられる強さだけが、正解を導くわけじゃない。産まれてから死に向かっていく中で、歌い、踊り、何かを見つけ、何かを創り、人と関わり、人と交わり、生きているという中にだけ隠されている答えだって、ある。

「わかったわ。少しだけ、休憩するわ。五分だけ」

頭を使って糖分を消費したのを感じていた律歌は、気分転換に何か食べることにした。

「チョコ食べよう」ここで摂取したものが実際の体に反映されているのかは微妙なところだが、現実世界で残業前に意識的にチョコレートを取っていた癖が蘇って、欲求に変わっていく。北寺は頷くと、

「はい、どれがいい？　きのこの谷？　たけのこの園？」

各種菓子の銘柄のロゴが塗装された色とりどりのボタンをテーブルの上に並べてくれた。ワンタッチで注文可能なダッシュボタンを――

「じゃあ、きのこの谷」

ポチっ。

押せばものの一分で家のチャイムが鳴った。「こんにちはー。アマト運輸です」

北寺が玄関まで受け取りに行ってくれる。

「お届け物です」

いちいちスマートフォンを起動しなくていいので、ボタンをその商品の横に置いておけば、使い切る前など必要に感じたときに忘れずに注文しておけるシロモノ。よく使う消耗品を中心に用意されているので、水や食器洗い洗剤などうっかり切らしてしまっていざというときも焦らずに済む便利なボタン。だがそもそも、切らしてしまってからでもいい。スマートフォンから注文すると半日かかるが、ワンタッチボタン注文ならものの五分ほどで届けてくれた。倉庫に大量に保管してあるのだろうか。

（いや、倉庫なんてものはないはず。ここは仮想空間よ。ん？　仮想空間？）

通常注文が半日ほど時間がかかるのは、ここの住民に外にあるメインコンピュータへ万一にもアクセスされないよう最大級のセキュリティとして、注文内容を記録したサーバーを外へ繋げておらず、中にログインした「外」の人間が書き写す、もしくは記憶することで外にあるメインコンピュータに反映されていると北寺はいう。それなら、このボタンによる注文がこんなに早く反映されるのはなぜ？

ロボット少女の血が騒いだ。小さなプラスドライバーを引き出しから取り出して、ネジを外してカバーを開けた。そこにはちゃんと原子スキャンに従って、現実世界の通販で使われているのであろうダッシュボタンの中身とおそらく同じ、単純な回路の基板が入っていた。

「これ……これは」

律歌は電子工作の経験を活かして、それをパソコンの基板にはんだ付けしていく。

瞬時にNPCが商品を運んできてくれる理由、それは——

「りっか……お手柄だ」

「うん……」律歌は、チョコレート菓子を手にして戻ってきた北寺に頷いた。

「この世界を構成するメインコンピュータに……これは直接アクセスしているわ」

手に持ったダッシュボタンをそっと掲げる。

「これを介せば——この世界を、ここから直接改竄が可能か。もちろんログアウト実行も！」

盗聴を警戒して直接の単語を避けて北寺は頷く。そうして椅子に座る間も惜しみ、立ったままプログラムをさらに書きつけていく。慣れた手つきで「このレジスタの値をこっちにコピーして……」ぶつぶつと独り言を漏らしながら、時折不気味な笑い声を上げながら、手がから回ってミスタイプしたときはバックスペースキーを強打、連打して壊してしまうかと思うほど。律歌も手元が狂わないよう、細心の注意を払ってはんだごてを操作する。

「ツール、もうすぐできるよ！　りっか、行ける!?」

「ええ！　繋がった！」

配線が完了し、接続準備が整ったことを告げる。

現実世界の「鍵穴」に通じる抜け道が開く。

「送り込むよ！」

　ダッシュボタンを介し、現実世界のメインコンピュータに侵入する。できる限り気付かれるのを遅らせるために、代理サーバー《プロキシ》をいくつも通していく。天蔵の通販システムサーバーや、商品倉庫のサーバー、記憶処理システムサーバーなど——。そして管理者権限のパスワード解析が進んでいく。北寺のピッキング技術で、鍵をこじ開けているのだ。

　だが、途中でビープ音が鳴った。

「まずい！　通販システムサーバーが落とされている……！　何か察知したか。次は商品倉庫サーバーも落とされた」

　北寺の表情が固まる。律歌も画面を覗き込んだ。

「サーバーが、落とされてる……？」

「おそらく添田さんが気付き始めた！　阻止しようとしてるんだ」

「そんな!?」

　さすが電卓、学生時代から隠れギーク男子だっただけのことはある。その実力で抵抗してきた。

　だが、北寺は次の手を打つ。

「俺達が何からどうやってハックしているかがバレたら一巻の終わりだ。目くらましに、この世界を全てオンラインにする！」

「？？！」

「これで俺やりっかだけじゃなく、ここに住む全員のスマホやＰＣから、外部世界のオンライン情報にアクセスできるようになる」

　言うや否や、律歌のスマートフォンが通知で鳴りやまなくなった。今まで溜まっていたデータが一斉に送られてきたのだろう。

「時間との勝負だ。バレるまでにこっちが管理者権限を奪取できれば勝ち」

　その瞬間、大きな揺れが律歌と北寺を襲った。そして急に窓の外が真っ黒い雲に覆われ始め、雷が鳴り響き出した。神の息吹を感じる勢いで、落雷はどんどんこちらに近づいてくる。揺れも激しくなり、立っていられない。北寺はノートパソコンの充電コードを引き抜いた。

「くっ……何から攻撃しているか判明するか、もしくは物理的に壊されたら、俺達の負けだ」

　変化はそれだけではなかった。リビングにあるテレビが突然点いた。テレビと言ってもゲームのための液晶画面としてしか使えないものだが、そこにはニューススキャスターが原稿を読み上げる映像が流れていた。──次のニュースです。本日、一日の自殺者数が最高記録を更新しました。──厚生労働省は、事態を重く見て──勝手にチャンネルが切り替わる。──全自動化お手伝いロボットが、お値段なんと二九万九八〇円。充実したアフターサービスももちろんついて──また切り替わる。今度は砂嵐だ。砂嵐になったかと思ったらテレビが消えた。テレビ自体が。そして律歌の手元にあるパソコンも、突然消えた。

「消えちゃった！」

添田が管理者権限でデリートしているのだ。慌てて北寺の方を見た。彼は相変わらずパソコンを操作している。

「北寺さんは大丈夫なの……？」

「しー」

と北寺は人さし指を口に当てる。そしてその指で、カバーをとんとんと叩く。そこにはなにやら自作したらしきシールが貼ってあった。どうやら組み合わせて作ったオリジナルPCらしい。これは消すのに手間取りそうだ。

「でも時間の問題だ……！」

急に視界が開けて辺り一面草原に囲まれた。家が消えた？　二階のベッドや箪笥が宙に浮いている。消えたというより家が透明化したのか。

「もう、電卓！　無駄な抵抗はよしなさいよ!!」

それから家具という家具がどんどん消えていく。二階から。ベッドが消えて、棚が消えて、ライトが消えて――

「あと少しだ！　よしDoS攻撃で凌ごう……！」

「どういうこと!?」

「添田さんが阻止できないように道をふさげばいい！　すぐツール作る！　間に合うか――!?」

道をふさぐ？

つまり、アクセス過多にして、渋滞を引き起こせばいい。手元には、いくつもの銘柄のお菓子注文ボタン。

「えーい!!」

律歌はそれを、両手指十本で押しまくった。

ポチポチポチポチポチポチポチポチ――……

ダッシュボタン連打。連打に次ぐ連打。何十個何百個と、菓子、消耗品、その他注文を連続で無限に……。押している最中にも配達に来たアマトによるチャイムがどんどん鳴りひびいている。玄関だったところにものすごい数の人だかりができていた。そんなに持ってこられてもさすがに食べきれない、使い切れないと思う。

連打し続けた甲斐あって消去の手が止まった、それでもゆっくりと一つ一つ消えていく。二階の家具が消えたと思ったら、びゅうっと風が吹き込み、冷たい雨に打たれた。ついに家が消えた。

「北寺さーん!　は、早く――っ」

律歌は北寺の方を見る。彼は端末に向かって超高速でタイプしていた。集中しすぎて声も届いていないのだろうか。北寺はふいに手を止め、音を立ててエンターキーを叩いた。その小気味良い音と共に、画面のパーセントがようやくまた進み出す。

「で、できた……ＤｏＳアタックツール……完成」

律歌はそれを聞いて、盛大にため息をつきながらダッシュボタンを放り投げた。あとの連打は機械がやってくれる。疲れた。北寺はもう涼しい顔で、高速に処理をしているCPUの冷却ファンの音を聞いている。雨を避けるために腕で覆いながら。

それにしても、よくそんなの作れるものねと律歌が言うと、北寺は「昔ネットオークションでどうしても落札したいものがあって、終了間際に他の入札者のアクセスを封じるためにアタックツールを作ってみたことがあるんだ」ということを教えてくれた。

「本当、面白い生き方してるわよね……北寺さんって。無駄の塊みたいな人だわ」

「あれ、それ褒めてる?」

「尊敬はしている」

「おれのこんな経験まで活用するの、りっかの無駄な才能だと思うよ」

北寺は画面を見つめたまま、

「よし。勝てるね」

ついににやりと口角を吊り上げる。

「添田さんはまだまだ、人生浅いな、世界が狭い――。って、こんなこと言ったら左遷されちゃうか、おれ。敗因は、ま、りっかが教えてあげてね。あっちの世界で」

「そうね……外に出たら、教えとく。あ、左遷だってさせるもんですか!」

現実世界で、北寺がまずい立ち位置に追いやられないように、自分が守れたらいいな。また一つ、向こうの世界でのやりたいことが増えた。

その時だった。

「っ！　い、痛い……!?　いたたた……」

激痛が頭に走った。

「っ……。あはは……さすがにメインコンピュータに負荷が、かかりすぎる、か……」

北寺も同じように耐えているらしい。途切れ途切れになりながら、そう説明をくれる。

でも、もうすぐピッキングは完了する。そして、律歌と北寺を囲んでいた物々はもうほとんど消えてなくなっていた。配達員達も消えている。

「でも、りっか、本当にいいんだね？　外に出たって――後悔しないね!?」

「しない――っ、ここに、だらだらといる方が、後悔するわ、きっと！」

「……そうだね。そろそろ、っ、温泉から上がる時間だ……っ。温泉治療みたいなもんだったんだよ」

「そうね、まあ、いい湯だったわ……！」

「うん。極楽だったなあ……」

あと数秒。

「北寺さん、外に出たら、私の夢に協力してくれる？」

「……働きたくないでござる」

「はあ!?」

「絶対絶対、働きたくないでござる!!」

「何言ってんのよばか！」

まさか、この期に及んで、北寺は一緒に来ないつもりだろうか。律歌は焦った。

「来てくれなくちゃ、だめよ……っ！　いやよ、私、北寺さんと離れてなんて、そんなの――」

北寺の困ったように笑みを浮かべる横顔からは、真意が読み取れない。

律歌には、北寺に、一緒に来てくれなどと言えるだけの権利がない。

電卓と、三人で夢を追いかけるというのは、虫のいい話だ。

それでも。

「――そんなの、嫌。さみしい……」

電卓と共に歩んでいくと心に決めてここまで来させてもらったのに、北寺も離したくないだなんて、都合のいいことを望んでいるのはわかっている。

でも、それでも律歌は欲張りだった。

「一緒に来てよ……！」

「だめ。おれは、まだ横には立てない」

だが、北寺の拒否の訳は、律歌が思っていたこととは違っていた。

「横に立ちたい。おれも、りっかと添田さんの、横に立って一緒に歩きたい。これからも、ずっと、その権利がほしい」

むしろ、律歌の望みを、はるかに超えていて。

「だから、おれ、N大に再入学してくる。そして、ちゃんと卒業して、入社試験を受けて、正式にＩ通に入る。ちゃんと向き合ってみるよ。おれも、おれ自身と」

前を向いて、少し強くなったその姿。照れくさそうに「……なん、て、ね。はは……」と笑うけれど、

「りっかの傍にいたら、なーんか、夢見がちになっちゃったかな……、おれ……。でも、おれも頑張ろうって、思えたんだ」

未来に向かう、輝きに満ちていた。

「で、できる……！　できるわよ!!　北寺さんなら、きっとできるわ！」

「ありがと、りっか」

「待ってるわね」

「うん。だからりっかも、何年かかってもいいからさ、どんなに叶わなくったって、そのうちおれが、追いついて、また支えるし、だから、前だけを向くんだ。自信もって」

「わかった」

6・抱きしめたまま歩いていこう。

重いまぶたを開けようとすると、抵抗がある。全身をぬるい液体が包み込んでいて、体が浮いているのがわかった。目をこじ開けると、ぼんやりとして暗い中に、いくつか光が見えた。並んだ緑の中に、赤いランプが点滅している。ここはどこだろう。液体を泳ぐよ

うにして上へ向かおうとすると、両手が壁のようなものにぶつかった。ここは狭い空間のようだ。その手に力を入れ、勢いつけて上へあがろうとすると、おなかを中心からひっぱられる感触があった。広げた手を戻して腹を探ると、何に隔てられることなく自分の肌に触れた。どうやら自分は服を着ていないことがわかる。もっと先を指でなぞると、普段意識することのない場所――へそに、太いホースのような何かが繋がっている。

まるで母親のおなかの中、羊水に浮かんでいる胎児のようだと律歌は思った。ここで息ができるのも、このへその緒のようなものがあるからだろう。だとすれば、生まれようとする胎児はどんな行動をとるべきか？

（産まれてしまえばいい）

ホースに触れると、ぐいっとへそが動く感覚があった。ホース自体は感覚がないが、自分の腹にあるへそはどうやら前とは違う形に発達して、このホースを受け入れているようだ。自分の体とこの緒は半一体化しているらしい。こわごわ引っ張ると、わずかにのびる感覚。しっぽが引っ張られるような、そんな感覚があった。両手で、へその緒をもって、ねじ切ってみようと試してみた。だがこれは物理的に無理そうだ。へそに触れると、ホースとの繋目がなく、水の中で癒着したように柔らかな感触が途中まであった。ここからなら、力尽くですっぽ抜くことならできそうだ。

（痛いかな……でも、腹の中にいるなんてごめんだわ）

手に力を込める。引きちぎるのだ。

本気の力を出すと、やはり激しい痛みが襲った。痛い。吐きそう。へそ周辺の皮膚、繋がっている内臓から、何かがめりめりと剝がれかけるような感触。腹の中が荒れ狂い、腸がちぎれるかと思うほど。

（ぐっ……ぐう……っ！）

それでも律歌はやめなかった。また眠りにつくのか？　やめてどうする。息ができない。全身の力が抜けていくような気がする。このままだと水を飲んでしまいそう。

突如ざっぱーんと、濁流に押し流されていく感覚が襲った。痛い痛い、引っ張られる。が、そこに、手が差し伸べられた。視界がクリアになる。

「はあっ、はあっ」

息が吸える。吐けた。また吸える。

「びっくりした……。律歌死んじゃうかと思った」

目の前には、

「ばか。遅いわよ」

透明なぬめり気のある液体でずぶ濡れになった電卓の姿があった。

「ちゃんと手順があったんだよ。どうして出てきちゃったんだ……勝手に……」

彼はため息をつく。

「電卓が、ぜんぜん、出してくれないから……」

電卓は、スーツがべちょべちょになっちゃったよとぼやきながら、「とりあえず、新しい服を持ってきてもらうか。律歌のも」

そういえば。律歌は大慌てで両手で前を隠した。

「……きゃあっ！　み、見ないでよ！」

「そんなこと気にしてる場合じゃないだろう……」

スーツの上着を脱いで、前から覆うように肩にかけてくれる。

電卓は内線電話を取ると、着替えを持ってくるよう指示を出す。それから、同じくログアウトを試みた北寺のことも世話してくれているようだった。

「どうして、戻ってきたりしたんだ」

理解できないというように、電卓は嘆いた。

「だって、つまらないでしょう？」

「また死ぬつもりなのか君は」

暗い顔で、電卓はうめく。もうしばらく、表情を動かしてこなかったように、頰の肉さえ重たそうに。

「そういう電卓は、生きてる？」

律歌はそんな電卓のことが心配になってきた。電卓は言葉にならない何かを無理に言葉にするように、

「あのさ、律歌……。あのさ、ああ、そうだよ。でもさ」

駄々をこねるように、

「君は——ロボット活動の時にはあんなにも笑っていたじゃないか。俺は律歌の笑顔が見たいんだよ」

　そんな風に、何を言い出すのだろうと、律歌が首をかしげるのも気に留めずに、電卓は言葉を零す。

「俺はね、律歌。ロボットを作ったあの日々が本当に本当に楽しかったんだ。高校生活があんなに楽しいものになるだなんて、俺は想像もできなかった。かけがえのない青春だった。君がくれたんだよ律歌。君は忘れてしまったけど、俺は忘れない」

　宝箱の蓋を大切に閉めるように、電卓はきらめく瞳を閉じる。

「君が病気になった時、俺は重大な案件を任されていたんだ。上司からは、もう十分よくやってくれた、休んでもいいとまで言われた。でも次のポストに就くには、この案件をやり遂げることが条件だったんだ。律歌は医師から療養が必要と言われていた。君は俺を求めていた。俺と、恋人と過ごすことを。弱った今だけは、応えてほしいと、望んでいた。俺は、律歌の恋人で、記憶を失ってほしくはないのに、それなのに、それなのに俺は、こんな時でさえ仕事を棄てることができなかった。ひどい恋人だ。ひどい人間だ。このまじゃ律歌が死んでしまう。だから、離れなきゃと思ったんだ。派遣でI通によこされていた北寺智春と仲が良かったから、君は彼の隣にいるのがといいと思った。彼にはそれで休暇を取らせた。彼も相当疲れが蓄積していた。倒れるのは秒読みで、健康な派遣と近々入れ替えられると言われていたから」

その目がもう一度開いたときはもう虚無が広がっていた。その中央に、数式が置かれていた。何度解いても、答えが変わらない数式が。

「だからどうして……戻ってきたりしたんだよ、律歌……っ」

目を背けたりしない、目を背けたりできない、そんな苦悩が涙となって溢れていた。

「ごめんね」

律歌は謝っていた。

「記憶をなくしたりして」

自然と詫びの言葉が出てきた。そうであってはいけなかったのだ。

「ありがとう。私のために、どうにかしようとしてくれて」

許しの言葉に、はっとしたように電卓は顔を上げる。

「それでも仕事を優先したって聞いて、さすがだわって思った。私も、あなたのようになれたらいいのに。それくらいじゃなきゃ、私の夢は叶わない……」

「これはそんないいものじゃ、ないだろ」

「そうなの……かな?」

「君にはわからないのか。わからないかもな」

電卓は諦め交じりに呻いた。

「だから、ね? 電卓も、一緒に、夢を見てよ」

「夢を、見る……?」

律歌の強い視線、爛とした視線に、電卓は、

「俺は、君がここにこうしていることが、いまだに夢みたいに信じられないよ」

呆けたような顔で、そんなことをつむぐ。夢と現実の狭間にいる。律歌は言った。

「私と生きて」

電卓は、じっと考え込むように、佇みながら、迷いを口にする。

「でも、君は記憶をまたなくすかもしれない。記憶をなくす君とは一緒にはいられない」

「もうなくさないと約束するわ。私はいつまでもあなたの隣に立ち続ける。何度心挫けそうになったとしても、その度にあなたの強さを見習って、立ち上がってみせるわ。そして、夢を叶えたいの。だから、お願い。あなたの横に、私も立たせてよ……！」

真剣に、決意を込めて。

それでも電卓は首を縦に振らない。

その瞳に映る数字を変えない限り、電卓は行動を変えることはない。

「私だって記憶をなくしたくないわ。そんなことしていたら夢も叶わない。記憶をなくしたのは私のミスよ。次からは記憶をなくす前に病院行くわ。反省してる。高速睡眠システムを国が悪いことに使うことを想定できなかった。そして、使われるとわかったなら、もっと早急に対処に当たらなければいけなかった」

強い自分で言えた。

向かい合わなければならない問題点を、口にできている。

「今回は記憶をなくしてしまったけど、次はうまくやるわ」

律歌はまっすぐ添田を見つめた。添田も同じように真剣なまなざしで言う。

「だけど……仮想空間の中にいてほしい」

「いやよ。私がほしいのはその先にあるの」

「でも！」

「この世から過労を消し去るのよ。二十三時間五十五分労働？　そんなのいけないわ。一家団欒を実現させてみせる。寂しかった私が中学生の頃からずっと抱いて突き進んできた野望よ。世界だって変えてやるわ」

電卓は切なそうに唇を噛む。

「そんな顔しないで。あなたと出会っていなかったら、私は今でもロボット研究会の顧問でもやっていたかもしれない。ここまで夢を実現してこられたのは、あなたが隣にいたから。あなたが隣にいたから、N大に合格できたし、I通に就職もできた。そして、国を挙げたプロジェクトも達成することができたわ。あなたの隣に立ち続けたから。一つ間違えたけど、また次に進むためには、あなたが隣にいなくちゃ」

「だけど……」

彼のその、欲しいものに対して計算尽くで取りに行く強さは、まるで本物の電卓が脳に埋め込まれているみたいだ。

「世界中に家族団欒をもたらすの。私は高校時代はロボットを作ることで叶えようとしたし、大学時代は研究でもたらそうとしたわ。知ってるでしょう？　そして社会人になって、あと一息まできた。失敗したけど、世界は変えてみせたわ。ほらあと一息まできてるのよ。できるのよ。叶えられるの。この世界は私に変えられるのを待っている。それを感じるの。私はもっと力をつける。ロボット製作でクラスのみんなを巻き込んだ時みたいに。そうして望んだ世界を実現させていくわ。それは最高なことじゃない？　あなたも見たいでしょ？」

限界なのは、律歌だけではなかったのだろう。

雪山で温かいスープを飲むとき、こんな表情になるのかというような顔で、電卓はとうとうこくりと頷いてくれたのだった。

律歌はいつか電卓にされたのと同じように、畳みかけて問う。

「じゃあ、今、すべきことは？」

電卓は少し考えて答える。

「君に、服を着せる？」

「ばか」

律歌は両腕で電卓を押し倒した。予想外のことに固まったままコテンと仰向けに転がる電卓の視界を、自分の視界で埋め尽くすように迫ると、一糸まとわぬまま隠しもせずにたっぷり時間をかけながら、吐息を重ね、唇と唇で愛を交わした。

「ば、ばかなのは、ど、どっち……だよ」

乙女のように、ようやく恥じらう電卓の胸に、律歌は体を預ける。

「私……会いたかった、触れたかったのよ。目の前にこんな格好の私がいて、いつまで平然として会話してるのよばか」

観念したようにおずおずと、電卓は抱きしめてくれた。律歌の体を隠すように、両腕の震えを止めるように、そして、次第に強く。

「……俺も触れたかったに決まってる」

「うん」

渇いた心が満たされていく。

「モニター越しに、見せつけられるのは、もうまっぴらだ」

彼のそんなぼやきに、笑いながら。

こんなやり取りに、なんの意味があるだろう。でも、いまの、ここにあるこの単純な感情を守るためなら、これから先どんな難しい問題だって解いてみせよう。複雑な仕組みさえ、ゼロからだって作り上げてみせよう。全てを力に変えて。

究極の理想主義者というのは現実主義者で、究極の現実主義者は理想主義者だ。

現実に悲観して理想を理想のままにするくらいなら、そんな現実を直視する力を貸してほしい。代わりに理想をあげるから。

「……わかった。君と生きる」

電卓が頷いて、そして、律歌をもう一度強く抱きしめた。ひとしきりそうしたあと、体を離し、立ち上がると、何かの端末機を取り出して操作する。その端末で天蔵世界の操作を行っているのだろうか。高速睡眠システムは今どうなっている？　世界と日本の現状は？　最新の情報を、いろいろと教えてもらわなくては。原理原則を見つめて、ブラックボックスをこじ開けていけば、現実なんていくらでも変えられる。

「あなたの作った世界も、まあまあ良かったわ。私、こんなに元気になったもの」

「ふーん」

「ま、一生そこにいるのは、私には物足りなかったけど！」

　偉そうに上から評価する律歌を、電卓はため息混じりに聞き流す。

　たとえいくら外で死の灰が舞おうと、一生、シェルターの中に引きこもる選択を律歌はしたくなかった。それこそ灰色の人生だ。でも、刹那の快楽に任せて外に無闇とふらふら出たいわけでもない。そうではない。そもそもそんなシェルターを使わなくてもいい世界を作ることを望むのだ。

「私ならもっと幸福な世界にできるわ！　私も、あなたも、北寺さんも、労働者も、主婦も、精神科医も、偉い人も、そうでない人も、おじさんも、おばさんも、老若男女、みんな残らず、幸福な！　幸福ランキングぶっちぎり一位の、日本にしてみせる！　世界が羨むような……！　いいえ、世界だってそう変えてやるわ！」

　そう宣言した時、ふと気が付く。

「そうよ……。考え方がそもそも浅かったのよ。みんなどーしてわざわざ苦しむ方向に頑張っちゃうのかしら？　ブラック企業ばっかりできるのって、国民性の問題？　だったら私が総理大臣になって、国民の意識を改革して……。いや、経済戦争に負けないために止む無く戦ったの？　それなら敵は、世界……？　もっと視野を広げて考えてみましょ……。敵というのは、最大の味方にもなるわ。そもそも自滅を招くような経済戦争なんて不毛なのよ、だったら、止められるはず……！」

ぶつぶつと独り演説を開始する律歌に、電卓は呆れたように、白旗を掲げたように笑った。その声に、律歌は背筋を伸ばし、

「あっ、でもでも、まずは着実な一歩を踏み出さなくちゃよね？」

「そうだね」

……大事なことを思い出す。

「なら、まずは服を着ることにするわ！」

私なら、きっとできる。

荷物は全部抱えたままでいい。

目を開けてそのまま、夢に向かって歩いていく。

（終）

あとがき

この度は『雨の庭』をお手に取っていただき、ありがとうございます。

「創作する」とは、〝本来ならば「ある日突然何の前触れもなくぶつかってくる、その瞬間だけのナマモノ的で天然な、自分だけのごく個人的な心動かされる経験」を、「もっといい角度で切り取って輝かせ、それを永遠のものとして保存し、しかも自分だけでなく誰もがアクセス可能な状態にする」という行為〟だと思っています。私にとってはその行為が、人生をかけるほどに価値のあるものでした。そんな奇跡のように美しい原石をくれたRちゃん（北寺の思想や知識面などに多大な影響を与えてくれた人）と、そして、今も遠くで頑張っている、電卓のモデルになった人には、感謝と尊さを抱いています。

この『雨の庭』はこの巻で完結する作品ではありますが、『霞の庭』という続編も考えています。また、本作のコミカライズも予定しています。「友浦乙歌」で検索してくだされば作者ホームページにたどり着くことができますので、チェックしてくださいますと幸いです。

この物語を書き始めてから、約五年の歳月を経て、こうして出版までするこ とができました。本作の同人誌・小説投稿サイト時代からお付き合いくださっている方、本当に辛抱強く見守ってくださりありがとうございます。また、本作品の出版は、ファンの皆様からのご支援で実現いたしました。友浦王国の国民の皆様――クラウドファンディングやＦＡＮＢＯＸや直接友浦を支援してくださる皆様、配信に来てくれるリスナーの皆様、中でもなりちゃんとＡＰＴさんのお二人には特にたくさん支えていただき、友浦はそのおかげでここまで来ることができました。心から感謝いたします。

そして抜群の表現力で『雨の庭』世界を見事なイラストで表現してくださった柊《ひいらぎ》とろ様、『四次元の箱庭』に続き『雨の庭』のタイトルロゴを作ってくださったＫｙｏ様のお二方には、作品世界を豊かに広げていただきました。

他にも友浦は本当に多くの方に支えられています。もうダメだとへたりそうな友浦を引っ張り上げて推敲作業を手伝ってくれた幼馴染のＳちゃん。彼女のおかげで友浦は何度も何度も自分の限界を超えることができました。またラジコン改造やロボット工作やプログラミング関連の添削をしてくださった静丘様には何度お礼を言っても足りません。そして友浦の勤め先の看板屋の社長、友浦の活動を温かく受け入れてくださる愛知県瀬戸市の皆様、りえいちゃんこと李影飛翔様、出版関係者様、書ききれませんがたくさんのお力添えによってここまで届けることができました。深く深くお礼申し上げます。

最後に、この本をお買い上げくださった方へ。まだまだ影響力のない友浦の作品を手にしてくださったのは、きっとあなたの方から手を差し伸べてくれたからではないでしょうか。現在私は、そうした力を借りることで、物語を届けられています。ありがとうございます！　もしかしたら、図書館で借りて読んでくださっている方もいるかもしれません。友浦の作品は、全国各地でファンによる寄贈が行われています。もしよかったら、誰かにこの本をすすめていただけますととても嬉しいです。一人でも多くの方へ届きますように。

友浦乙歌

著者プロフィール
友浦 乙歌（ともうら おとか）
愛知県瀬戸市生まれ。
「無我夢中になる物語」を届けるために活動している小説家。
著書に『四次元の箱庭』（2020年、文芸社）がある。

イラスト：柊とろ
タイトルロゴ：Kyo

雨の庭

2021年 8 月15日 初版第 1 刷発行
2022年 4 月15日 初版第 3 刷発行

著 者 友浦 乙歌
発行者 瓜谷 綱延
発行所 株式会社文芸社
〒160-0022 東京都新宿区新宿1－10－1
電話 03-5369-3060（代表）
03-5369-2299（販売）

印刷所 株式会社暁印刷

ISBN978-4-286-22824-2